岩波現代文庫／社会 225

# チェルノブイリの祈り

## 未来の物語

スベトラーナ・アレクシエービッチ
松本妙子［訳］



岩波書店

CHERNOBYL'S PRAYER
by Svetlana Alexievich



First Japanese edition published 1998,
this edition published 2011
by Iwanami Shoten, Publishers, Tokyo
by arrangement with the Author
c/o The Literary Agency Galina Dursthoff, Köln.

# 目　次

孤独な人間の声 …… 1
見落とされた歴史について …… 29
第一章　死者たちの大地 …… 35
兵士たちの合唱 …… 81
第二章　万物の霊長 …… 93
人々の合唱 …… 157
第三章　悲しみをのりこえて …… 167
子どもたちの合唱 …… 259
孤独な人間の声 …… 269

事故に関する歴史的情報……289
エピローグに代えて……294
訳者あとがき……295
岩波現代文庫版訳者あとがき……301
解　説……広河隆一……305

われらは大気なり、大地にあらず……

M・ママルダシビリ

# 孤独な人間の声

リュドミーラ・イグナチエンコ
消防士、故ワシーリイ・イグナチェンコの妻

なにをお話しすればいいのかわかりません。死について、それとも愛について？　それとも、これは同じことなんでしょうか。なんについてでしょう？

私たちは結婚したばかりでした。買い物に行くときも手をつないで歩きました。「愛しているわ」って私は彼にいう。でも、どんなに愛しているかまだわかっていませんでした。考えてみたこともなかった。私たちは夫が勤務している消防署の寮に住んでいました。二階に。寮にはほかに若い家族が三家族いて台所は共用でした。一階には車が止まっていた。赤い消防車。これが夫の仕事です。いつも知っていました。彼がどこにいるか、彼になにが起きているか。

夜中に外がざわついていた。窓からのぞいてみたんです。夫は私に気づいた。「換気窓を閉めておやすみ。発電所が火事なんだ。すぐにもどるよ」

私は爆発そのものは見ませんでした。炎を見ただけ。なにもかも光っているようでした。空一面が。高く燃えあがる炎。すす。ひどい熱気。夫はいつまでたっても帰ってこない。すすはアスファルトが燃えたためです。発電所の屋根はアスファルトでおおわれていまし

たから。タールのなかを歩いているようだったと、あとで話してくれた。炎をたたき消し、燃えている黒鉛を足でけりおとした……。夫たちは防水服をきないで行きました。シャツ一枚のまま出動したのです。警告はなかった。ふつうの火事だと呼び出されました。

四時……五時……六時。私たちは六時に彼の両親のところに出かける予定でした。ジャガイモの植えつけに。両親のいるスペリジエ村はプリピャチ市から四〇キロのところです。種をまいたり、耕したり。夫の好きな仕事です。彼の母親は「私たち、あの子を町に出したくなかったのよ。家だって新築したのに」とよく話していました。彼は徴兵されて、モスクワの消防部隊で兵役についたのです。帰ってきたときには消防士になることしか考えていなかった。ほかの仕事は彼の頭にはありませんでした。(沈黙)

ときおり彼の声が聞こえるような気がします。生きている彼の。声がするとはっとする、写真をみるよりずっと。でも、彼は一度も私を呼んでくれない。夢のなかでも。彼を呼ぶのは私のほう。

七時。七時に夫が病院にいると教えられました。私は病院へ走りましたが、病院のまわりはすでに警官に囲まれていてだれも通してくれない。救急車だけが入っていく。警官がどなっていた。「車は計器がふりきれるほど汚染されてるから近寄らないでくれ」。私だけではありません。その夜、自分の夫が発電所にいた妻たち全員がかけつけていました。私はこの病院で働いている顔見知りの女医を大急ぎでさがしました。車からおりた彼女を見つけ、白衣にしがみつきました「なかに入れて！」「だめよ！　容体が悪いわ。彼ら全員が悪いの」。私は彼女をつかんだまま「ひと目でいいの」「しかたないわね、一五分か二〇分よ。さあ、急いで」

夫に会いました。全身がむくみ、腫れあがっていた。目はほとんどなかった。「牛乳が必要よ。たくさんね。全員が三リットルずつ飲めるくらいたくさんいるわ」と彼女。「でも、夫は牛乳を飲まないのよ」「いまは飲むわ」。この病院のほとんどの医者、看護婦、特に看護員はこのあと病気になり亡くなります。でも、このときはだれもそんなことは知りませんでした。

一〇時、〔原発〕運転員のシシェノークが死亡。最初の死者でした。一日目に。私たちは二人目のワレーラ・ホデムチュークが瓦礫のしたにとり残されていることを知っていました。彼は、ついにつれだされることなく、コンクリートで固められてしまった。でも、私たちは、夫たち全員が最初の死者になるなんてまだ知らなかったのです。

「ワーシャ、私はなにをすればいい？」「町をはなれるんだ！　でていくんだ！　きみは赤ん坊を生むんだから」。私は妊娠していました。でも、どうして夫を残していけて？　夫は「でていってくれ、赤ん坊を救うんだ」と頼みます。「まずあなたに牛乳を持ってこなくちゃ。それから決めましょう」

私の友だちのターニャ・キベノークがかけつけました。彼女の夫も同じ病室にいました。

彼女は父親の運転する車できていました。私たちはその車で一番近い村に牛乳を買いに行きました。町から三キロほどのところです。みんなが飲めるように三リットルびんの牛乳を六個買いました。でも彼らは牛乳を飲むとひどく吐いた。絶えず意識がもうろうとしており、点滴を受けていた。医者たちはどういうわけか、これはガス中毒だとくりかえすばかりで、放射能のことをくちにする医者はいませんでした。

町には軍用車があふれ、道路はすべて封鎖されました。電車も汽車も止まった。白い粉のようなもので道路が洗われていた。明日、どうやって村までしぼりたての牛乳を買いに行けばいいのかしら、私はそれが気がかりでした。放射能のことはだれもいわなかった。軍人だけがガスマスクをつけていた。人々は店で買ったパンを手にして歩いている。パンが入った袋のくちは開いたまま。街頭ではケーキが売られている。

夕方は病院に入れてもらえませんでした。まわりは人の波。私は彼の窓の真向かいに立ちました。彼が窓に近寄ってなにか私にさけんでいる。絶望的なようすで。人ごみのなかでだれかが聞き取ってくれた。夫たちは今夜モスクワにつれていかれるんだと。私たち妻はひとかたまりになりました。夫たちについて行くのよ、そう決めました。私たちを夫のところへ行かせてよ！　あんたたちにとめる権利なんてないわ！　つかみあい、ののしりあい。兵士たち、もう兵士がそこに立っていましたが、彼らは私たちを押しのける。そのとき一人の医者がでてきてはっきりといいました。夫たちが飛行機でモスクワに発つこと。

私たちは夫に服を持ってこなくちゃならないこと。発電所できていた服は焼け焦げていましたから。バスはとっくに止まっていたので、私たちは町じゅう走りました。手さげ袋を持ち、走ってもどってみると、もう飛行機は飛びたったあと。だまされたのです、私たちが泣きわめいたりしないように。

夜中。道路の片側には何百台ものバス(町はすでに疎開の準備に入っていた)、反対側には何百台もの消防車が方々からかけつけていました。道路は白い泡だらけ。私たちはその道を歩いた。悪態をつき、泣きながら。

ラジオで告げられました。「町は三日から五日の予定で疎開します。森でテント生活をしますので暖かいものとスポーツウェアを持って行ってください」。人々は喜んだほどです。自然のなかへ！　森のなかでメーデーを迎えよう。こんなことはめったにないこと。道中でするバーベキューの用意をしていた。ギターやテープレコーダーも持って。泣いていたのは夫が被災した者だけ。

どこをどう行ったのか、覚えていません。気がつくと目の前に彼の母親がいました。「ママ、ワーシャはモスクワにいるの。特別機でつれて行かれたの！」。でも、私たちは残りの野菜を植えたのです。一週間後にはこの村も疎開させられたのですが、そのときは、そんなこと知りませんでしたから。夕方私は吐きはじめました。妊娠六ケ月。とても気分が悪かった。夜、夫が私を呼んでいる夢をみました。夫は、生きている間は夢のなかで

「リューシャ、リューセンカ！」と私を呼んだ。死んでからは呼んでくれない。一度も……(泣く)。ひとりでモスクワに行こう、そう考えながら朝起きました。「そんなからだでどこに行くの？」。母が泣く。父は通帳のお金をぜんぶおろしてくれました。

どうやってモスクワまで行ったのか、道中はまたもや私の記憶から抜け落ちています。モスクワで最初にであった警官に、チェルノブイリの消防士がどこの病院にいるか聞いて、教えてもらいました。

シュキンスカヤ通りの第六病院。

この病院、特別放射線科に入るには通行証が必要でした。守衛に現金をわたすと、通してくれました。そのあとも、だれかに頼んだり、懇願したりして、ついに、放射線科部長のアンゲリーナ・ワシーリエブナ・グシコーワの執務室にきました。当時私はまだ彼女の名前を知りませんでした。なにも覚えていません。ただ、彼に会いたい一心だけ。

彼女はいきなり私に質問しました。

「子どもさんはいますか？」

どうしてほんとうのことをいえて？　それに、妊娠してることもかくさなきゃいけないって、すでに理解していました。夫に会わせてくれないに決まってます。私はやせていて、お腹が目立たないので助かりました。

「います」

「何人?」

考える。二人っていわなくちゃ……。一人だと、やっぱり会わせてくれないつもりだ。

「息子と娘がいます」

「二人いるのなら、もう生まなくてもいいですね。じゃあ、聞いて。中枢神経系が完全にやられています。骨髄もすべておかされています」

まあ、いいか、彼はちょっぴり神経質になるんだわ。

「まだ聞いて。もしあなたが泣きだしたら、すぐに帰ってもらいます。抱擁もキスもいけません。そばに行くのもだめ。三〇分間ですよ」

でも、私はもう病院からでるつもりはありませんでした。でるときは、彼もいっしょ。そう自分に誓ったのです。

病室に入ってみると、夫たちはベッドにすわり、トランプをしながら笑っています。

「ワーシャ!」。大声で彼が呼ばれる。

夫がふりむく。

顔の腫れはひいていました。なにか点滴を受けたのです。

「どうして突然いなくなっちゃったの?」と私はたずねます。

彼は私を抱きよせようとします。

「すわって、すわって」と医者が彼をさえぎる。「ここで抱き合うんじゃありませんよ」

もうここにはほかの病室からもみんな集まっていました。全員プリピャチ市の仲間。ぜんぶで二八人が飛行機に乗せられてきたのです。あっちはどう？　私たちの町はどんなようす？　私は答える。疎開がはじまったわ、町ぐるみ三日から五日間の避難よ。みんなは黙ったまま。女性も二人いました。ひとりは事故当日当直の守衛でしたが、泣きだしました。

「ああ、なんてこと！　子どもたちがあそこにいるのに。あの子たちはどうなったかしら？」

私は、ほんの一分でもいいから彼とふたりっきりになりたかった。みんなは私の気持ちを察して、それぞれなにか口実をもうけて廊下にでていった。私は彼を抱いてキスをしました。彼はよけるのです。

「となりにすわっちゃだめだよ。椅子を持っておいで」

「そんなのぜんぶばかげているわ」へっちゃらよ。

「爆発が起きた場所をあなた見たの？　なにがあったの？　だってあなたたちが一番先にあそこにかけつけたんだもの」

「妨害工作にちがいないよ。仕掛けたやつがいるんだ。ぼくの仲間はみんなそう考えている」

当時はそううわさされ、考えられていたんです。

翌日、私が行ってみると、夫たちはすでに別々の部屋に寝ていました。廊下にでることは厳重に禁じられていました。おたがいに行ききすることも。壁をたたきあっていました。トン・ツー・トン・ツー……。

医者の説明はこうです。ひとりひとりの身体は被曝線量に対して異なった反応を示す。ある者には耐えられることが、別の者には耐えられないんだと。彼らが寝ていた部屋は壁ですら針がふりきれるほどの放射能です。右、左、下の階、そこにいた患者は全員移されて、一人もいません。上の階にも下の階にもだれもいませんでした。

私は、モスクワの知人たちの家に三日間泊めてもらいました。お鍋でもお皿でも、必要なものはなんでも使ってね、といってくれた。私は、七面鳥のスープを六人分作りました。私の仲間たち、同じ班の六人の消防士のために。みんな、あの夜、当直だったんです。ワシュークク、キベノーク、チチェノーク、プラービク、チシューラ。いまになって、私は、知人たちにはほんとうに驚いています。彼らは、もちろん、恐れていた。恐れないではいられなかったでしょう。すでにいろんなうわさが広まっていたから。それなのに私にいってくれた。必要なものはなんでも使ってね、使っていいのよ。ご主人はどう？　あの人たちどう？　助かりそう？　助かる……(沈黙)。あのとき、私はたくさんの人に親切にしてもらいましたが、全員を記憶しているわけじゃありません。世界が豆粒ほどに小さくなっていました。夫、ただ夫のことだけでした。年配の看護員を覚えています。彼女は「なおらない病気があるの。すわって手を撫でてあげなくちゃ」と教えてくれました。

朝早く市場にでかけ、その足で知人の家に向かい、スープを作ります。材料をすべて裏ごししたり、みじん切りにする。「リンゴを持ってきて」と頼む者もいます。半リットルびん六個を持って病院へ行く。いつも六人分。夕方まで病室にいます。夕方になるとまたモスクワの反対側のはずれまで帰ります。体力がどれくらいもつかしら？　でも三日後、病院の敷地内にある医療関係者用の宿舎に泊まってはどうかとすすめられました。ああ、なんという幸運！

「でもあそこには台所がないわ。どうやって食事の用意をしてあげようかしら？」

「もうその必要はありません。彼らの胃は食べものを受けつけなくなっています」

彼は変わりはじめました。私は毎日ちがう夫に会ったのです。やけどが表面にでてきました。くちのなか、舌、ほほ。最初に小さな潰瘍ができ、それから大きくなった。粘膜が層になってはがれ落ちる。白い薄い膜になって。顔の色、からだの色は、青色、赤色、灰色がかった褐色。でもこれはみんな私のもの、私の大好きな人。とてもことばではいえません。書けません。

私は彼を愛していた。でもどんなに愛しているかまだわかっていなかった。結婚したばかりでしたから、こんなこともありました。通りを行きながら、彼は私を抱きかかえくるくるまわりだす。そしてキスの雨。そばを通りすぎる人が、みんな笑っていた。

放射線症病棟での一四日……。一四日で人が死ぬんです。

宿舎に移った日、放射線測定員が私の測定をしました。衣服、バッグ、財布、靴、なにもかも〈光って〉いました。その場でぜんぶ取りあげられた。下着まで。残してくれたのはお金だけ。代わりにもらったのは病院の部屋着と室内履きでした。衣服は返してあげるかどうかわからないといわれた。おそらく〈きれい〉にはならないだろうからと。ダブダブの部屋着をきて彼の前にでると、「いったいどうしたんだ」と目を丸くしていた。それでも私はうまく工夫してスープを作っていました。ガラスびんに水を入れ電気の湯沸かし棒を立ててお湯を沸かし、そこに細切れのトリ肉を入れる。小さな小さなお肉。あとになって宿舎の掃除婦だったかフロア係の女性だったか、自分のお鍋をくれました。小さなまな板もだれかにもらったのでパセリをきざみました。私は病院の部屋着をきていましたから、自分で市場に行けません、このパセリもだれかが持ってきてくれたのです。でも、すべてはむだ……。彼はもう飲むこともできなかった。生卵も飲み込めない。私はなにかおいしいものを手に入れたかった。そうすれば食べるかもしれません。郵便局まで走りました。「すみません、イワノ・フランコフスクの両親に大至急電話をかけたいのです。夫がモスクワで死にそうなんです」。局員は、私がどこからきたのか、夫が何者かをすぐに察して、即座に電話をつないでくれました。その日のうちに私の父、姉、兄がモスクワに飛びたちました。私の身の回り品を持って。お金も。

五月九日〔対独戦勝記念日〕のこと。彼は日頃から「モスクワはきれいだぞ、特に戦勝記念日に花火が打ち上げられるときが。きみに見せたいなあ」といっていました。病室で彼のそばにすわっていると、彼は目を開けました。

「いま昼かい、それとも夜？」

「夜の九時よ」

「窓を開けてごらん。花火がはじまるよ」

窓を開ける。八階です。私たちの目の前にモスクワの街が広がっている。空に花火のブーケがいきおいよく舞い上がる。

「すばらしいわ！」

「きみにモスクワを見せてあげるって約束しただろ。そして、祝日には一生きみに花を贈るって約束もしたよ」

ふりむくと、彼は枕のしたから三本のカーネーションを取りだしている。看護婦さんにお金をわたして買ってきてもらったのです。

かけよってキスをしました。

「私のかけがえのない人。愛してるわ」

彼はぶつぶついう。

「きみはお医者さんになんていわれてるの？　ぼくに抱きついちゃいけない。キスもだめなんだよ！」

彼を抱くことは許されていませんでした。でも私は、彼を抱き起こしたりすわらせたり、シーツを取り替えたり、体温計を入れてあげたり、便器を運んだりしていました。だれもなにもいいませんでした。

私はめまいを起こしましたが、幸いなことに、病室ではなく廊下でした。窓枠につかまりました。医者が通りかかり、私の手を取ってくれました。そして不意に、

「妊娠していますね？」

「ちがいます、ちがいます」

だれかに聞かれはしないかと、とてもびくびくしました。

「うそはおやめなさい」。医者はため息をついた。

私はすっかりうろたえてしまい、彼に口外しないよう頼むことができなかったのです。

翌日放射線科部長に呼ばれました。

「どうして私にうそをついたの？」

「しかたなかったんです。ほんとうのことをいえば家に帰されたでしょうから。許されるうそです」

「とんでもないことをやらかしたのよ！」

「でも、いっしょにいたいんです」

私はアンゲリーナ・ワシーリエブナ・グシコーワに一生感謝します。一生！

ほかの妻たちもやってきましたが、もう病院には入れてもらえませんでした。私といたのは彼らの母親です。ボロージャ・プラービクの母親はずっと神さまにお願いをしていた。「いっそ私のほうをお召しください」と。

アメリカの教授、ゲイル博士……。骨髄移植手術をしてくれた人です。私を慰めてくれました。希望はある、小さいけれども希望はあるんだ。からだは頑丈だし、たくましい若者じゃないかと。夫の肉親が全員呼ばれました。ベラルーシから姉と妹、レニングラードで兵役についていた弟がきました。一四歳の妹のナターシャは泣きじゃくり、おびえていました。でも彼女の骨髄が最適だったのです……(黙りこむ)。私は、このことを話せるようになったんです。以前はできなかった。一〇年間くちを閉ざしていました。一〇年間。

(黙りこむ)

夫は、骨髄が妹から取られることを知ると、きっぱりとことわりました。「死んだほうがましだ。妹にふれないでください、子どもなんです」。姉のリューダは二八歳で看護婦でしたから、どういうことになるか理解していました。「生きててほしいの」と姉は提供に同意したのです。私は手術を見守っていました。二人は並んだ手術台に寝ていました。手術室が見える大きな窓がありました。手術は二時間。終わったときには姉のほうが夫よりも容体が悪かったのです。胸に一八本の穿刺、麻酔からなかなか醒めませんでした。いまも病弱で身障者です。美しくて健康な娘さんでしたのに。結婚しませんでした。当時私は夫の病室と姉の病室の間を行ったりきたりしました。

夫はもう一般病室ではなく無菌テントのなかで寝ていました。透明なシート内に立ち入ることは禁止されていました。特殊装置があってシートのなかに入らなくても注射をしたり、カテーテルを差し込んだりできるのです。ぜんぶテープと留め具でとめられていましたから、私は使い方を覚えたんです。わきに寄せて、彼のところへ入りこみました。彼のベッドのそばに小さな椅子がありました。容体が悪く、一分たりとも彼のそばをはなれられませんでした。

たえず私を呼ぶのです。「リューシャ、どこにいるの、リューセンカ」。ほかのテントには夫の仲間がいましたが、看護しているのは兵士でした。病院の看護員が拒否し、防護服を要求したからです。兵士たちは便器を運び、床を洗い、シーツを取り替え、なんでもやっていた。どこからこの兵士たちがあらわれたんでしょう？　聞いてみませんでした。彼、彼のことしか頭になかった。毎日耳にするんです。死んだ、死んだ、死んだ。チシューラが死んだ、チチェノークが死んだ。死んだ。槌で頭のてっぺんをなぐられるような気持ちでした。

一日に二五回から三〇回もの下痢。血と粘液が混じっていました。手足の皮膚がひび割れはじめた。全身が水泡におおわれた。頭を動かすと枕に髪の毛の束が残った。私はつとめて明るくふるまおうとしました。「このほうが便利よ。くしを持ち歩かなくていいから」。まもなく全員が髪を刈られました。夫の髪は私が自分で刈りました。ぜんぶ私がしてあげたかったのです。もし体力が許せば二四時間彼につきっきりだったでしょうね。一分一秒が惜しかった。ほんの一分でも惜しかった……(長い沈黙)。私の兄がきてびっくりしたんです。「お前を病室には行かせないぞ!」。父が兄にいう。「こんな娘《こ》を止めるなんて無理だよ。この娘は窓からだって入っていくだろう、非常階段を通ってな」

ちょっと部屋を空けて帰ってみると、夫のそばのテーブルの上に大きなオレンジがあった。ピンク色なんです、黄色じゃなくて。夫はにこにこしている。「もらったんだよ。きみが食べるといい」。透明のシートの向こうで看護婦が「だめよ!」と手をふっている。夫の近くに何時間か置かれたものはもう元のものじゃありません。触れるのさえ恐ろしいことなんです。「さあ、お食べ」と夫がすすめる。「きみはオレンジが好きだろ?」。私はオレンジを手にとりました。彼は目を閉じてまどろみかけていた。眠らせるためにいつも注射をされていたんです。麻酔薬。看護婦がぎょっとした顔で私を見ている。私? 私はなんでもする覚悟でした。彼が死のことを考えないように、自分の病気が恐ろしいものだと思わないように、私が彼をこわがっていると思わないように。

会話の断片が記憶に残っています。だれかが忠告してくれた。「忘れないでください。あなたの前にいるのはご主人でも愛する人でもありません。高濃度に汚染された放射性物体なんですよ。あなた、自殺志願者じゃないんでしょ！　冷静におなりなさい！」。私は気がふれたように「彼を愛しているの、愛しているの」とくりかえすばかり。彼が眠っている、私はささやく「愛しているわ」。病院の中庭を歩きながら「愛しているわ」。便器を運びながら「愛しているわ」。以前のふたりのくらしを思い出していました。消防署の寮での生活。夜、私の手を握らないと彼は眠りませんでした。それが彼のくせ。眠っているとき、私の手を握っているんです。一晩じゅう。

病院で彼の手を握るのは私。はなしませんでした。

夜中。しーんとしている。ふたりきり。穴のあくほど私を見つめて突然いう。

「ああ、ぼくたちの子どもを見たいなあ、どんな子だろう？」

「名前はなんてつける？」

「きみひとりで考えておくれ」

「どうして私ひとりで？　私たちふたりいるのに」

「じゃあ、もし男の子だったらワーシャにしよう。女の子ならナターシャだ」

「あら、なぜワーシャなの？　私にはもうワーシャはひとりいるわ、あなたよ。ほかのワーシャはいらない」

私はまだ知りませんでした、どんなに夫を愛していたか。夫、夫だけに夢中でした。胎動さえ感じていませんでした。もう六ケ月でしたが……。私の小さな赤ちゃんはお腹のなかにいて、守られていると思ってたんです。

私が夜中彼のテントのなかにいることは、医者たちはだれも知りませんでした。考えてもみなかったでしょうね。看護婦さんたちが入れてくれたんです。最初のうちは「あなた若いのよ、なんてことをいいだすの？　ご主人は人間じゃないの、原子炉なのよ。いっしょに死んじゃうわよ」と思いとどまらせようとしました。私は小犬のように看護婦さんのあとにつきまとい、ドアのそばに何時間も立っていました。あの手この手で頼みこんだのです。ついに「あきれた！　正気の沙汰じゃないわ」。朝、医者の回診がはじまる八時前にシートの向こうで「急いで！」と知らせてくれる。宿舎に走り一時間すごす。午前九時から午後九時までは通行証をもらっていました。私の足はひざまで青くなり、むくみ、くたくたに疲れていました。

私がいないとき、彼は写真を撮られていました。私がいるときにはしません。服を脱がし、裸で。薄いシーツを一枚かけて。私は毎日シーツを取り替えましたが、夕方にはシーツは血だらけになりました。彼を抱き起こすと私の両手に彼の皮膚がくっついて残る。「ねえあなた、お願い。ちょっと協力してね。手とひじでできるだけからだを支えてみてちょうだい。シーツを伸ばして上に縫い目やしわがないようにしたいの」。どんな小さな縫い目でもからだに傷ができました。彼のからだを傷つけたりしないように、私は血がでるほど深く自分のつめを切りこんでいました。看護婦はだれも夫に近づいたり触れたりできない。必要なときには私が呼ばれるんです。それなのに、彼らは写真を撮る。科学のためだといって。みんなを病室から追い出したいわ。さけびたい！　なぐりたい！　あんたたちよくも平気でこんなことができるわね！　ぜんぶ私のものよ。私の大好きな人なのよ。彼らをここに入れないでおけたらどんなにいいかしら！　どんなに。

病室から廊下にでる。壁ぎわのソファーにいく。彼らを見ないですみますから。当直の看護婦にいう。「夫が死にそうなの」。彼女は答える。「じゃあ、あなたはどうなってほしいの？　ご主人は一六〇〇レントゲンもあびているのよ。致死量が四〇〇レントゲンだっていうのに。あなたは原子炉のそばにすわっているのよ」

ぜんぶ私のもの。私の大好きな人。

それからあと、最後のことは、きれぎれにしか覚えていません。断片的にしか。

夜は彼のそばの小さな椅子にすわっていました。朝八時に「ワーシャ、私いくわね。ちょっと休んでくるわ」と声をかける。彼は、目を開けて閉じる——いっていいよ。宿舎の私の部屋にたどりつき、床のうえに横になったかと思うと(からだじゅうが痛くてベッドに寝ることができませんでした)、もう看護員がドアをノックするのです。「きて。ご主人のところに急いで！　情け容赦なくお呼びよ」

その朝は、ターニャ・キベノークに頼まれたんです。「お願い、墓地についていって。あなたがいなくちゃ私いけないわ」。その日、彼女の夫ビーチャ・キベノークとボロージャ・プラービクが埋葬されるのでした。私の夫とビーチャはなかよしでした。家族ぐるみのつきあいでした。爆発の前日、私たちの寮でいっしょに写真を撮りました。写真のなかの夫たちはほんとうにすてきで楽しそう。あの私たちの生活の最後の日、私たちはとても幸せでした。

墓地からもどって大急ぎで看護婦の詰め所に電話をします。「夫はどうしていますか？」「一五分前に亡くなりました」。えっ、うそ……。私は一晩じゅう彼のそばにいたのよ。はなれていたのはたった三時間なのに。窓際に立ち、さけぶ。「どうしてなの？　なぜなの？」。天をあおぎさけびました。宿舎じゅうに聞こえるほど大声で。こわがってだれも私に近寄りません。はっとしました。そうだわ、最後に夫に会わなくちゃ！　会わなくちゃ！　階段を飛ぶようにかけおりた。夫はまだ無菌テントにいました。運びだされていませんでした。彼の臨終のことばは「リューシャ！　リューセンカ！」「でていったばかりですよ、すぐにすっとんできますよ」。看護婦が安心させると、深く呼吸をして息をひきとったそうです。

もう夫のそばをはなれませんでした。棺までつきそっていく。棺そのものは記憶にありません、覚えているのは大きなポリ袋です。遺体安置所で聞かれました。「お望みでしたら、ご主人にきせる服をごらんにいれますが」。見ますとも！　彼は礼装用制服をきせられ、胸のうえに制帽が置かれた。靴ははいていなかった。足が腫れすぎて合う靴がなかったのです。制服も切られていた。完全なからだはもうありませんでしたから、ふつうにきせることができなかったのです。からだじゅう傷だらけ。病院での最後の二日間は、私が彼の手を持ちあげると骨がぐらぐら、ぶらぶらと揺れていた。骨とからだがはなれたんです。肺や肝臓のかけらがくちからでてきた。夫は、自分の内臓で窒息しそうになっていた。私は手に包帯をぐるぐる巻きつけ、彼のくちにつっこんでぜんぶかきだす。ああ、とてもことばではいえません。ぜんぶ私の愛した人、私の大好きな人。大きなサイズの靴がなかった。素足のまま棺に納められたんです。

私の目の前で、制服姿の彼がセロハン袋に押しこまれ、袋のくちが結ばれました。この袋は木の棺に納められ、棺はさらにもうひとつの袋にくるまれました。セロハンは透明で、厚手の防水布のようでした。つぎに亜鉛の棺にこれが丸ごと押しこむように入れられた。そのうえに制帽だけが残っていました。

全員集まりました。夫の両親、私の両親。モスクワで黒いスカーフを買ってきました。私たちの応対をしたのは非常事態委員会で、だれに対しても同じことをいうのでした。「ご主人」、あるいは「ご子息」の「遺体はおわたしできない。遺体は放射能が強いので特殊な方法でモスクワの墓地に埋葬されます。亜鉛の棺に納め、ハンダ付けをし、上にコンクリート板がのせられます。ついては、この書類にご署名願いたい」。憤慨して棺を故郷に持ち帰るといいだす人がいても、説きふせられてしまうんです。あなたのご主人は英雄であり、もう家族のものではない。国家的な人物で、国家のものなんですと。

霊柩車に乗りました。親戚一同と軍人。無線機を持った大佐がいる。その無線機が伝える。「こちらからの指示を待て。待機せよ」。二、三時間ほどモスクワの環状道路を走りまわり、またモスクワにもどる。無線機は「まだ墓地への乗り入れは許可しない。外国の特派員が押し寄せている。さらに待て」

両親は黙ったまま……。母の黒いスカーフ……。私は意識が遠のくのを感じる。ヒステリーの発作です。「どうして私の夫をこそこそとかくさなきゃいけないの？　彼が何者だっていうの？　殺人犯？　犯罪者？　刑事犯？　私たちがいったいだれを埋葬するっていうのよ？」「ねえ、落ちついて」。母が私の頭を撫でてくれる。大佐が連絡している。「墓地に向かう許可をいただきたい。細君がヒステリーを起こしています」。墓地では私たちは兵士に取り囲まれました。護衛つきですすむ。棺も運ばれた。部外者は墓地に通されませんでした。私たちだけ。あっというまに埋葬がおわった。「急げ、急げ」。将校が指揮をとった。棺を抱かせてもくれなかった。すぐにバスに乗せられた。すべて人目につかないように。

帰りの航空券がただちに用意され届けられました。翌日の便でした。私服姿ですが、それとわかる軍人がいつも私たちにつきまとい、道中の食べ物を買いに宿舎からでることさえ禁じました。私たちがだれかと話したりしないように、特に私が。まるで私が話すことができたみたいですが、当時、もう泣くことすらできなかった。私たちが宿舎をでるとき、宿泊係の女性はタオルとシーツをかぞえ、すぐにポリ袋にぜんぶつっこみました。きっと燃やしたんでしょうね。宿泊費は自分たちで払いました。一四日分。

放射線症病棟に一四日。一四日で人が死んでしまうんです。

夫たち全員が死んだあと、病院では改修工事が行われました。壁がはがされ、床板がこわされ、窓枠やドアがすてられた。

家に帰って私は眠りに落ちました。家に入るなりベッドにたおれこんだのです。三日三晩眠りつづけました。救急車がきて医者がいったそうです。「いいえ。お嬢さんは死んでいません。目を覚まします。非常に恐ろしい眠りです」

私は二三歳でした。

夢をみました。死んだ祖母が埋葬したときの服で私のところにきました。ツリーを飾りつけています。「おばあちゃん、どうしてうちにツリーがあるの？　いまは夏よ」「こうしておかなくちゃね。もうすぐおまえのワーシャが私のところにくるんだよ。ワーシャは森で育ったからね」。ワーシャの夢もみました。白い服をきてナターシャ、まだ生まれていない娘のナターシャを呼んでいます。もう娘は大きくなっていました。夫は娘を天井に向かって放りあげては、ふたりで笑っている。私はふたりを見ながら思います、幸せってこんなに単純なものなのね。彼と水辺を歩いている夢もみました。いつまでもいつまでも歩いていた。きっと、私にいいたかったんでしょうね、泣かないでって。あの世から、空から合図してくれたんです……。(長い沈黙)

二ケ月後にモスクワに行きました。駅から墓地へ、彼のもとへ。墓地で陣痛がはじまってしまいました。夫に語りかけはじめたばかりのとき。救急車が呼ばれ、アンゲリーナ・ワシーリエブナ・グシコーワのもとで出産しました。彼女は当時から「この病院で生むのよ」といってくれました。予定日より二週間早いお産でした。

見せてもらった。女の子でした。「ナターシャちゃん、パパがナターシャって名前をつけてくれたのよ」。外見は元気な赤ちゃんでした。ちっちゃな両手、両足。でもこの子は肝硬変でした。肝臓に二八レントゲン。先天性心臓欠陥も。四時間後に娘の死が告げられた。そしてまたです、娘を私にわたさないという。わたさないってどういうこと? 私のほうこそ、この子をあんたたちにわたすもんですか! 科学のために娘を取りあげるつもりね! 私はあんたたちの科学なんて大きらい。憎んでいるわ! 科学は最初に夫をうばい、今度は娘まで……。わたすもんですか! 自分で埋葬してやります。夫のとなりに。

(沈黙)

あのときはもっとさけんだんです。いま脳卒中を起こしたあとなので、泣いたりさけんだりできないんです。でもお話しします。まだだれも知らないことを。私が娘を、私たちの娘をわたさないというと、彼らは木の小箱を持ってきました。「赤ちゃんはこのなかです」。見ると、おくるみに包まれているんです。娘がおくるみに……。私は泣きだしました。「この子を夫の足元に埋葬してください。この子は私たちのナターシャだと伝えてください」

お墓には〈ナターシャ・イグナチェンコ〉の名はありません。夫の名前だけ。娘には名前もなにもありません。

いつも花束を二つ持ってふたりのところに行きます。ひとつは夫に、ひとつは娘のために片隅に置きます。お墓ではいつもひざまずきます。いつも。

キエフに部屋をもらいました。大きなアパートで、現在、原発の人が全員住んでいます。広い二DKの部屋。ワーシャと私はこんな部屋にあこがれていたんです。でも、部屋にいると気が狂いそう。どこを見ても、いたるところに夫がいる。自分で改装をはじめました。じっとしていないで、少しでも気がまぎれればと思って。そうやって二年間。

夢をみます。私は夫と歩いているのですが、彼ははだし。「どうしてあなたはいつもはだしなの?」「靴が一足もないんだ」。教会に行き、神父さまに教わりました。「Lサイズの室内履きを買って、だれかの棺に入れさせてもらいなさい。この靴をご主人にわたしてくれるよう手紙を添えなさい」。その通りにしたんです。モスクワに行きその足で教会に行った。モスクワのほうが夫を身近に感じます。夫はミチノ墓地に眠っていますから。神父さまに、室内履きをわたさなくてはならないわけを話しました。ちょうど老人が運ばれてきて埋葬されるところでした。棺に近寄って覆いを持ちあげ、室内履きをなかに入れました。「手紙は書きましたか？」「はい、でもどの墓地に眠っているかは書きませんでした」「あの世はひとつです。ご主人は見つかりますよ」

私には生きたいという願望はまったくありませんでした。夜中窓辺に立ち、空を見上げます。「ワーシャ、どうしたらいいの？　あなたがいないのに生きていたくないわ」。昼間、幼稚園のそばを通りかかり、足を止める。このままいつまでも子どもたちをながめていたい。ああ、頭がおかしくなりそう！　それで夜、頼みはじめたのです。「ワーシャ、私ね、赤ちゃんを生むわ。ひとりでいるのがこわいの。もう限界。ワーシャ」。また別の日には「ワーシャ、私、男の人はいらないのよ。あなたよりすてきな人なんていないもの。子どもが欲しいの」

私は二五歳でした。

ひとりの男性をみつけました。すべてをうちあけました。正直に。私たちはデートを重ねましたが、自宅には一度も呼びませんでした。家には呼べない。ワーシャがいますから。私はお菓子工場で働いていました。ケーキを作りながら涙がポロポロこぼれる。泣いてなんかいません。でもポロポロ、ポロポロと。同僚の女の子たちに頼んだ唯一のことは「同情しないでね、同情されたら、私辞めるわ」。みんなと同じでいたかったのです。

ワーシャの勲章が届けられました。赤い色。じっとながめられません。涙がこぼれます。

男の子を生みました。いまは私の生きがいであるこの子がいます。この子はなんでもよく理解できる。「ママ、もしぼくがおばあちゃんのところに二日間行ったら、ママは生きていられる?」。できないわ!　一日だってこの子とはなれるのはこわい。二人で通りを歩いているとき……あ、たおれそう、と感じた。そのときなんです、脳卒中を起こしたのは。外で。「ママ、お水を持ってきてあげようか」「いいのよ、ここにいて。どこにも行かないで」。子どもの手をつかみました。そこで記憶がとぎれました。意識がもどったのは病院で。息子の手をぎゅっと握りしめていたので、医者が私の指を広げるのに苦労したそうです。息子の手には長い間青あざが残っていました。いまではでかけるとき「ママ、ぼくの手だけは握らないでね。ぼくママからはなれたりしないから」。息子も病弱です。二週間学校にいくと二週間家にいます。こんなくらしです。おたがいを気づかい合いながら。部屋のどの隅にもワーシャがいます。彼の写真。夜、私は彼とひたすら話すんです。

原発の職員はみな近くに住んでいます。一生原発で働いてきた人たち。いまでも交代要員として原発に通っています。ほとんどの人は恐ろしい病気や障害がありますが、原発をはなれないのです。今日、どこでだれが彼らを必要とするでしょうか?　たくさんの人があっけなく死んでいく。ベンチにすわったまままたおれる。家をでて、バスを待ちながら、たおれる。彼らは死んでいきますが、だれも彼らの話を真剣に聞いてみようとしません。私たちが体験したことや、死については、人々は耳を傾けるのをいやがる。恐ろしいことについては。

でも……、私があなたにお話ししたのは愛について。私がどんなに愛していたか、お話ししたんです。

# 見落とされた歴史について――自分自身へのインタビュー

スベトラーナ・アレクシエービッチ

――一〇年がすぎました。チェルノブイリはすでに隠喩《メタファー》になり、シンボルになり、歴史にすらなりました。何十冊もの本が書かれ、何千メートルものビデオフィルムが撮影されました。私たちはチェルノブイリのことはすべて知っているような気がする、事実も名前も数字も。なにかつけくわえることがあるのですか？　それに、あたりまえのことですが、人々は忘れたがっています、もう過去のことだと自分を納得させて。

この本はなんについてですか？　なぜあなたはこの本を書いたのですか。

――この本はチェルノブイリについての本じゃありません。チェルノブイリを取りまく世界のこと、私たちが知らなかったこと、ほとんど知らなかったことについての本です。見落とされた歴史とでもいえばいいのかしら。私の関心をひいたのは事故そのものじゃありません。あの夜、原発でなにが起き、だれが悪くて、どんな決定がくだされ、悪魔の穴のうえに石棺を築くために何トンの砂とコンクリートが必要だったかということじゃない。この未知なるもの、謎にふれた人々がどんな気持ちでいたか、なにを感じていたかということです。チェルノブイリは私たちが解き明かさねばならない謎です。もしかしたら、二一世紀への課題、二一世紀への挑戦なのかもしれません。人は、あそこで自分自身の内になにを知り、なにを見抜き、なにを発見したのでしょうか？　自らの世界観に？　この本は人々の気持ちを再現したものです、事故の再現ではありません。

以前何冊か本を書きましたが、私は他人の苦悩をじっとながめるだけでした。今度は私自身もみなと同じく目撃者です。私のくらしは事故の一部なのです。私はここに住んでいる。チェルノブイリの大地、ほとんど世界に知られることのなかった小国ベラルーシに。ここはもう大地じゃない、チェルノブイリの実験室だといまいわれているこの国に。ベラルーシ人はチェルノブイリ人になった。チェルノブイリは私たちの住みかになり、私たち国民の運命になったのです。私はこの本を書かずにはいられませんでした。

――では、チェルノブイリとはいったいなんですか？　なにかの記号ですか？　それとも、過去のどんなできごととも比較できない、科学技術がもたらした大惨事なんでしょうか？

――大惨事以上のものです。よく知られた大惨事とチェルノブイリとを同列に置こうとしても、それではチェルノブイリの意味がわからなくなります。私たちはいつもまちがった方向に進んでいるようです。ここでは過去の経験はまったく役に立たない。チェルノブイリ後、私たちが住んでいるのは別の世界です。前の世界はなくなりました。でも人はこのことを考えたがらない。このことについて一度も深く考えてみたことがないからです。

不意打ちを食らったのです。

取材をした人々から同じ告白を聞くことがたびたびありました。「私が見たことや体験したことを伝えることばがみつからない」「こんなことはどんな本でも読んだことがない、映画でも見たことがない」「こんなことは前にだれからも聞いたことがない」。同じ告白がくりかえされますが、私は意識的にこれらを本から削除しませんでした。全体として同じことがあちこちに書かれています。削除せずに残したのは、たんに信憑性を期すためだけでなく、〈手の加えられていない真実〉のほうが起こりつつあることの異常さをよく映しだすように思えたからです。すべてはじめて明らかにされ、声にだして語られたことです。

なにかが起きた。でも私たちはそのことを考える方法も、よく似たできごとも、体験も持たない。私たちの視力も聴力もそれについていけない、私たちの語彙ですら役に立たない。私たちの内なる器官すべて、それは見たり聞いたり触れたりするようにできているんです。そのどれも不可能。なにかを理解するためには、人は自分自身の枠から出なくてはなりません。

感覚の新しい歴史がはじまったのです。

——しかし人と事件とは必ずしも対等ではありませんね？　ほとんどの場合対等とはいえませんが。

——私がさがしたのは、衝撃を受けた人、自分と事故とを対等に感じた人、じっくり考えている人です。

三年間あちこちまわり、いろいろ話を聞きました。原発の従業員、科学者、元党官僚、医学者、兵士、移住者、サマショール〔強制疎開の対象となった村に自分の一存で帰ってきて住んでいる人〕、職業も運命も世代も気質もさまざまです。神を信じている人、いない人、農民、インテリ。チェルノブイリは彼らの世界の重要なテーマです。内も外もチェルノブイリの悪影響を被っている。大地と水だけじゃない、彼らの時代すべてが。

一人の人間によって語られるできごとはその人の運命ですが、大勢の人によって語られることはすでに歴史です。二つの真実――個人の真実と全体の真実を両立させるのはもっともむずかしいことです。今日の人間は時代のはざまにいるんです。

二つの大惨事が同時に起きてしまいました。ひとつは、私たちの目の前で巨大な社会主義大陸が水中に没してしまうという社会的な大惨事。もうひとつは宇宙的な大惨事、チェルノブイリです。地球規模でこのふたつの爆発が起きたのです。そして私たちにより身近でわかりやすいのは前者のほうなんです。人々は日々のくらしに不安を抱いている。お金の工面、どこに行けばいいのか、なにを信じればいいのか？　どの旗のもとに再び立ちあがればいいのか？　だれもがこういう思いをしている。一方チェルノブイリのことは忘れたがっています。最初はチェルノブイリに勝つことができると思われていた。ところが、それが無意味な試みだとわかると、くちを閉ざしてしまったのです。自分たちが知らないもの、人類が知らないものから身を守ることはむずかしい。チェルノブイリは、私たちをひとつの時代から別の時代へと移してしまったのです。

私たちの前にあるのはだれにとっても新しい現実です。

——しかし、人はなにを話すときにも、自分というものを同時に出してしまうものです。私たちはいったい何者なんでしょうか？

——ベラルーシの歴史は苦悩の歴史です。苦悩は私たちの避難場所です。信仰です。私たちは苦悩の催眠術にかかっている。しかし、私はほかのことについても聞きたかったのです、人間の命の意味、私たちが地上に存在することの意味についても。

訪れては、語り合い、記録しました。この人々は最初に体験したのです。私たちがうすうす気づきはじめたばかりのことを。みんなにとってはまだまだ謎であることを。でも、このことは彼ら自身が語ってくれます。

何度もこんな気がしました。私は未来のことを書き記している……。

# 第一章　死者たちの大地

## 人はなぜ過去をふりかえるのか

ピョートル・S
精神科医

あなたはこのことを書きはじめたのですか？　このことを！　ぼくのことは知られたくないんです。あそこでなにを体験したか、すべてぶちまけてしゃべってしまえたらと思うが、そうすると自分がむきだしにされるような気がする。ぼくはそれがいやなんです。

トルストイの本を覚えておられますか？〔『戦争と平和』の〕ピエール・ベズーホフは戦後、感激のあまり、自分も全世界も永遠に変わったかのような錯覚におちいるんです。しかし、ある時間がすぎると彼は自分にいう。「ぼくはあいかわらず御者をどなり、あいかわらず不平をいうんだ」。じゃあ、なぜ人々は過去をふりかえるのだろう？　真実を再現するためなのか？　公平さを？　解放され、忘れてしまうためなのか？　人々は、自分が壮大なできごとの参加者だということがわかっているのだろうか？　それとも、よりどころとなるものを過去に見出そうとしているのか？　それにしても思い出というのはもろくはかないものです。これは正確な知識ではなく、人が自分自身についてめぐらせる憶測なんです。これは知識ではない、感情にすぎません。

ぼくの感情……。ぼくは苦しみながら、記憶をたぐり、思い出したのです。

ぼくのもっとも恐怖に満ちた体験は子ども時代、戦争です。

ぼくら、ガキのころ〈パパとママ〉ごっこをしたのを覚えている。小さな子を裸にして、一人のうえにもう一人を重ねて寝かせました。この子らは戦後最初に生まれた子どもたちでした。どんなことばをしゃべるようになったか、いつ歩きはじめたか、村じゅうの人が知っていた。なぜなら、戦争中子どもたちが放っておかれたからです。ぼくらは生命の誕生を待っていたんです。生命の誕生を見たかったんです。ぼくら自身はみな八歳か一〇歳でした。

ぼくは、ひとりの女性が自殺しようとしているのを見たことがある。川べりの茂みのなかで。煉瓦をひろって自分の頭を打ちつけていた。彼女は、村じゅうに憎まれていたポリツァイ〔独ソ戦の際ナチスが被占領地の住民から徴募した警官〕の子を身ごもっていたのです。まだ小さかったころ、ぼくは子ネコが生まれるのを見たことがある。母を手伝って、母牛から子牛をひっぱりだしたことも、家で飼っていた豚を交尾させにつれていったこともある。

覚えているんです。殺された父が運ばれてきたときのことを。父が着ていたセーターは母の手編みでした。父は、機関銃か自動小銃で撃たれたのです、血まみれの塊がいくつもこのセーターからじかにはみだしていた。父は、ぼくの家のたったひとつのベッドに横たわっていた。ほかに寝かせる場所がなかったのです。それから、家の前に埋葬されました。でも、大地は安らかな眠りの地ではなかった。まわりでは戦闘がくり広げられていた。道には、殺された馬や人の死体がころがっていたんです。

これは、ぼくにとっては禁断の思い出です、くちにだして話したことはありません。当時、ぼくは死を誕生と同じように受けとめていました。母牛から子牛が生まれるときも、子ネコが生まれるときも、そして、女性が茂みで自殺しようとしていたときも、ほとんど同じ気持ちでした。なぜか同じことのような気がしたのです。誕生と死が。

豚が殺されるとき、家のなかにどんなにおいがただようか、ぼくは子どものころから覚えています。あなたに少しつつかれただけで、ぼくはもう落ちていく、あそこへ落ちていく。あの悪夢のなか、あの恐怖のなかへ落ちていくのです。

忘れてしまいたかった。なにもかも忘れてしまいたい。忘れかけていたんです。ぼくが体験したもっとも恐ろしいことはもう過去のこと、戦争なんだと思っていました。

しかし、ぼくはチェルノブイリの汚染地にでかけた。すでに何回も。そこで、自分が無防備であることを理解したのです。ぼくは崩壊しつつある。過去はもうぼくを守ってはくれない。

## 話はできるよ、生きている者とも死んだ者とも

ジナイーダ・エフドキモブナ・コワレンカ
サマショール

夜中、オオカミが庭に入ってきたのよ。窓からのぞくと、立っていて目が光っていた。ヘッドライトみたいに。

もう、なんでも慣れっこになってしまったよ。村の衆がいなくなって七年間、七年間ひとりでくらしております。夜中、よくすわっておるんです、空が白んでくるまで。そしてひたすら考えるんです。昨日も一晩じゅうベッドの上に背を丸めてすわっておった。それから、おひさまがどんなだか、見にでたんです。

なにを話そうかね？　この世で一番公平なものは死です。まだお金でケリをつけた者はおりません。大地はみなを受け入れてくれる。善人も、悪人も、罪深い者も。この世にこれ以上公平なものはありません。私は身を粉にして正直に一生働いてきましたよ。良心にしたがって生きてきた。ところがこの公平なものにありつけなかった。神さまがみんなに分け与えられて、私の番がくる前に私の分がなくなっちまったんです。若い人も死ぬかもしれんが、老いぼれは死ななきゃならん。はじめのうちは村の衆を待っとりました。みん

なもどってくるだろうと思って。二度ともどらないつもりで出ていったものは一人もおりません。ほんのちょっとのつもりでした。いまじゃ私は死を待っとります。死ぬのはむずかしくないが、恐ろしい。教会がありません。神父さまもきなさらん。告解を聞いてくださる人がおりません。

最初この村に放射能があるといわれたとき、私らは思ったもんです。かかったらすぐ死んじまう、そんな病気のことだと。ちがうんだ、といわれた。それは地面に落ちていて、土のなかにしみ込む。動物は見たり嗅いだりできるかもしれんが、人には見えない、そんなもんだと。でも、うそっぱちですよ！　私は見たんだから。そのセシウムとやらはうちの畑にころがっていて、雨が降ったら流れちまいました。インクのような色で、かけらがきらきらしとった。コルホーズの畑からとんで帰ってうちの畑に行ってみると、青いかけらがひとつ、二〇〇メートルさきにもうひとつころがっておりました。大きさは私の頭のスカーフくらい。となりの奥さんとほかの奥さんを大声で呼んで、みなで走りまわった。畑やまわりの牧草地を二ヘクタールも。大きいかけらを四つ見つけたかね。ひとつは赤色だった。つぎの日は朝早くから雨が降りはじめ、昼ごろにはかけらは消えちまいました。警察がきたときには見せるものはなかった。話しただけですよ。ほらこんな（と手で示す）かけらだったよ。私のスカーフほどの大きさで、青いのと赤いのと。

私らこの放射能はさほどこわくなかった。見たことがなかったり、知らなかったら、こわかったかもしれんがな。見てしまえばもうたいしてこわくない。警察と兵隊が立て札を立てましたよ。家のそばや道路に書かれたんです、七〇キュリー、六〇キュリーと。自分の畑でとれたジャガイモでずっと生きてきたのに、こんどは食べちゃならんだと！　こりゃ一大事だという者やら、へらへら笑っとる者やら。畑仕事をするときにはガーゼのマスクをしてゴム手袋をはめろといわれた。あのとき、えらい学者さんがきなさって、薪は洗って使えと集会所で演説しました。もう、おったまげたよ！　誓ってそういったんだから！　布団カバー、シーツ、カーテンを洗いなおせというんですよ。家のなかにあるのに！　タンスや長持のなかにはいっているのに。家のなかに放射能があってたまるもんかね。窓ガラスもドアもあるんだから。おったまげてしまったよ！　放射能なら森や畑でさがしなってんだ。井戸には錠がかけられ、シートがかぶせられちまった。水が〈汚れている〉んだと。なにが汚れてるもんかね、あんなに澄んでいるのに！　なんだかんだと山ほどいわれましたよ。あんたがたみんな死んじまうよ。村をはなれなくちゃならん。疎開しろと。

おやまあ！　窓の外をごらんなされ。カササギが飛んできとります。私は追い払わないよ。あいつらは納屋の卵をかっぱらったりするけれど、それでも追い払いませんよ。なにも追い払いません！　昨日はウサギが跳んできた。

一生働きづめで、さんざんつらい思いをしてきた。もう十分だよ。なんにもいりません。

死んだら楽になるんだろね。魂はともかくからだは休めるだろうから。娘や息子はみんな町におります。でも私はここをはなれませんよ。神さまは長生きさせてくださったが、幸せはくださらなかった。年寄りはきらわれもんなんです。子どもらは、しばらくはがまんにがまんしておるが、いじめるんです。いまじゃ、子どもがいたっていいことはほんのちょっぴり。町へでていった村の女衆たちは、みんな泣いとります。嫁さんや娘にいびられて。帰りたがっておる。私の亭主はここにおります。墓地の墓のしたに。生きておれば、亭主はほかの土地でくらしていただろうね。私もいっしょに。(突然明るく)行くこともないか！　ここはいいところだもの。なんでも育っていろんな花が咲いとります。ブヨから森の動物まで、なんでもおります。

あなたのためにすっかり思い出しますよ。くる日もくる日も、頭上すれすれのところを飛行機がしきりに飛んでおった。発電所の原子炉にむかってつぎからつぎへと。そして私らの村は疎開。移住ですよ。家に押しかけてくるんだよ。村の衆は鍵をかけて家に閉じこもった。かくれたんです。家畜は騒ぐ、子どもらは泣く、戦争だよ！　でもおひさまが照ってた。私はすわり込んで、家から出なかった。鍵はかけなかった。兵士たちが戸をどんどんたたく。「どうだいおくさん、したくはできたかい」。私は聞いてやりましたよ。「力ずくで手足を縛ろうっていうのかい」。彼らはちょっと黙って、行ってしまった。まだ若くて、ほんの子どもなんですよ。あちこちの家の前でばあさんたちがひざまずいて祈っていた。兵士たちがひとり、ふたりと手をつかんで車につれていきました。私はおどしてやったの。この私にほんのちょっとでもふれてみな、杖でぶったたくよって。ののしってやった。泣きゃしませんでした。あのときは泣かなかったよ。

家でじっとしとりました。どなり声がしたり、しーんとなったりしてたけど、そのうち騒ぎがすっかりおさまった。一日目は家から出なかったよ。

亭主がよくいっとりました。人が銃を撃つ、撃った弾を運ぶのは神さまのお仕事なんだと。人はみな自分の運命を背負っとるんです。移住していった若い衆が、もう大勢死にました。新しい土地で。私は杖をついて歩いておる。よろよろと。さびしくなったらよく泣くんです。村はからっぽ。でも、ここにはいろんな鳥が飛んでる。ヘラジカも平気な顔をして歩いとります。（泣く）

すっかり思い出しますよ。村の衆はでていき、イヌやネコが置いていかれた。最初のころ私は歩きまわってみんなに牛乳をやり、イヌにはパンを食べさせた。みんな自分の家のそばで飼い主を待っとりました。長いこと待っとりましたよ。腹をすかせたネコがキュウリやトマトを食べておるんです。私は、秋口までとなりの木戸の前の草刈りをしとりました。となりの塀がたおれたので直しておいた。みんなを待っとりました。

私が疎開している夢をみます。将校がどなる。「おくさん、われわれはもうすぐぜんぶ燃やして埋めてしまうんだ、出てくるんだ！」。そして、私をどこか知らないところにつれていくの。どこかわからないところ。そこは町でも村でもない、地球でもないの。そうそう、うちにはワーシカという利口なネコがおったんです。冬には飢えたクマネズミが襲ってきてどうしようもなかった。あいつらは布団のなかにもぐりこんだり、穀類が入った樽をかじって穴を開けたり。でも、ワーシカのおかげで助かった。ワーシカがいなかったら、私は死んでいただろうね。私とワーシカはおしゃべりをし、いっしょに食事をした。でも、ある日ワーシカがいなくなった。飢えたイヌどもに襲われて食われちまったのだろうか？　イヌたちはくたばっちまう前は飢えて走りまわっておったから。

ここにはなんでもおる。トカゲ、カエル、ミミズ、ネズミだって。特に春はいいもんだよ。ライラックの花が咲くころが好きなんです。ウワミズザクラがにおうころが。足が達者だったころは自分で歩いてパンを買いに行ったもんです。片道だけでも一五キロ、若いときならひとっ走りなんだがね。歩くのはなんでもないこったよ。戦後、私らはウクライナまで歩いて種を買いに行ったんだから。三〇キロ、五〇キロもの道を歩いて。みんなは一プード〔約一六キロ〕ずつ運んだが、私は三プード持って歩いたんだよ。いまじゃ、家のなかを歩くのも難儀なことです。夏はペチカのうえにいても老いぼれには冷えます。

警官がここにきて村を調べとります。私にパンを持ってきてくれる。ただ、ここでなにを調べているのかね？　住んでいるのは私とネコだけ。これはね、さっき話したのとはべつのネコよ。警察が合図をしてくれると、私とネコはうれしくって。すっとんで行くのよ。

ネコには骨を持ってきてくれる。私はこう聞かれる。「ばあさん、悪いやつに襲われたらどうするんだ？」「この私からなにを盗るつもりかね？　魂かね？　私にはもう魂しか残ってないよ」。ほんとにいい子たちだよ、笑っている。ラジオの電池を持ってきてくれたから、いまじゃラジオを聞いとります。リュドミーラ・ズィキナが好きなんだけど、近ごろじゃあまり歌っていないようだね。私みたいに、年を取っちまったらしいね。亭主がこうもいっとりましたよ。「役目が終われば去るのみ！」とな。

どうやって新しいネコを見つけたかお話ししましょ。私のワーシカがいなくなってしまったの。一日待ち、二日待ち、一ケ月待った。私はひとりぼっちになるところだったよ。話し相手がいなくなるところだった。村を歩き、ひとさまの庭でネコを呼んでみた。「ワーシカ、ムールカ……ワーシカ！　ムールカ！」。私は歩きに歩き、二日間呼びつづけた。三日目に店の近くにネコがすわっておりました。目を見つめ合いましたよ。ネコもうれしそうだったが、私もうれしかった。ネコはことばがしゃべれないだけなんですよ。「さあ、おいで、うちに行こう」。すわったまま「ニャー」。なんとかして説得しようと思った。「こんなところにひとりでいてどうするんだい？　オオカミに食われっちまうよ、殺されちまうよ。おいで、私のうちには卵やサーロ（豚脂身のベーコン）があるよ」。私が先にたって歩くとネコがあとからついてくる。「ニャー」「お前にサーロを切ってあげようね」「ニャー」「ふたりでくらそうね」「ニャー」「お前の名はワーシカだよ」「ニャー」こうして私らもうふた冬もいっしょに越したんですよ。

さびしくなると、ちょっと泣きます。

墓地に行くんですよ。あそこには母が眠っている。私の小さな娘っ子も……。戦時中チフスで死んだんです。亭主のフェージャもあそこ。みんなのそばにちょっと腰をおろして、ちょっとため息をつくんです。この世にいる人間とも、いない人間ともおしゃべりはできるよ。私にとっては同じこと。ひとりでいるとき、悲しいとき、とても悲しいときには、どちらの声も聞こえるんです。

私はね、目を閉じて村を歩きまわるんです。彼らに話しかけるんです。「ここに放射能なんかあるもんかね。チョウチョがとんでるし、マルハナバチもぶんぶんいってるよ。うちのワーシカもネズミを捕っているよ」と。（泣く）

ねえ、私の悲しみがわかってもらえただろうかね？　あんたが、みんなにこの話をしてくれるころには、私はもうこの世にいないかもしれないね。土のした、木の根っこの近くにおりますよ。

# ドアに記された全人生

ニコライ・フォミーチ・カルーギン
父親

ぼくは証言したい。

これは一〇年前に起こり、いま毎日ぼくの身に起きている。いつもぼくとともにある。ぼくたちはプリピャチ市に住んでいた。事故の起きたあの町にです。

ぼくは作家じゃないから、文章で表現できない。理解するには、ぼくには教育もたりない。まあ、ひとりの人間がくらしている……ごくふつうの、たいしたことのない男。仕事にいき、家に帰り、平均的な給料をもらい、年に一度休暇をとってどこかにでかけるという標準的な人間だ。ところが、ある日、この男が突然チェルノブイリ人に変わるんです。珍しいものに！　だれもが関心を持っているのにだれも知らない、なにかそういうものに。みんなと同じでいたくても、もうできない。だめなんだ。ちがう目で見られている。質問される。「あそこは恐ろしかったかい？」「発電所はどんなふうに燃えていたんだい？」「きみはなにを見たかい？」「で、要するにだ、きみには子どもができるの？」「おくさんに逃げられなかったかい？」。最初はぼくたち全員が珍しいものに変わってしまったんです。〈チェルノブイリ人〉ということばそのものがいまでも音響信号のようです。みんなが首をまわしてこっちを見るんです。「あそこからだよ！」

最初の数日に感じたことは、ぼくらが失ったのは町じゃない、全人生なんだということ。家をでたのは三日目でした。原子炉が燃えていた。だれだったか知人が「原子炉のにおいがする」といったのが記憶に残っている。表現しがたいにおい。でも、このことはもう新聞にでてましたね。チェルノブイリは恐怖の工場に変えられてしまったんです。実際にはアニメですが。ぼくは、自分のことだけをお話ししたい。自分の真実を。

「ネコはつれていくな！」とラジオで放送された。スーツケースに入れていこうよ！でも、ネコはいやがってあばれた。みんなひっかかれました。「荷物を持っていくな！」とも。ぼくは、なにも持っていかない。持っていくのはひとつだけ。たったひとつ！家のドアを取りはずして持っていかなければならない。このドアを残してはいけない。玄関には板を打ちつけておくとしよう。

家のドアはぼくらのお守りなんです。家族のだいじな宝物。このドアのうえにはぼくの父が横たわった。どういう風習によるものか知らないし、どこでもこうするわけじゃないが、母が話してくれた。「ここじゃね、亡くなった人はその家のドアに寝かせなくちゃならないのよ」。父は棺が運ばれてくるまで、ドアに横たわっていた。ぼくは一晩じゅう父のそばにいた。父が寝ていたのがこのドアなんです。朝まで玄関は開いたままでした。また、このドアにはてっぺんまでギザギザが刻みこまれている。ぼくの成長のあとが記されているんです。一年生、二年生、七年生、軍隊に入る前。横にはぼくの息子と娘の成長のあと。このドアにはぼくらの全人生が記録されている。どうして残していけるだろうか！

近所の男に頼んだんです。車を持っていたから。「手伝ってくれよ」。彼はぼくの頭を指さしていった。「おい、お前、気は確かか？」。でも、ぼくは持ちだしたんです。このドアを。夜中。バイクに乗せて。森を通って……。持ちだしたのは二年後です。ぼくらの家が略奪にあって、すっからかんになってしまったあとです。警官に追いかけられましたよ。「逃げるな、撃つぞ！」。そうなんです、ぼくは汚染地泥棒にまちがえられたんです。自分の家のドアを、まるで盗むようにして持ってきたんです。

妻と娘を病院に行かせました。ふたりは身体じゅうに黒い斑点ができていました。あらわれたり消えたり。五コペイカくらいの大きさだったが、痛くもかゆくもないという。検査をされました。「検査の結果を教えてください」と頼んだら「あなたがたのための検査じゃない」といわれた。「じゃあ、いったいだれのための検査なんですか？」

当時はそこらじゅうでだれも彼もがいっていた。死んでしまう、死んでしまう。二〇〇〇年までにベラルーシ人は全滅してしまうだろうと。ぼくの娘は六歳だった。寝させようとベッドに入れると、ぼくの耳元でひそひそささやく。「パパ、あたしね、生きていたい。まだちっちゃいんだもの」。娘はなにも理解していないだろうと思っていたんです……。あなたは、頭がツルツルの女の子を一度に七人も想像できますか？　病室にはそんな子が七人いたんです。ああ、もうじゅうぶんだ！　おしまいにします！　話していると、ぼくの心が「おい、お前は裏切っているんだぞ」とささやくのが聞こえるんです。なぜなら、娘を赤の他人のように描写しなくちゃなりませんから。娘の苦しみを。妻が病院からもどって、こらえきれずにいった。「あんなに苦しむのなら、あの子は死んだほうがいいんだわ。あるいは、私が死ねばいいのよ。これ以上見なくてすむもの」。だめだ、もうじゅうぶんだ！　おしまいにします！　とても話せない。

娘はドアのうえに横たえられました。昔、ぼくの父が横たわったあのドアに。小さな棺が届けられるまで。棺は小さかった。大きな人形が入っていた箱のようでした。

ぼくは証言したいんです。ぼくの娘が死んだのは、チェルノブイリが原因なんだと。ところが、ぼくらに望まれているのは、このことを忘れることなんです。

## 共に泣き、共に食事をするために

ゴメリ州ナロブリャ地区ベールィ・ベレク村で
話してくれたのはここに住む七人のサマショール

――これはこれは、みなさん、よくおいでなさった。手のひらがかゆくなると、お客人があるといいますがな。きょうはかゆくなかったんですよ。ナイチンゲールが夜通し歌っていたからいい天気だよ。おやおや、ここのばあさんたちがあっという間に集まってくるよ。ほら、ナージャがもうすっとんできとるわい。

――わしらはいろんな目にあい、耐えてきました。

――まあ、思い出したくもない！　恐ろしい。私らは、兵隊たちに追い出されたんですよ。軍隊の車がつぎからつぎへとやってきたわ。自走砲よ。高齢のおじいさんが寝たきりで、死にそうだったの。どこにいけっていうのかしら？「わしは、ほら、起きて墓にいきますよ。自分の足でな」と泣いていました。家の補償金がいくら支払われたと思います？　見てください、ほんとうに美しいところなんですよ。だれがこの美しさにお金を払えるかしら？　保養地ですよ！

――主人がコルホーズの集会から帰って「わしらは明日疎開だ」という。私は「ジャガイモはどうするの？　掘り出してないよ。間に合わないよ」といった。

――初めのうちは、二、三ケ月後にはみんな死んでしまうんだと思ってましたよ。そういわれたんです。説得され、おどかされました。ありがたいことに生きています。

――ほんとうにありがたいこと。

――村をはなれるとき、母のお墓の土を小袋に入れて持っていきました。「母さん、残していくけど許してね」とひざまずいた。

――兵士たちが犬を殺していた。射殺です。バン、バーン！　それからというもの私は動物の泣き声を聞くのがいやなんです。

──わしはここで班長でした。四五年間。みんなを大事にしましたよ。モスクワの展覧会にわしらの亜麻を持っていった。コルホーズが派遣したんです。記念メダルと表彰状をもらった。ここじゃわしは「ワシーリイ・ニコラエビッチ」と呼ばれ尊敬されているが、新しい土地じゃそうはいかん。ただの老いぼれじじいにすぎん。

──村ではみんないっしょにくらしています。ひとつの世界になって。

──毒があっても、放射能があっても、ここは私の故郷よ。私たちはよそじゃよけいもの。鳥だって自分の巣が恋しいものですよ。

──町で、私は七階の息子のところに住んでいたんだよ。窓に近づいては下を眺め十字をきった。馬やオンドリの泣き声が聞こえるような気がして。ほんとうにかなしい。わが家の夢もみた。雌牛をつないで乳をしぼっている。目が覚めても起きあがる気になれない。心はまだ向こうだもの。私はこっちにいたり向こうにいたりしてました。

──私らは、昼間は新しい場所、夜中は故郷でくらしていた。夢のなかで。

──ここじゃ冬の夜は長いんです。すわっては数える。だれが死んだか。

──わしは死ぬのは恐ろしくない。二度生きるものはいない。木の葉も散る、木もたおれるんだ。

──ばあさまがた、泣きなさんな。わしらは長年模範労働者で、スタハーノフ運動〔一九三〇─四〇年代のソ連の労働生産向上運動〕者でしたぞ。スターリン時代を生き抜いた。戦争も生き抜いた。小話をして楽しまなかったら、とっくの昔に首を吊っていただろうよ。ではひとつ。チェルノブイリの女性が二人話していました。「いまじゃ私らみんな白血病だってよ」「ばかばかしい！　あたしゃ昨日指を切ったけど、赤い血がでたよ」

——故郷は天国ですよ。よそじゃおひさまの光だってちがうもの。

——昔、母親が教えてくれたんです。イコン〔聖像画〕を裏返しにして三日間かけておくんです。そうすりゃ、どこにいたってかならず家に帰れるんだよ。私は二頭の雌牛と二頭の子牛、五頭の豚、ガチョウとニワトリと犬を飼っていました。ああ、どうしようと頭を抱えて庭を歩きました。りんごだってたくさんあった。全滅ですよ！

——家をぞうきんがけし、ペチカを白く塗った。食卓にパンと塩、お皿、スプーンを三つ、スプーンは家族の人数分だけ置くんです。もどってこられるように、そうするの。

——戦争のときには一晩じゅうバンバンと音がし、弾がとんでいた。私らは森のなかに半地下の土小屋を掘った。爆弾がふるようにとんできて、丸焼けになった。家はもちろんのこと、畑もさくらんぼの木も丸焼けでした。戦争だけはまっぴらごめんですよ。ほんとうに恐ろしいわ。

——アルメニアのラジオに質問がきた。〔小話の典型的な出だし〕「チェルノブイリのりんごを食べてもいいでしょうか」。答え「よろしい。ただ食べ残しは地中深く埋めるように」

——私たちは新しい家をもらいました。石造りの家。七年間一本の釘も打てなかった。

よその土地。なにもかもひとさまのもの。主人は泣いてばかりでした。日曜日を待ちながら一週間コルホーズでトラクターに乗り、日曜日になると、壁のそばに寝ころがってさめざめと泣くんですよ。

――私らは、これ以上だれにもだまされないよ。もう自分の土地をはなれません。店はないし、病院も、電気もない。灯油ランプと松明《たいまつ》の明かりでくらしている。でも、私らは楽しい。自分の家ですから。

――町じゃ嫁がぞうきんを持って家じゅう私のあとをつけまわし、ドアのノブや椅子をふいていたよ。ぜんぶ私の補償金で買ったくせに。家具も車《ジグリ》も。家と雌牛の補償金で。お金がなくなれば、母親には用はないんです。

――お金は子どもらが持っていってしまった。残っていた金はインフレに食われてしまったよ。家畜と家の補償金で、いまなら上等のチョコレート菓子が一キロ買えるか買えないかですよ。

――私は二週間歩いたんだよ。そうして自分の雌牛をつれてきたの。だれも家に入れてくれないから、森で野宿をしたよ。

――わしらを恐れているんだよ。汚染されているっていわれているから。

――夏に孫たちがやってきましたよ。最初の何年かはこなかった。恐れていたんですよ。いまじゃたずねてくるし、食料品もやればなんでも持って帰ります。「おばあちゃん、ロビンソン・クルーソーの本を読んだことがある?」と聞かれたよ。私らみたいに、ひとりでくらしていたんだと。人のいないところで。私はマッチを半袋持ってきたんです。斧とシャベルも。いまじゃ、サーロも卵も牛乳も自家製。砂糖だけは畑でできないけれど。ここには土地はいくらでもある。一〇〇ヘクタールだって耕せるんだよ。お上はいない。だれも人のじゃまはしない。おえら方もだれも。

――ネコやイヌもいっしょにもどってきました。兵隊が通してくれないの。特殊部隊なのよ。だから、私らは夜中に森のパルチザンの道を通ったんです。

――国をあてにしちゃいません。なにもいらない。ただ、私たちを放っておいてください。店も、バスもいらない。パンは二〇キロ歩いて買いに行きます。ただ、私たちを放っておいてください! 自分たちでくらせるんだから。

――三家族いっしょにもどってきたが、家はすっかり荒らされておった。ペチカはこわされ、窓やドアがはずされ、床板ははぎとられていた。電球、スイッチ、コンセントも抜き取られ、使えるものはなにひとつありゃしない。この手で最初からやり直しです。この両手で。もちろんですとも。

――野生のガチョウが鳴いている。春がきたんです。種まきの時期なのに、家のなかはからっぽ、まともなのは屋根だけです。

――警察がうるさかったよ。連中が車でくると、わしらは森に逃げる。ドイツ兵から逃げたように。あるときなど検事をつれて攻めてきおった。第一〇条で裁判にかけるぞとおどかすから、わしはいってやったよ。「監獄に一年ぶちこんでみろ、でたらまたここへもどるぞ」。うるさくいうのが連中の仕事で、わしらの仕事は黙っていることだ。わしは模範的コンバイン運転手の勲章を持っている。そのわしを検事は、一〇条に該当するぞとおどかすんだ。

——私らはね、夜は神さまに許しをこい、昼間は警官に許しをこう。「なぜ泣いているのか」っておたずねなさるのかね？　なんで涙がでるのかわかりません。うれしいんですよ、自分の家に住んでるんだもの。

——やっと医者にみてもらったの。「先生、足はいうことをきいちゃくれないし、関節があちこち痛むんです」「おばあさん、雌牛をひきわたさなくちゃ。牛乳に毒があるんですよ」「いんや、だめです。足やひざが痛んでも、雌牛は手放せません。わたしを養ってくれてるんでな」。わたしゃ泣きながらいったんですよ。

——ここじゃ明かりは灯油ランプです。ああ、さっきばあさんたちが話しましたな。豚を殺したら、穴蔵にいれるか、土のなかに埋めるんです。土のなかだと肉は三日もつ。ウオッカはわしらの畑のライ麦で作ります。

——わしは塩を二袋持っている。国の世話にならなくとも、わしらは死にはせん。まわりは森ですからな、薪はたっぷりとある。家は暖かく、ランプがともっている。いうことなしですよ！　つがいのヤギと、三頭の豚、ニワトリが一四羽いる。土地はたっぷり、牧草もたっぷり。水は井戸にある。わしらのところにあるのはコルホーズじゃない、生活共同体《コミューン》だよ。これから馬を一頭買うつもりだ。そうすればわしらはもうなにもいらない。

——私らがもどってきたところは家なんかじゃないんです。ある記者がここにやってきて驚いたように、一〇〇年前の時代なんですよ。鎌で刈り、アスファルトのうえでじかにから、さおで脱穀しています。

——戦時中、私たちは焼けだされ、土のなかに住みました。半地下小屋に。兄と二人の甥が殺された。私の一族では一七人が死にましたよ。母は泣きつづけました。村をまわって物乞いをしているおばあさんが母にいったのです。「なげいていなさるのか？　悲しみなさるな。人のために命をささげた者は尊い人間なんだよ」

——チェルノブイリは戦争に輪をかけた戦争です。人にはどこにも救いがない。大地のうえにも、水のなかにも、空のうえにも。

——ここにはテレビもラジオもない。世の中のできごとはわからないが、そのぶん静かにくらせる。悲しんだりしません。人々がやってきては、話してくれる。あちこちで戦争をしていると。社会主義の時代が終わって、資本主義の時代にくらしているとか。皇帝が帰ってくるとか。ほんとうなんですか？

――森のイノシシやヘラジカが庭にはいってきたりするが、人がくることはめったにない。いつも警官ばかり。

――ねえ、私の家にも寄ってくださいよ。

――うちにも寄ってください。久しくお客さんがないんですよ。

――ほんとにもう、二回も警察にうちのペチカをたたきこわされたんだよ。トラクターでつれていかれたが、私はもどってきた。検問がなければ、みんなはってでももどってくるよ。

――招魂祭にはみんなわれさきにと帰ってきますよ。ひとり残らず。だれもが先祖の供養をしたいんだよ。警察は名簿を見て通してくれるが、一八にならない子どもは入れてくれない。ここにきて自宅のそば、自宅の庭のりんごの木のそばに立つのは、ほんとうにうれしいことなんです。人々はまず墓地で泣き、それから自分の家へと向かいます。家でも泣きながら、祈るんです。ろうそくを立て、塀に抱きついておる。墓の囲いに抱きつくようにして。家のそばに花輪も置く。木戸には白い飾り布をかけるんです。神父さまがお祈りをあげる。「兄弟姉妹のみなさん、忍耐強くあってください」

――墓地には卵もパンも持っていく。ありあわせのものを。それぞれが身内の故人のまわりにすわり、呼びかけます。「お姉さん、会いにきたよ。でておいで、いっしょにお昼を食べようよ」とか「わたしたちのかあさん、わたしたちのとうさん」。魂を天国から呼びもどすんだよ。その年にだれかを亡くした者は泣き、とうの昔に亡くした者は泣きません。話をし、思い出を語る。みんなお祈りをあげる。お祈りのできない人も。

——またひとつ。ウクライナのおばさんが市場で大きな赤いりんごを売っている。「りんごはいかが、チェルノブイリのりんごだよ」。だれかがおばさんに教える。「おばさん、チェルノブイリっていっちゃだめだよ、だれも買っちゃくれないよ」「とんでもない、売れるんだよ。姑や上司にって買う人がいるんだよ」

——国中が大混乱だ。それでここに人が逃げてきておる。人間や法律から逃げて。よそ者はよそ者だけでくらしておる。きびしい顔をし、目には温かさがない。酔っぱらっては放火をする。わしらは夜寝るときに、ベッドのしたに熊手や斧を置いとくんですよ。台所の入口には槌が置いてある。

——戦争がはじまった年には、キノコもベリーも生えなかった。信じられますか？　大地そのものが不幸を感じとったんです。一九四一年。ああ、思い出すわ。戦争のことは忘れられない。〔ドイツ軍に捕まっていた〕捕虜がつれてこられて、身内のものがいたらひきとってもいいというわさが広まったの。村の女たちは立ちあがって、走っていった。夕方、ある者は身内を、ある者はウクライナ人の捕虜をあわれんで身内だといつわりひきとりました。ところが村に虫けら野郎がいたんですよ。みなと同じようにくらし、妻とふたりの子どもがいた。そいつが警備指令部に、私らがウクライナ人をひきとったことを垂れこんだんです。サーシコやワーシコを……。つぎの日、ドイツ人がオートバイでやってきた。私らはひざまずいて頼んだのに、やつらは村からウクライナ人をつれだして、撃ち殺してしまった。九人。まだほんの子どもでいい子だった。ワーシコ、サーシコ……。戦争だけはまっぴらごめんですよ。戦争はほんとに恐ろしい。

——おえら方がやってきては、どなりまくる。わしらは聞かぬふり、だんまりを決め込む。いろんな目にあい、耐えてきたよ。

——私は、悲しかったときのことをいつも思っているのよ。墓地では、大声で泣く者や、静かに泣く者がいる。「黄色い砂よ、大きく開け。暗い夜よ、大きく開け」ととなえる者もいる。森からもどることはできても、土のなかからは二度ともどることはできない。私はやさしく話しかける。「イワン、イワン、わたしゃどうやって生きていけばいいんだね？」でも、うちの人はやさしいことばもなんも答えちゃくれない。

——私は、だれもこわくない。死んだ者もけものも。息子が町からやってきて、しかるんですよ。「なんだってひとりでくらしているんだ？　襲われたらどうするんだ？」。盗られるものなんてありゃしません。もしかすると、神さまはいなさらんのかもしれん、別のだれかかもしれん。あの高いところには、だれかいなさるんだよ。だから、私が生きておるんです。

——じいさんが冬に子牛の枝肉を庭にぶらさげていました。そこへ外国人が案内されてきた。「おじいさん、なにをしているんですか?」「放射能を追いだしているんでさ」

——なんだってチェルノブイリが爆発したんだね? 科学者が悪いんだという者がおる。神さまの髭をひっぱったんだと。神さまは笑われたが、わしらはここで耐えなきゃならん! わしらにはいつだって安らかなくらしはなかった。いつも恐れていた。戦争の直前には人々が逮捕された。この村じゃ、黒い車がやってきて三人の男が畑からつれていかれた。いまだにもどっていない。いつもわしらは恐れていた。

——私のたったひとつの財産は雌牛よ。ひきわたしたっていい、戦争が起きないためなら。戦争だけはほんとに恐ろしい。

——チェルノブイリ、これは戦争に輪をかけた戦争ですよ。

——カッコウも、カササギも鳴いている。ノロジカが走りまわっている。鳥やけものがこれからも繁殖するのか、だれにもわからない。朝、庭を見ると野生のイノシシが穴を掘っていた。人は移住させられるが、ノロジカやイノシシはむりです。家には人が必要。けものにだって人が必要なんです。生き物はみんな人をさがしています。コウノトリが飛んできた。コガネムシがはいでてきた。私はみんなうれしい。

——この村じゃぜんぶがお墓。まわりじゅうお墓よ。ダンプカーやブルドーザーがうなり、家がたおされる。軍隊の埋葬係がひたすら作業をつづける。学校が埋められてしまった。村役場も、公衆浴場も。この世そのものが。住民ももう前とはちがう。たったひとつわからんのですが、人間には魂があるの？　神父さまは、私らは不滅だとおっしゃった。魂はどんなもの？　あの世のどこにみんないるの？　じいさんは二日間生死の境をさまよっておりました。わたしゃペチカの陰にかくれて、どうやって魂がじいさんからはなれていくか、みまもっていた。牛の乳をしぼりに行って、家にとんでかえって呼んでみた。目を開けたまま横たわっていた。魂がとんでいっちまったんだよ。それとも、なんにもなかったの？　じゃあ、私とじいさんはどうやって会えばいいんだろ……。

アンナ・ペトローブナ・バダーエワ
サマショール

## ミミズがいればニワトリだって喜ぶよ

最初の恐怖は……。朝、庭や菜園で死んだモグラを見つけたこと。だれが殺したのかね？　モグラはふつう土のなかから陽の当たるところにはでてこないもんだが。なにかに追い立てられたんですよ。十字架にかけて誓うよ。

ゴメリの息子が電話をかけてきた。

「ママ、コガネムシが飛んでるかい？」

「飛んでいないよ、幼虫だってみかけない。かくれちまってるよ」

「じゃあ、ミミズはいるかい？」

「ミミズがいればニワトリが喜ぶよ。ミミズもいないよ」

「最初の兆候だよ。コガネムシやミミズがいないところは、放射能が強いんだぜ」

「なんだね、放射能というのは？」

「ママ、これは死ぬってことらしいんだ。パパを説得して逃げておいで。ぼくらの家にしばらくいるといいよ」

「だって、まだ菜園の植えつけが終わってないんだよ」

たしかに、燃えておりました。火事ってもんは一時的な現象だから、あのときだれもこわがる者なんていなかった。私らは原子力なんて知らなかった。十字架にかけて誓うよ。私らは原発の近くに住んでた。直線距離で三〇キロ、道路をいけば四〇キロのところだよ。大満足だった。切符を買ってバスで行ったよ。あそこで売ってるものはモスクワ製だからね。ソーセージは安いし、いつもお店に肉があった。品数がそろってた。ほんとうにいい時代だったよ。

いまじゃ恐怖だけ。

ラジオをつける。放射能、放射能とおどかしてばかりだよ。私らはね、放射能があるほうがくらしがよくなったのよ。十字架にかけて誓うよ。オレンジや三種類ものソーセージが運んでこられた、びっくりしたねえ、この村にだよ。私の孫たちは世界を半周したよ。ちいさな孫娘はフランスにいってきた、ほら、昔ナポレオンがロシアに攻めてきたあのフランスよ。「ばあちゃん、私ねパイナップルを見たんだよ！」。二人目の孫はね、さっきの孫娘の妹なんだけど、治療のためにベルリンにつれていってもらった。ヒットラーが私らを攻めてきたあの国よ。何台もの戦車で。いまじゃ、新しい世界なんだね。なにもかも昔とはちがう。この放射能が悪いの、それともなにが悪いの？　放射能はどんなものなの？　もしかしたら、いつかそんな映画があったの？　あなたは見なさった？　白いの、それともどんなの？　どんな色？　色がないんなら、神さまのようなもんだね。神さまはどこにでもいなさるが、だれにも見えない。おどかすんだよ。でも、庭にはリンゴがなってる。木には葉っぱ、畑にはジャガイモがある。チェルノブイリなんていっさいなかったんだと思うよ。でっちあげよ。住民はだまされちまったんだ。

私の妹は亭主と村をでていったよ。ここから、二〇キロのところに。二ケ月おったが、となりの奥さんが走ってきていったんだとよ。「あんたらの雌牛からうちの雌牛に放射能がうつっちまった、死にそうだよ」「どうやって放射能がうつるのかね？」「空中を飛んでさ、ほこりみたいに。放射能は飛べるんだよ」。よくもありもしないことを！　でまかせもいいところよ。

でも、ちょっと考えてみると、どこのうちでもだれかが死んでいるんだよねえ。

で、なにかもっと話そうかね？　生きなくちゃ、それだけだよ。

私らは白樺ジュースも楓ジュースも飲んだ。白樺の樹液、楓の樹液を。ペチカの鉄鍋でさやつきインゲンを煮た。ツルコケモモを煮てキセーリ〔ピュレ状の飲み物〕を作った。戦時中はイラクサやアカザを摘んで食べた。飢えてむくんでいたけれど、死ななかった。森にはベリー類やきのこがあったから。いまじゃ、くらしが変わって、なにもかもだめになっちまった。自然の恵みはいつまでもあるもんだ、鉄鍋でぐつぐつ煮えているものは永遠のものだと思っていた。それが変わってしまうなんて、ぜったい信じられなかったろうよ。でも、変わってしまった。牛乳を飲んじゃだめ。豆もだめ。きのこもベリーも禁止されちまった。肉は三時間水につけておけ、ジャガイモは二度湯でこぼせといわれた。けれども神さまにゃ逆らえません。生きなくちゃ。おどすんですよ、ここの水も飲んじゃならんと。だけど、水なしでどうしろというんだね？　人間のからだは水だよ、水がなくちゃだれも生きられない。石のなかにだって水はあるんだ。水は永遠のものかね？　水はすべての命のみなもとだよ。だれに聞けばいいのかね？　だれもいってくれない。神さまには聞かないもんだ、お祈りするんだよ。生きなくちゃならんのでな。

マリヤ・ボルチョク
隣人

## 歌詞のない歌

どうかお願いでございます。アンナ・スーシコをさがしてください。彼女は私たちの村に住んでいました。コージュシキ村です。名前はアンナ・スーシコ。

　特徴を申しあげます、本に載せてください。せむし、生まれついての唖、ひとりぐらし、六〇歳。村が移住するとき、彼女は救急車に乗せられ、どこかにつれていかれたきりです。アンナは読み書きができないから、私らに手紙を書けません。ひとりぐらしの者や病人は施設に集められて、かくされたんです。でも、だれも住所を知りません。本に載せてください。

　村中で彼女をたいせつにしていました。小さな子どものように世話をしてやりました。薪を割ったり、牛乳を届けたり、夕方ちょっと家にいてやったり、ペチカの火をおこしたり。私らがよその土地をさまよったあげく、故郷の家にもどって二年になります。彼女に伝えてください。お前さんの家は無事だよ、屋根も窓も残っているよ。こわれたり、盗られたりしたものは、いっしょになおそうねと。彼女がどこでくらし、苦しんでいるのか、住所だけは教えてください。つれにいきます。さびしくて死んでしまわないように、村につれて帰ります。どうかお願いでございます。汚れのない魂が知らない土地で苦しんでいるんです。

　ああ、そうそう、忘れていました。もうひとつ特徴があるんです。どこかが痛いと、彼女はゆっくりと歌うのです。歌詞のない声だけの歌を。くちがきけないので、痛いときにはゆっくりと声をのばすんです。「ア……ア……」と訴えます。

## 古くからの恐怖——三人のモノローグ

母と娘、ひとことも話さなかった男性（娘の夫）の家庭で

（娘）私は、最初のうちは昼も夜も泣いていました。泣いたり、話したりしたかった。私たちはタジキスタンからきました、ドゥシャンベから。あそこでは戦争です。

私はこの話はだめなんです。赤ちゃんが生まれるんです。妊娠しているんです。でも、あなたにお話しします。

あそこでは昼間、男たちがバスに乗り込んできて身分証明書を調べます。自動小銃を持ってはいますが、ふつうの男です。身分証明書を見ては乗客の男をバスからひきずりおろす。ドアのそばで、すぐに撃ち殺すんです。むこうにつれていきもしないで。こんなひどい話、自分でもぜったいに信じなかったと思います。でも、見たんです。二人の男性がおろされるのを見たんです。ひとりはとても若くてハンサムで、やつらになにかさけんでいました。タジク語とロシア語で。妻が最近出産したばかりなんだ、家には小さな子が三人いるんだと。でも、やつらは笑っていただけ。同じようにまだ若いんです、とても若いの。銃を持っていましたが、ふつうの人です。若い男はしゃがんでそいつらの運動靴にキスをした。バスの乗客はみな沈黙している。発車したとたん、うしろでダ、ダ、ダ……。こわ

くてふりむけませんでした。（泣く）

私はこの話はだめなんです。妊娠していますから。でもお話しします。お願いがひとつ。私の姓は書かないでください。名前はスベトラーナです。むこうに親戚が残っていて、彼らが殺されますから。以前は思っていました、ソ連ではもうぜったいに戦争はないんだと。広くて、大好きで、いちばん強い国でした。以前、ソビエト連邦で私たちはこう聞かされてきた。国民のくらしが貧しくつつましいのは、大戦争が終わり、国民が被害を受けたからだと。そのかわり、ソ連の軍隊はいまや強力であり、だれもわが国に干渉しないだろう。わが国は最強なんだと。ところが、私たちはおたがいどうしで撃ち合いをはじめたんです。いまの戦争は、ドイツまで進軍した祖父が話してくれた戦争とはちがう。いまでは、となりの人がとなりの人を撃ち、同じ学校で学んだ少年同士が殺し合い、机を並べて学んだ少女をレイプする。みんな狂っています。

私たちの夫は沈黙しています。ここにいる男たちは語らない。あなたになにも話さないでしょう。夫たちは背後から罵声をあびせられた。女のように逃げやがる、臆病者め、祖国をうらぎりやがってと。なにが悪いというの？　撃つことができないのは、悪いこと？　私の夫はタジク人だから、戦争にいって人を殺さねばならなかった。でも、彼は「国を出よう、戦争にはいきたくない。ぼくには銃はいらない」といったんです。あそこは夫の土地、でも夫は国をはなれたのです。自分と同じタジク人を殺したくなかったから。彼はここでは孤独です。あそこでは夫の兄弟たちが戦っている、すでにひとり殺されました。夫の母親も姉妹もあそこにいる。私たちはドゥシャンベの汽車でここにきました。ガラスもなく、暖房もなく、ひどい寒さでした。銃撃こそされませんでしたが、途中窓に石が投げつけられ、ガラスが割れました。「ロシア野郎め、とっとと消えうせろ、占領者め！　搾取されるのはもうごめんだぜ！」。夫はタジク人で、すべて聞いていました。子どもたちも聞いていました。私の娘は一年生でしたが、あるタジク人の男の子が好きでした。学校から帰ってきて「ママ、私はなに人なの？　タジク人？　ロシア人？」と聞く。なんて説明すればいいの？

私はこの話はだめなんです。でもお話しします。あそこではパミールのタジク人と、クリャーブのタジク人が戦っています。同じタジク人、同じコーラン、同じ宗教でありながら、パミールとクリャーブのタジク人同士で殺し合っているんです。

私は産院の看護婦でした。夜勤です。お産がはじまり、難産で妊婦が大声をあげている。看護係がとび込んでくる。未消毒の手袋と白衣を身につけて。どうしたの、なにがあったの？　そんなかっこうで分娩室に入るなんて⁉　「たいへん、強盗よ！」。あいつらは黒い覆面をし、武器を持っていた。まっすぐに私たちのところにくる。「麻酔薬とアルコールをだせ」「麻酔薬もアルコールもないわ」。医者を壁に押しつけて「だせ！」。そのときです。妊婦が、喜びに満ちた安堵の声をあげたんです。そして赤ん坊の産声。たったいま生まれたんです。私は二人の上にかがみこみましたが、男の子だったか、女の子だったか、それさえ覚えていない。赤ちゃんにはまだ名前もなにもなかった。あいつらは私たちに聞く。「クリャーブのタジク人か、パミールか?」。男の子か女の子かではなく、クリャーブかパミールか? 私たちは答えない。あいつらはどなる。「どっちなんだ!?」。私たちは黙っている。すると、あいつらはこの赤ちゃんをひったくって、窓から投げすてた……。赤ちゃんはたった五分か一〇分この世に生を受けただけ。私は看護婦ですから、子どもの死には何度もたちあってきました。でも、そこじゃ……。私はこんなことを思い出しちゃいけないんです(泣く)。こんなことのあとで、どう生きればいいの? どうして子どもを生めて?(泣く)

産院でのこの事件のあと、私の両手には慢性湿疹が広がり、静脈が浮きでてきました。無気力になり、ベッドから起きあがるのもいやでした(泣く)。病院の近くまで行ってはひきかえしました。私自身もすでに妊娠していました。あそこで生めなかった。ここにきたんです、ベラルーシのナロブリャに。小さな静かな町。これ以上お聞きにならないで。すべてお話ししました。(泣く)

あ、待ってください。あなたにわかっていただきたいの。私は神さまはこわくない。こわいのは人間です。最初のうち、私たちはここでたずねました。「放射能はどこにあるんですか?」「あなたが立つと、そこにあるのよ」。じゃあ、この土地ぜんぶってこと?(泣く）空き家がいっぱい。住人は出ていったのです。こわがって。

私は、ここはあそこほどにはこわくありません。ここには銃を撃つ人はいない。それだけでもましです。私たちはここで家をもらい、夫は仕事をもらった。知人に手紙を出したら、彼らも昨日やってきました。永住するつもりで。あそこでは戦争……。今日戦争を見たことがない人には説明のしようがありません。

あそこで私は魂のぬけがらでした。ぬけがらのままでどうして子どもを生めて？　ここにはほとんど人がいない。空き家ばかり。森のちかくに住んでいます。人がたくさんいるとこわいんです。駅や、戦場のように。（泣きじゃくって黙る）

（母親）戦争のことだけ。戦争のことだけなら話せます。どうしてここにきたかですって？　チェルノブイリの土地に？　ここからはもう追い出されずにすむからですよ。この土地はもうだれのものでもない。神さまが取りあげられ、住民は去ってしまったんです。ドゥシャンベでは私は駅の助役で、もう一人タジク人の助役がいました。私たちの子どもはともに育ち学びました。私たちはいっしょに祝日の食卓を囲みました。お正月やメーデーに。いっしょにワインをのみ、ピラフを食べた。彼は私を「ねえさん、おれのロシアのねえさん」と呼んでくれた。それがですよ、私たちは同じ執務室にいたのですが、私の机の前で立ち止まって、どなったのです。

「いったいいつになったらロシアにずらかるんだい？　ここはおれたちの土地だぜ」

その瞬間、私の理性がふっとんだんじゃないかと思いましたよ。彼にかけ寄りました。

「あんたの着ているジャンパーはどこの？」

「レニングラード製だよ」不意をつかれて彼は答える。

「この悪党め、ロシアのジャンパーをおぬぎ！」

ジャンパーを引きはがしてやりました。

「帽子はどこ製？」

シベリアから届いたと自慢していました。悪党め、帽子をぬぐんだよ！　ワイシャツもよこすんだ！　ズボンもよ！　モスクワの工場で縫ったのよ！　それもロシア製よ！

パンツ一枚にしてやりたかった。頑丈な男で、私はそいつの肩までしかなかったけれど、どこからそんな力がでたのかしら、ぜんぶ引きはがしてやりたいほどでした。もうまわりに人が集まっていた。そいつがわめき散らしている。

「きちがい女め、はなれやがれ！」

「いやよ、ロシア製品をぜんぶわたしてよ。ロシアのものは私のものよ、ぜんぶ取りあげるわ！」

私は理性を失くしそうでした。

夜昼なく私たちは働いていました。どの車輛も満員でした。住民が脱出していたんです。

たくさんのロシア人がこの地を去った。何千人！　何万人！　何十万人が！　午前二時にモスクワ行きの列車を発車させたあと、待合室にクルガン・チュベ市の子どもたちが残っていました。モスクワ行きに乗り遅れたのです。私は子どもたちをかくしました。かくまったのです。二人の男が私に近づく。自動小銃を手にして。

「まあ、みなさん、ここでなにをしているの？」。私の心臓はどきどきしはじめた。

「あんたが悪いんじゃないか。どのドアも開けっ放しにして」

「発車させていたのよ、閉めるひまがなかったわ」

「あっちにいる子どもはなんだい？」

「ここの子どもたちよ、ドゥシャンベの」

「ひょってして、クルガンの子じゃないか、クリャーブ地方の？」

「とんでもない、ここの子どもたちよ」

やつらは去った。もし、待合室が開けられていたらどうなっていたことか？　そいつらは全員を……ついでに私にも、ひたいにずどんと一発！　あそこでは武器を手にした人間だけが権力なんです。朝、私は子どもたちをアストラハン行きに乗せて、スイカを運ぶように輸送しなさい、ドアを開けないようにと命じました(沈黙、それから長い間泣く)。人間よりも恐ろしいものってほんとうにあるのでしょうか？(再びくちを閉ざす)

ここの通りを歩きながらも、一分おきにふりむいたものです。だれかに背後からねらわれているような気がしたのです、待ち伏せされているような。あそこでは死を考えない日は一日たりともなかった。外出するときにはいつも洗いたてのブラウス、スカート、きれいな下着を身につけました。もしかしたら、殺されるかもしれませんから。いまは、ひとりで森を散歩してもなにもこわくない。森には人はいません。一人も。歩きながら過去をふりかえってみる。「これはすべて私の身に起きたことかしら、それともちがうのかしら」。猟師に会うこともあります。銃を持ち、犬をつれ、線量計を手にしている。猟師も武器を持った人間ですが、あいつらとはちがう、人間を追いかけたりしない。銃声がしても、私は、ねらわれているのがカラスやウサギだと知っている(沈黙)。だから、私はここじゃこわいと思いません。土地や水がこわいなんて考えられない。恐ろしいのは人間です。あそこでは、人間は一〇〇ドルだして市場で銃を買うんです。

ひとりのタジク人の若者を思い出します。ほかの若者を追いかけていました。人間を!! 彼の足取り、息づかいから、殺すつもりなんだとすぐにわかりました。でも相手はかくれて、うまく逃げました。この若者はひきかえしてくる。私のそばを通りすぎるとき、いうのです。「おばさん、どこか水が飲めるところがあるかい」。なにごともなかったかのように、あっけらかんとして。駅には給水タンクがあるので教えました。彼の目を見つめていいきかせた。「あんたたち、なんのために追いかけ合うの? なんのために殺し合うの?」。さすがに恥ずかしくなったのか「おばさん、大声をださないでくれよ」。でも、何人かいっしょだと、人が変わるんです。三人、あるいは二人ででもいたなら、私は撃ち殺されたかもしれません。一対一なら、まだことばが通じたのです。

森のなかを散歩しながら考えます。私の仲間は、みなテレビの前にすわっている。むこうのようすは？　なにが起きているのか？　でも、私は見たくないんです。

生活があったんです。べつの生活が。私はあそこでは重要人物とみなされ、軍人の肩書きもありました。鉄道部隊中佐でした。ここでは無職でしたが、市役所の掃除婦の職にありつきました。床掃除。人生は終わりよ。第二の人生を生きるには、もう力がないわ。ここでは同情してくれる人もいるし、不平をもらす人もいる。「難民はジャガイモ泥棒だ、毎晩掘りだしてかっぱらう」と。私の母がよくいっていましたが、戦時中は人々はもっとおたがいに思いやりがあったそうです。最近、森の近くで野生化した馬の死体が発見されました。別の場所ではウサギが。殺されたのではなく、病死でした。みんながこれを心配しはじめました。ホームレスの死体もみつかったけれど、話題にはならなかった。どういうわけか、どこでも人は人の死体に平気になっているんです。

レーナ・Ｍ、キルギス出身
写真を撮るときのように玄関先に五人の子どもとつれてきたネコのメチェーリツァと並んですわる

私たち、戦争から逃げるようにしてきたの。身のまわり品を持って。ネコが駅までずっとついてきたから、つれてきたわ。一二日間汽車に乗り、最後の二日はびんに入ったキャベツの漬け物と、お湯があっただけ。汽車のドアのところにだれかが見張りに立っていた、手に手にバールや、斧、金槌を持って。

なぜここにきたか、お話しするわ。ある晩、強盗に襲われたんです。あやうく殺されかけました。テレビや冷蔵庫があるばかりに、いまじゃ殺されることもあるんです。戦争から逃げるようにしてきたわ。私たちが住んでいたキルギスは、いまのところ銃撃はありませんが。まだゴルバチョフ政権のころ、オシ市で身の毛のよだつような流血騒ぎがありました。キルギス人とウズベク人の……。これは、なんとかおさまりました。でも、まだ町には不穏な空気がただよっていました。どれほど恐ろしかったかお話しします。私たちはロシア人だからもちろんですが、キルギス人自身も流血騒ぎを恐れていました。キルギスでパンを買いに並んでいると、彼らはどなるんです。「ロシア人はとっとと国に帰ってくれ。キルギスはキルギス人のもんだ！」と行列から押し出されます。さらにキルギス語で「おれたちの分でさえパンがたりないのに、お前らにまで食わせなきゃならん」というようなことも。私はキルギス語はあまりわかりません。市場で値切ったり、買い物をするために単語を少し覚えただけです。

私たちには祖国がありましたが、いまはありません。私はなに人なのかしら？　母はウクライナ人で、父はロシア人。キルギスで生まれ、育ち、タタール人と結婚しました。私の子どもたちはなに人かしら、なに民族なのかしら？　私たちはみんな混血、血が混じっています。私と子どもの身分証明書にはロシア人と書かれていますが、私たちはロシア人じゃない、ソビエト人です。でも、私の生まれた国はもうない。故郷と呼んだ場所も、私たちの故郷であった時代もありません。私たち、いまじゃコウモリみたいなもの。五人の子どもがいます。長男は八年生で末娘は幼稚園児です。ここにつれてきました。私たちの国はなくなっても、私たちはいるんです。

私はキルギスで生まれ、育った。工場を建設し、工場で働きました。なのに「お前の土地に帰ってくれ、ここはぜんぶおれたちのもんだ」。子どもたちのほかには、なにも持ち出させてくれませんでした。「ここのものはぜんぶおれたちのもんだ」と。じゃあ、私たちのものはどこ？　人々は逃げだしている。すべてのロシア人、ソビエト人がです。この人たちを必要とする場所はない。待っていてくれる人もいない。

以前は幸せでしたよ。子どもたちはみんな愛の結晶。男、男、男、それから女の子を二人つづけて生みました。これ以上はお話ししません。泣き出してしまいそう……。(しかし、さらに少しつけ加える)私たちはチェルノブイリに住みます。いまではここが私たちの家です。チェルノブイリが私たちの家、故郷なんです。(突然ほほえんで)鳥だってほかと同じよ。レーニンの銅像だって立ってるもの。(木戸のそばで別れを告げながら)朝早くとなりの家で槌の音がするの、窓に打ちつけてある板をはがしているんです。女性に会ったわ。「どこからきたの」「チェチェンからよ」。彼女はなにも話さず、泣くばかりでした。私はいろいろ質問されたり、驚いた目で見られるんです。ある人は、面と向かって私にきいたわ。「ペストやコレラがはやっている土地でも子どもをつれてきますか?」。ペストやコレラだったら……。でも、ここでいわれているような恐怖を私は知らないのです。私の記憶にはありませんから。

## 人は愛の飾らぬことばにおいては……

ぼくは逃げていた、世間から逃げていたんです。最初の頃はあちこちの駅に入りびたっていました。駅は好きでした。人が大勢いても、一人でいられる。それから、ここへきました。ここは自由気ままです。

自分の人生は忘れました。たずねないでいただきたい。本で読んだことは覚えている。人に聞いたことも覚えている。だが、自分の人生は忘れてしまった。若気のいたりでした。罪を背負ってしまったんです。心から悔い改めれば、神がお許しにならない罪はありません。

人間が幸福になれるはずがないんです。神は孤独なアダムをごらんになり、イブを与えたもうた。幸福になるためで、罪を犯すためではない。しかし、人はしあわせになれないでいます。ぼくはたそがれ時がきらいです。ちょうどいまのように、光から闇へ移りかわるこの時間が。ぼくがどこにいたのか、いまでも理解できない。そうなんです。生きるもよし、生きなくともよし、ぼくにはどうでもいいことなんです。人の命は草のごとし、花が咲き、枯れ、そして火中に投じられる。ぼくは考えることが好きになりました。ここでは、けものに襲われても寒さにやられても同じように死ぬんです。数十キロ内には人っ子ひとりいない。悪霊を追いはらうには精進とお祈りです。精進は肉体のため、お祈りは魂のため。だが、ぼくは孤独であったことはない。神を信じるものは孤独ではありえない。村をまわる。以前はマカロニや小麦粉、植物油、缶詰類をみつけた。いまでは墓地で物乞いぐらしです。死者のために食べ物や飲み物が置いていかれる。彼らには用のないものです。死者は私を恨んだりしないでしょう。野原には野生のライ麦、森にはキノコやベリー類。ここは自由気ままです。

ブルガーコフ神父さま〔S・ブルガーコフ、一八七一—一九四四〕の本で読んだことがあります。「確かにこの世界は神が創りたもうた。ならばこの世界が繁栄しないはずがない」。そして必要なのは「勇気を持ち歴史を最後まで耐えぬくこと」。そうなんです。そして、だれかの本で読んだ。名前は覚えていないが思想は覚えている。「悪そのものは実体にあらず、闇が光の欠如にほかならぬごとく、善の喪失なのである」。ここでは本をみつけるのは簡単です、すぐみつかります。粘土製の空の水差しやスプーン、フォークはもう拾えないが、本はころがっているんです。最近、プーシキンを一冊みつけた。「死の思いも私の心に心地よい」。そうなんです。覚えている。「死の思いも」。ぼくは考えるのが好きです。人は不平不満をくちにすることは多いが、考えることはしない。

四本足で立つ動物はすべて大地を見つめ、大地に惹かれます。人だけが大地に立ち、両手を伸ばし、顔は天をあおぎ、立ち上がるんです。神に向かって、祈るために。老婆が教会でお祈りをしている。「私たちのすべての罪を許したまえ」。だが、学者も技師も軍人もだれひとりとして自分の罪を認めようとしません。「私には悔い改めることなどなにもない。なぜ私が悔い改めなくてはならないのかね？」。そういうことなんです。

ぼくはただ祈っています。心のなかで。主よ、我を汝の道に呼び返したまえ！　我に聞きたまえ！　人は不幸のなかでのみ鋭敏である。だが、愛の飾らぬことばにおいて人はなんと素直で気さくなんだろう。哲学者のことばでさえ、彼らが肌で理解している思想とは完全に同じではありません。ことばが心の内にあるものと完全に一致するのは、祈りや祈りの思いにおいてのみです。ぼくはからだでこれを感じるんです。主よ、我を汝の道に呼び返したまえ！　我に聞きたまえ！

ぼくは人間が恐ろしい。だから常に人間に、いい人間に会いたいと思っている。そういうことなんです。ここに住んでいるのは身をかくしている悪党どもか、あるいは私のような受難者です。

ぼくの名前ですか？　身分証明書を持っていません。警察に取り上げられた。ぶたれましたよ。「なんだってうろついてるんだ？」「うろついてはいません、悔い改めているんです」。もっとひどくぶたれた。頭を。そうだ、こう書いてください。神の僕《しもべ》ニコライと。いままでは、自由な人間です。

# 兵士たちの合唱

＊ぼくらの連隊は、警報で出動したんです。行き先を聞かされたのは、モスクワの白ロシア駅でした。レニングラードからきたとかいう若者が抗議をはじめた。軍法会議にかけるぞと彼はおどされました。隊列の前で隊長がいったんです。「監獄行きか、銃殺刑だ」。でも、ぼくの気持ちはちがった。正反対。なにか英雄的なことがしたかった。子どもじみた衝動かもしれないけれど、ぼくみたいな者の方が多かったですよ。

＊ぼくらは車で乗りこんだ。「禁止区域」の標識が立っていた。ぼくは戦争に行ったことはないけれど、なんだかそんな感じでした。記憶のどこからか……どこからだろう？　死と結びついたなにか。

家々は封印され、コルホーズの機械類は放りだされたままだった。見るのは興味深かった。だれもいない、ぼくら警官がパトロールしているだけです。車で発電所の原子炉のすぐそばに行ってきた。記念写真を撮りに。家に帰って自慢したかったんです。恐怖と同時に押さえがたい好奇心があった、これはいったいなんなんだと。ちなみに、ぼくは拒否したんです。妻が若いから、危険を犯したくなかった。でも仲間はウォッカを二〇〇グラムずつ飲んで行きました。

＊すてられた家。ドアに貼り紙。「親愛なる方へ、貴重品をさがさないでください。私たちの家にはありません。なんでも使ってください。でも盗っていかないで。私たちはもどってきますから」。ほかの家でもいろんな手紙を見ました。「私たちを許してね、私たちの家！」。人と別れるように家に別れを告げていた。「朝、でていきます」「夜、発ちます」日付、何時何分まで書いてある。ちぎった学習帳に書かれた手紙もあった。「ネコを殺さないでね。ネズミがぜんぶかじっちゃうから」。子どもの字ですよ。「うちのジュリカを殺さないでね、いい子なんだよ」

＊召集された。任務は移住させられた村へ地元の住民を入れないこと。平和なくらし。でも、ぼくらは立っているんです。軍服をきて。ばあさんたちが集まって泣く。「兄ちゃんたち、通しておくれ。私らの土地、私らの家なんだよ」。卵、サーロ、密造酒を持って頼みにくるんだ。

＊ぼくは軍人だ。命令されたら、やらねばならない。ぼくら金はたくさんもらった。しか

し、金は、問題じゃないんだ。ぼくの給料は四〇〇ルーブルだったが、あそこじゃ一〇〇〇ルーブル(当時のソ連のルーブルで)もらった。あとで、ぼくらは非難をあびた。「スコップで金を山ほどかき集めてきたくせに、あいつらに優先的に車や家具を与えろだって」。くやしいぜ、あたりまえだろ。英雄的なことをしたい衝動があったんだから。あそこに発つ前には恐ろしいと思ったよ、ほんの一時。ところが、あそこでは恐怖が消えていくんだ。恐怖が目に見えないんだから。

ひとりの学者がいう。「私は、きみらのヘリコプターを舌でなめてきれいにしたっていい。それで、私になにか起きることはないよ」。べつの学者がいう。「おい、きみたち、なんで防護用具をつけないで飛ぶんだ。命をちぢめる気かい？ 鉛でおおって接合したまえ」。朝から夜まで飛んだ。作業、重労働。夜は、テレビの前にすわった。ちょうどサッカーのワールドカップをやってたんです。もちろん、話題はサッカーのことだよ。

ぼくらは考え込むようになった。たしか、三年がすぎたころだよ。ひとり、ふたりと発病したときです。だれかが死に、気がふれた。自殺者もでた。それで、考え込むようになったんだ。ぼくはアフガンに二年いたし、チェルノブイリに三ケ月いた。人生でもっとも輝いていた時期なんだ。

チェルノブイリに送られたことは両親には伏せていた。弟が、偶然『イズベスチヤ』〔新聞〕を買い、ぼくの写真をみつけて母に見せた。「ほら見て、兄さんだよ。英雄なんだ！」。

母さんは泣きだしたよ。

＊ぼくは行った。行かなくてもよかったんだが、志願したんです。当初は、あそこで無関心なやつはみかけなかったが、あとになって慣れてしまうと、うつろな目をしていた。勲章をせしめたい？　特典か。くだらんね。ぼくにはなにも必要なかった。アパートに車、それからなに？　ああ、別荘ね。ぼくはぜんぶ持っていましたから。男が熱中できることなんです。ほんものの男たちがほんものの仕事をしに行くんです。ほかのやつら？　女のスカートのしたにもぐってな。

家に帰った。あそこで着ていたものはすっかり脱いで、ダストシュートに投げこんだ。パイロット帽だけは幼い息子にやったんです。とてもほしがったから。息子はいつもかぶっていた。二年後、息子に診断がくだされた。脳浮腫……このさきはあなたが書いてください。ぼくはこれ以上話したくない。

＊ぼくはアフガン戦争から帰ったばかりだった。生きたかった。結婚したかった。すぐにも結婚するつもりだった。ところが、まもなく〈短期特別召集〉の出頭命令書がきた。一時間以内に指定場所に出頭せよ。母さんはすぐに泣きだした。ぼくがまた戦争に取られると思ったんです。

どこにつれていかれるんだろう？　なんのため？　さっぱりわからない。スルックで着替えさせられ、軍の装備が支給された。そして、地区中心の町ホイニキに行くんだということだけ教えられた。ホイニキについてみると、住民はなにも知らない。さらに進むと、結婚式をあげている村にでた。若者がキスをし、音楽が流れ、密造酒を飲んでいる。ふつうの結婚式なんです。ところが、ぼくらは命令された。シャベルひと掘り分の深さの土を削れと。

アフガンから帰ったときには、これから生きるんだということがわかっていた。でも、チェルノブイリではなにもかも反対。殺されるのは帰ってからなんです。

＊ぼくはなにを覚えているだろう？　記憶になにが刻み込まれたか？　一日じゅう、車で村から村へとかけずりまわっている。放射線測定員たちといっしょに。それで、ぼくにりんごをくれる女性はひとりもいない。

＊一〇年たった。なにもなかったかのようだよ。もし発病しなかったら、ぼくは忘れていただろう。

祖国に奉仕せねばならない！　ダンプカーが与えられ、ぼくはコンクリートを運んだ。よし、やるか。無事終わるさ。独身の青年たち。どいつもこいつもガスマスクなしだ。いや、ひとり覚えている。年配の運転手。彼だけはいつもマスクをはめていた。ぼくらはしていなかった。交通警察官はマスクなしで立っていた。ぼくらは運転室のなかだが、交通警察官は放射能のほこりのなかに八時間ずつ立ちっぱなしだ。酒を飲んだ。ウォッカですよ。ストレス解消に効くって知ってたから。酔っぱらい運転の罰金を取っている警官が酔っぱらっているなんて、ありふれた光景でした。

ソビエト的ヒロイズムの数々の奇跡のことは書かないでください。ありましたよ、奇跡が。はじめはいいかげんででたらめだったけど、あとで奇跡が起きたんです。みんなのために命を投げだしてくれ……だいたいこんな命令はあっちゃならないはずなのに、こんなことはだれも書かないんです。原子炉にまく砂のように、ぼくらはあそこにまき散らされたんです。

＊ぼくは洗濯をしてくれたおばさんたちのことを忘れないだろう。洗濯機はなかった。そこまではだれも頭がまわらず、持ち込まれなかったんです。手洗いですよ。みな年配の女性で、手には水ぶくれやかさぶたができていた。洗濯物はたんにきたないだけじゃない、何十レントゲンもあったんです。「兄ちゃんたち、もっと食べな」「兄ちゃんたち、ちょっと寝なさい」「兄ちゃんたち、若いんだから、からだをたいせつにするんだよ」。ぼくらを気づかい、泣いていた。あのおばさんたち、いま生きているんだろうか？

＊命令されて行ったんです。ぼくは党員でしたから。警察に勤務し、曹長でした。昇級が約束されたんです。一九八七年七月のことでした。
ぼくらは軍人として行きました。しかし、当面必要だからと、ぼくらのなかからレンガ積み作業班が作られ、薬局を建てました。すぐにだるさと眠気を感じ、医者のところに行ったんです。「どこも異常なし、暑さのせいだよ」。食堂にはコルホーズから肉や牛乳、サワークリームが運ばれ、ぼくらは食べました。医者はなにもさわろうとしなかった。食事が用意される。彼はすべて基準値以下であると雑誌に書いているが、自分は食べようとしなかった。ぼくらは気づいていましたよ。

ぼくは半年後に任期を終えた。職務規定では任期は半年でしたから。そのあと交代要員がくるはずだったんです。ぼくらはちょっと足留めをくった。バルト三国が出動を拒否したからです。そんな状況でした。

ぼくは知っている。動かせる物はすべて盗まれ、持ち出されてしまっていた。汚染地がまるごとこちらへ運んでこられたんです。自由市場や、委託販売店、別荘をさがしてみてください。有刺鉄線の向こう側に残っているのは土地だけです。それと、墓。
＊ぼくは放射線測定員だった。暗くなると、ぼくらの移動宿舎に若者が車で乗りつけてく

る。「金、たばこ、ウォッカを持ってきてやったぜ。没収済みのがらくたをちょっとひっかきまわさせてくれよ」。バッグに詰めて、やつらどこに持っていくんだろう。おそらく、キエフやミンスクのがらくた市だろう。残ったものはぼくらが埋めた。洋服、ブーツ、椅子、アコーディオン、ミシン。〈共同墓地〉と呼ばれる穴を掘っては埋めた。

家に帰った。ダンスにいく。女の子に恋をした。

「つきあってくれよ」

「なんで？　あんた、いまじゃチェルノブイリ人よ。あんたの子どもを生むなんてこわくって！」

＊あそこでぼくの正式な職務は警備小隊長でした。黙示録の地域の責任者みたいなもんですよ(笑う)。そう書いてください。

ぼくらはプリピャチからくる車を止めるんです。あの町は疎開させられ、無人です。「身分証明書を見せてください」。持っていない。車体は防水カバーでおおわれている。カバーを持ちあげる。ティーセットが二〇組、本棚や戸棚、ソファー、テレビ、じゅうたん、自転車など。

ぼくは調書を作る。

放射性廃棄物埋設地に埋めるため肉が運ばれてくる。牛の胴体からはモモ肉とヒレ肉がごっそり消えている。

ぼくは調書を作る。

検査済みの自家菜園。鋤のあとを歩いている畑の主がぼくらに気づく。

「お若いの、どならないでくれ。わしらもう誓約書をだしたよ。春にはでていくんだから」

「じゃあ、なんで畑を耕しているんだい？」

「なに、秋の仕事じゃよ」

ぼくはわかる、しかし、調書をとらなくちゃならないんだ。

＊女房が子どもをつれてでてったよ。クソッタレ。だが、おれは首を吊ったりはしないぜ。七階から飛びおりたりするもんか。クソッタレ。カバンに金を詰めてあそこから帰り、おれたちは車を買ったんだ。あん畜生はおれといっしょにくらしていた、こわがっちゃいなかったよ。（いきなり歌う）
　一〇〇レントゲンもなんのその
　ロシア人の息子はぴんぴんさ
よくできたチャストゥーシュカ〔ロシアの俗謡〕だ。あそこのだよ。小話はどうだい？（すぐに話しはじめる）亭主が家に帰ってきます。原子炉のしたから。女房は医者にたずねます。「夫をどうしたらいいでしょう?」「洗って、抱いて、放射能を除去することですな」。あん畜生め。あいつはおれを恐れている。子どもをつれてでていっちまったよ。(突然真顔で)兵士たちが作業していた。原子炉のそばで。そいつらが交代するとき、おれは車で送り迎えしたんだ。おれに証明書があればなあ……何レントゲンあびたのか。そうすりゃ女房に見せてやれたのに。あのやろうにもう一度証明してやるぞ。おれたちゃどんな状況でも生きぬいて、結婚して、子どもを作れるんだとな。とっとと失せな!

*ぼくらは口外しないという念書を取られたんです。ぼくは沈黙を守った。復員後すぐに二級の身体障害者になった。二二歳でしたよ。大量の放射線をあびました。バケツで黒鉛を引きずった。一万レントゲン。ふつうのスコップで黒鉛をかき集めた。部隊にもどっても、着替えもせず原子炉のうえできていた軍服とブーツのままでした。動員解除されるまで。

でも、もし話してもいいといわれたとしても、だれに話せただろう。工場で働いていたが、職長がいう。「病気はいいかげんにしな。でないと首にするぞ」。首にされた。ぼくは工場長のところに行った。「あなたに権利はありません。ぼくはチェルノブイリに行ってきたんだ。あなたたちを救ったんだ、守っていたんです」「われわれがきみをあそこに送ったんじゃない」

＊ぼくはもう死はこわくない、死そのものはね。しかし、ぼくはどんなになって死ぬんだろう。友だちは死ぬとき、むくんで腫れた。樽のように大きく。近所の男はあそこでクレーン操作係だった。そいつは石炭のようにまっ黒になり、やせこけて子どものように小さくなって死んだ。ぼくはどんなになるんだろうか。わからない。ひとつだけはっきりしているのは、ぼくにくだされた診断じゃ、そう長くはもたないってことです。その瞬間を感じとることができれば、額を撃ち抜くんだが……。ぼくはアフガンにも行ったんです。あそこならもっと簡単ですよ。撃ち抜くのは。

ぼくらは孤独です。よそ者なんです。埋葬されるのもはなれたところ、みんなと同じようにはしてもらえない。宇宙のどこかからきたエイリアンのように。アフガンで戦死すればよかったよ。正直いって、そんな思いにとらわれるんです。あそこじゃ、死はありふれたことで、理解できることでした。

＊行くべきか、行かざるべきか？　飛ぶべきか、飛ばざるべきか？　ぼくはコミュニストだ、飛ばないわけにはいかなかった。パイロットが二人拒否した。妻が若く、子どもがまだいないからといって。そいつらは軽蔑され、罰せられた。昇級はストップです。さらに男の裁判。男の名誉が問われる。いいですか、これは意気込みなんです。やつはできなか

った、だが、おれは行くぞという。いまはそうは思いません。九回手術をし、心筋梗塞を二回起こしたあとではね。あいつらを裁くつもりはないし、あいつらの気持ちもよくわかるんです。若い連中なんです。しかし、ぼく自身はやっぱり飛んでいただろう。ほんとうですよ。やつはできなかった、だが、ぼくは行く。男の問題なんですよ。

上空から大量の兵器が戦いをいどんでいた。大型ヘリコプター、中型ヘリコプター。MI‐24、これは戦闘用ヘリコプターです。戦闘用ヘリに乗ってチェルノブイリでなにができるんだろう？　あるいは戦闘機MI‐2で？　パイロットは若い連中で、全員アフガン帰りでした。アフガンだけでいいだろ、あそこで戦うだけ戦ってきたんだぜ。そんな雰囲気がありました。

発つ前にぼくらは警告を受けた。国家の利益のために、見たことをいいふらすなと。しかし、ぼくたち以外には、あそこでなにが起きたか、だれも知らないんです。ぼくたちは、ぜんぶを理解しているわけじゃないが、ぜんぶ見たんです。

# 第二章　万物の霊長

## 古い予言

ラリーサ・Z
母親

私の娘、あの子はほかの子とちがうんです。大きくなったら私にたずねるでしょう。

「どうして私はみんなとちがうの?」

娘は、生まれたとき赤ちゃんではなかった。生きている袋でした。からだの穴という穴がふさがり、開いていたのはわずかに両目だけでした。カルテにはこう書かれています。「女児。多数の複合異常を伴う。肛門無形成、膣無形成、左腎無形成」。これは医学用語ですが、ふつうにいえば、おしっこもうんちもでるところがなく、腎臓が一個だけ。私は生後二日目の娘を抱いて手術室につれていきました。生まれて二日目。娘は小さな目をあけて、にっこり笑ったようでした。最初、私は思ったんです。この子は泣きだしたいだろうにと。ああ、神さま、この子はほほえんだのです。娘のような子どもは生きられません。

すぐに死んでしまうんです。娘は死ななかった。私がこの子を愛しているから。四年間に四回手術を受けました。こんな複合異常がありながら生きているのは、ベラルーシにこの子ひとりだけです。私は娘をとても愛しています(沈黙)。私はもうこれ以上子どもは生めない。とても生む気になれません。罪。恐怖。医者が話しているのが聞こえたんです。「とんでもない不幸を背負って生まれた子だよ。テレビに出したら、母親たちは子どもを生まなくなるだろう」。話題にのぼっていたのは私たちの娘のこと。こんなことがあったのに、どうして夫と愛し合うことができて?!

教会に行きました。神父さまに話しました。自分の罪を許してもらうよう祈りなさいといわれた。でも、私の家系には人を殺した者はいない。私がどんな悪いことをしたというの? 最初、私の町は疎開するはずでしたが、あとでリストからはずされたんです。国にお金がなかったからです。私はその当時恋をして、結婚しました。この土地で私たちが愛し合っちゃいけないなんて知らなかった。何年も前に、祖母が聖書の話を読んでくれたことがあります。この地上にすべてのものがあふれるときがくるだろう。すべてのものが栄え、実を結び、川は魚で、森は動物で満ちるだろう。しかし、人はその恩恵にあずかることができない。人は子孫を残すことができず、不滅でありつづけることができないのだと。私は恐ろしいおとぎ話を聞くように、この古い予言を聞いたのです。信じてはいませんでした。

この子のことをみんなに話してください、書いてください。四歳の娘は歌をうたい、踊り、詩の暗誦もできる。知的発達は正常で、ほかの子と少しも変わりません。ただ、遊びだけがちがいます。娘はお店屋さんごっこや学校ごっこはしない。人形と病院ごっこをするのです。人形に注射をし、体温計をはさみ、点滴をし、人形が死ぬと白いシーツでくるむのです。私は、娘といっしょに四年間病院でくらしています、この子をひとりだけ病院に残しておくことはできません。だから、家が生活の場だということをこの子は知らない。一、二ケ月家につれて帰ると娘はたずねるのです。「私たち、もうすぐ病院に帰るんでしょ?」。病院にはともだちがいる。みんな病院でくらし、育っています。

娘に肛門が作られ、膣が形成されました。最後の手術のあと、排尿がまったくできなくなりました。カテーテルの挿入がうまくいかず、また何回かの手術が必要です。しかし、これ以上の手術は外国で受けるようすすめられました。夫の給料が一二〇ドルだというのに、何万ドルものお金をどうしろっていうの。ある教授がこっそり教えてくれました。「このような異常をもつお子さんは科学にとって大きな意義があります。外国の病院に手紙を書きなさい。彼らは関心を抱くはずです」。だから手紙を書いてます(泣きだすまいとする)。手紙に書くんです。三〇分おきに両手でおしっこを押しださなくてはならないこと、おしっこは膣のあたりのいくつもの小さな穴からでてくることを。そうしなければ、たったひとつの腎臓がだめになるのです。低レベルの放射線が、人や子どものからだにどのような影響をおよぼすのかだれも知らない。実験のためでもかまわない、娘をつれていってください。この子が死ぬのはいや。この子が実験用のカエルやウサギになってもいい、ただ生きのびてほしい……(泣く)。何十通も手紙を出しました。ああ、神さま……。

娘はまだ理解していませんが、いつか私たちにたずねるでしょう。どうして私はみんなとちがうの？　どうして私は男の人に愛してもらえないの？　どうして私は子どもが生めないの？　チョウチョにも鳥にもほかのだれにでもおきていることが、どうして私だけにはぜったいにおきないの？　私は証明したかった。証明書がほしかったんです。娘が大きくなったとき、これは私たち夫婦のせいじゃない、私たちが愛し合ったことが悪いんじゃないとわかるように(再び泣きだすまいとする)。医者や役人と四年間闘ったんです。えらい人の執務室にも足を運びました。

四年後に初めて、娘の恐ろしい異常と低レベルの放射線の関係を裏づける診断書を発行してくれました。四年間拒否され、同じことをいわれてきました。「あなたのお子さんはふつうの障害児なんです」。ふつうの障害児だなんてとんでもない。娘はチェルノブイリの身体障害者です。医者はこういいわけをした。「われわれには通達があるのです。娘さんのケースは、いまのところ一般疾患として診断せざるをえません。二、三〇年後にチェルノブイリのデータバンクがそろえば、病気と放射線を関連づけることができるでしょう。今日の科学や医学はこれについてほとんどわかっていないのです」。けれど、私は二、三〇年も待っていられません。連中と国を裁判所に訴えたかった。私は気が狂ってるといわれ、古代ギリシャでだってこんな子どもが生まれたんだといってばかにされた。「チェルノブイリの特典めあてだ！　チェルノブイリの補償金めあてだ！」とどなったお役人もいます。私は彼の執務室でよくも気を失わなかったものです。

彼らはわかろうとしなかったんです。私が知る必要があったのは、娘の異常が私たち夫婦のせいじゃない、ふたりが愛し合ったせいじゃないということなのに。（こらえきれず泣く）

娘は育っています。やはり女の子ですから、姓は名のりたくありません。同じ踊り場の隣人たちでさえこの子のことをくわしくは知りません。かわいい洋服を着せて髪をむすんでやると「おたくのカーチェンカはとってもきれいね」といってくれる。私自身はなんとも奇妙な気持ちで妊婦さんをながめています。遠くから、身をかくすようにして。まっすぐに見るんじゃなくて、こっそりと。私のなかでいろんな感情がまざりあっている。驚きと恐怖、嫉妬と喜び、復讐心に似た気持ちさえもあるんです。あるとき、ふと気がつくと、私はおなじ気持ちでながめていたんです、近所のはらんでいる犬、巣についているコウノトリのメスを。

# 月面のような景色

エフゲーニイ・アレクサンドロビッチ・ブロフキン
国立ゴメリ大学講師

ぼくは、とつぜん確信がもてなくなったんです。記憶していたほうがいいのか、それとも、忘れてしまったほうがいいのか？　知人たちに聞いてみた。ある者は忘れてしまったといい、ある者は思い出したくないという。なにも変えることはできないし、ここをはなれることもできないのだからと。

ぼくが記憶していること。事故がおきて数日のうちに放射能やヒロシマ、ナガサキについての本、レントゲンの本までもが図書館から姿を消してしまったことだ。パニックがおきないようにという上からの命令だとうわさされていました。こんな笑い話があったほどです。もしチェルノブイリの爆発がパプア人のところでおきていたら、世界中がびっくり仰天しただろうよ、でもパプア人だけはへっちゃら。医学的なアドバイスも情報もいっさいなかった。コネのある者はヨウ素カリの錠剤を手に入れることができた（ぼくらの町の薬局にはなかったから強力なコネをつかったんだろう）。この錠剤をひとつかみくちに放りこんで、コップ一杯のアルコールで流し込み、〈救急車〉に一命を救われるなどということが起きたんです。

それから俗信があらわれ、みんながそれに注目した。町や村にスズメやハトがいる間は、人間もそこに住めるというのです。あるタクシーの運転手がどうも変だと話していた。どうして鳥がフロントガラスに落ちてきてぶつかるんだろう、目が見えず、気がふれたかのように。なんだか自殺みたいなんだよと。

出張の帰り道を覚えている。ほんものの月世界のような景色。道の両側には白いドロマイト〔苦灰石〕がまかれた原っぱが水平線までのびている。汚染された土地の上層が削りとられ、埋められ、かわりにドロマイトの砂がまかれたのだ。地球だとは思えない。ぼくは長い間この景色に苦しめられ、短編小説を書いた。一〇〇年後にここでおきていることを想像してみたんです。人ともなんともつかないものが長い後足をうしろに高くはねあげて四つ足で走りまわり、夜になると三番目の目ですべてをながめている。頭のてっぺんにあるたったひとつの耳はアリの動きさえもキャッチできる。生き残ったのはアリだけ。そのほかの地上と空のものすべては滅び去ってしまった。

雑誌社にこの短編を送った。これは文学作品とはいえない、ホラーだという返事がきた。もちろんぼくの才能不足です。しかし、ぼくはほかにも理由があるんじゃないかと思う。いろいろ考えてみたんです。なぜわが国の作家はチェルノブイリについて沈黙し、ほとんど書かないのだろうか。戦争や強制収容所のことは書きつづけているのに、なぜだんまりを決めこんでいるのだろうか？　偶然だとお考えですか？　もしぼくらがチェルノブイリの苦難に勝っていたら、ぼくらがチェルノブイリを理解していたらもっと話題にのぼっただろうし書かれていたと思うんです。ぼくらはこの惨禍からいかにして意味のあるものを引きだせばいいのか、わからないでいる。能力がないんです。なぜなら、チェルノブイリはぼくら人間の経験や、人間の時間で推しはかることができないからです。

いったいどちらがいいのだろう。覚えていることか、それとも忘れてしまうことか？

## キリストがたおれ、さけびはじめたのを見たとき、歯が痛かった目撃者 ――

アルカージイ・フィリン
事故処理作業者

あのとき、ぼくは別のことを考えていたんです。あなたは変に思われるでしょうがね。ちょうどあのとき、妻との別れ話がもちあがっていました。

彼らはいきなりやってきて召集状を手わたし、下で車が待っていると告げるのです。特別製の〈囚人護送車〉みたいなやつですよ。一九三七年のように〔一九三七年スターリン政権下、大粛清で多くの人が逮捕された〕、毎晩だれかがつれていかれたんです。暖かいベッドで寝ているところを。のちにこのパターンは通用しなくなった。妻たちがドアを開けなかったり、夫は出張中だの、保養所に行っているだの、田舎の両親のところだのとうそをつくようになったからです。連中が召集状をわたそうとしても、妻たちは受けとりませんでした。職場や通りで、昼休みに工場の食堂で連行されはじめたんです。あの三七年のように。

ぼくは頭がどうかしていたんです。妻がぼくを裏切った、なにもかもつまらないことのように思えました。ぼくはその〈護送車〉に乗ったんです。

新聞記事の断片が記憶にちらついた。わが国の原子力発電所はぜったいに安全である、赤の広場に建てることも可能だ。サモワール〔ロシア式湯沸かし器〕よりも安全である。だが、ぼくは妻に逃げられたということで、頭のなかはいっぱいでした。何度か自殺をしようとしたんです。ぼくらは、幼稚園も、学校も、大学もいっしょでした。（沈黙、タバコに火をつける）

あらかじめお断りしておきますが、本に書くような英雄的な話はひとつもありませんよ。戦時中でもあるまいに、だれかがぼくの妻と寝てるときになんだってぼくが危険を犯さなくちゃならないんだ。そう考えていました。どうしてまたぼくなんだ、あいつじゃないんだ？　正直いって、あそこで英雄にはお目にかかりませんでした。自分の命なんてどうなってもいいやという頭のいかれた連中ばかりですよ。ぼくも表彰状と感謝状を持っていますが、これは死ぬのが恐ろしくなかったからです。どうでもよかったんだ！　死ぬのもひとつの道だったんです。国のお金で、敬意を持って埋葬してもらえたでしょうから。

あそこに行くとすぐにこの世の終わりと石器時代とがいっしょくたになったファンタスティックな世界にでくわせますよ。原子炉から二〇キロの森のなかのテントで寝起きしました。〈パルチザン活動〉です。召集された者は〈パルチザン〉と呼ばれていたんです。年齢は二五から四〇、ほとんどが大卒か中等技術専門学校卒で、ちなみにぼくは歴史の教師です。銃の代わりにぼくらが持たされたのはシャベル。ごみ捨て場や畑を掘りかえした。村の女たちが十字をきっていた。ぼくらは手袋をはめ、防毒マスクに迷彩服といういでたち。太陽が照りつけるなかを、村人の菜園に悪魔のようにあらわれるんです。なぜぼくらが畑を掘りかえしてニンニクやキャベツをひっこぬくのか、村の連中にはわからない。老婆たちは十字をきりながらおいおい泣いていた。「兵隊さん、この世の終わりなのかね?」

農家ではペチカが焚かれ、サーロが焼かれている。線量計を近づけてみると、もはやペチカじゃない、ミニ原子炉だ。「さあ、お若いの、テーブルにどうぞ」と呼んでくれる。歓迎してくれるんです。辞退すると「ウォッカ一〇〇グラムごちそうするよ、さあすわって話してくれ」と頼む。なにを話せばいいのだ? 原子炉本体の上では消防士たちがやわらかい燃料を踏みつけていた。それは放射線を出していたのに、それがなんなのか彼らは知らなかったんです。なのにぼくらがなにを知ってるというのだ?

分隊ごとに行動しました。線量計は全体に一台。場所により汚染レベルはまちまちでした。二レントゲンのところで作業する者も、一〇レントゲンのところで作業する者もいました。囚人のような無権利状態、その一方では恐怖心。しかし、ぼくには恐怖心はなかった。なにもかもひとごとのようでした。

ヘリコプターで学者グループがやってきた。ゴム製の作業服、長いブーツ、保護眼鏡。月へ行くような格好。老婆がひとりの学者のそばによって聞く。「あんた、なに者だね？」「学者です」「ほう、学者さんですかい。みなの衆、この方を見なされ、めいっぱい着こんでめかしていなさる。私らはどう？」。棒を持って学者を追いかけまわす。いつか学者狩りが行われるんじゃないかという思いが、何度もぼくの頭をよぎりました。中世で医者狩りが行われ火焙りにされたように。

自分の家が目の前で葬られた男を見ましたよ……(話をやめる)。ぼくらはたくさんの家、井戸、樹木、土地を葬った。土地の表面を削り、地層ごところがし落とした。いいましたよね、英雄的な話はひとつもないと。

森を葬りました。樹木を一メートル半の長さに切り、シートにくるんで放射性廃棄物埋設地に埋めたんです。夜、寝つけなかった。目を閉じると、なにか黒いものがゆらゆらしてひっくり返るんです。生きもののように。地層は生きているんです。甲虫、クモ、ミミズといっしょに。ぼくは一匹も名前を知らないが、甲虫や、クモ、アリが住んでいる。大きいのやら、小さいのやら、黄色のやら、黒いのやら。実にさまざまな色をしている。だれかの詩で読んだことがあるんです、動物は別個の世界の住人なんだと。ぼくは彼らの名前すら知らずに、何十、何百、何千となく殺した。彼らの家、彼らの神秘さを破壊し、ひたすら葬ったのです。

大好きな作家のレオニード・アンドレーエフ〔一八七一―一九一九〕の作品に、死後の世界をのぞいてしまったラザロのたとえがあります。キリストは彼をよみがえらせましたが、彼はすでによそ者で、けっしてもとの人間の仲間にはなれないのです。

これくらいでいいでしょうか？　あなたは、興味津津《しんしん》なんでしょう。わかりますよ、あそこに行ったことのない者にとってはいつだって興味あることなんです。でも、やっぱりあそこだって人間の世界にはかわりない。四六時中恐怖のなかでくらすなんて人間にはできるもんじゃないんです。少し時がたつと人間らしいふつうのくらしがはじまった。（熱を込めて話しつづける）男たちはウォッカを飲み、トランプをし、女たちにいいより、はらませた。金の話が多かったが、金のためにあそこで作業したんじゃない。金のためだけに働いているやつなんてほとんどいなかったよ。働く必要があったから働いたんだ。質問するやつはいなかった。みんな昇級を夢みていました。うまく立ちまわり、盗みもした。ぼくらには特典が約束され、それをあてにしていた。アパートを優先的にもらってあばら家におさらばするんだ。子どもを幼稚園に入れるんだ。自動車を買うんだと。

なにもかもごちゃまぜでした。志願してやってきた女たちに会いました。押しかけてきたんですよ。あそこで必要なのは運転手や組立工、消防士だといって断られたのに、彼女たちはやってきたんです。なにもかもごちゃまぜ。何千人もの志願者、毎晩予備役をねらっていた特別製の〈護送車〉。学生隊、被災者基金への送金。無償で献血し、骨髄提供者となった何百人もの人々。そしてウォッカ一本でなんでも買えたあのころ。表彰状でも、帰宅休暇でも。自分の村が疎開リストに加えられないように、放射線測定班にウォッカをひと箱届けるコルホーズの議長がいるし、自分のコルホーズが疎開させてもらえるようにウォッカをひと箱わたす議長もいる。この男はもうミンスクに三部屋のアパートをもらう約束を取りつけていたんです。線量測定値をチェックするヤツなんかいませんよ。ロシアのありきたりの混沌です。ぼくらはこうやってくらしているんだ。なにかを帳簿からおとして売りはらってみたりして。一方では不快だが、一方ではもうどうでもいいんです。

新聞が毎日運ばれてきました。ぼくは見出ししか読まなかった。〈チェルノブイリは献身的行為の場〉、〈原子炉は制圧された〉、〈生活はつづいている〉。政治部長代理がぼくらのところにやってきて、政治集会が行われた。きみたちは勝つべきだという。だれに？　原子力に？　物理学に？　宇宙に？　わが国では勝利は事件ではなく過程なんです。生きることは闘うこと、克服することなんです。だから、みんな洪水や火事、自然災害がとても好きなんだ。〈勇気とヒロイズムを発揮する〉ためには行動する場所が必要なんです。そして、旗をかかげるために。政治部長代理が〈高い自覚と整然たる規律性〉と題された新聞記事を読んでくれたんです。事故の数日後には四号炉の上にもうソ連の国旗がひるがえっていたんです。赤々と。一月後に旗は高放射能でボロボロにくちてしまったが、再び立てられた。一月後にはまた新しい旗。ぼくは、決死隊員の兵士たちが屋根にのぼっていくようすを思い描こうとした。ソビエト的偶像崇拝、いけにえをささげる儀式だとおっしゃるんですか？　ぼくがいいたいのはですね、もしあのとき、旗が手わたされていたら、ぼくも屋根にのぼっただろうということです。なぜ？　答えられない。あのときぼくは死ぬことが恐ろしくなかった。妻は手紙すらよこさなかった。半年の間一通も。（くちを閉ざす）
　鳥たちが巣についたころ、ぼくはあそこに行き、もどるころにはリンゴが雪のうえにころがっていた。すべてを埋めてしまう時間はなかった。土のなかに土を葬る。甲虫やクモや幼虫とともに。この別個の世界の住人もいっしょにです。世界ごと。一番印象に残っているのは彼らのことです。
　たいしたことは話していません。断片です。さっきのレオニード・アンドレーエフにこんな短編があるんです。エルサレムに一人の男が住んでいた。彼の家のそばをキリストがつれていかれた。男はすべてを目にし、耳にしたんだが、このとき、男は歯が痛かった。男の目の前でキリストがたおれた。キリストは十字架を運んでいたとき、たおれてさけびはじめ、男はすべてを見ていたのに、歯が痛かったので外にとびださなかった。二日後、歯痛がおさまってから、男はキリストがよみがえったと聞き、「おれは復活の目撃者になれたのに、歯が痛かったんだ」と思ったというのです。
　ほんとうにいつもこんなものなんでしょうか？　ぼくの父は一九四二年にモスクワを守りました。自分が偉大なできごとに参加していたことを父が理解したのは、本で読んだり、映画を見たりして何十年もたってからです。父自身が語ってくれたのは「塹壕にいた。撃っていた。爆発があって生き埋めになった。半死半生のところを衛生兵たちに引きずりだされた」。それだけです。

あのときぼくは妻にすてられたんだ。

## 「歩く屍」と「ものいう大地」――三人のモノローグ

ホイニキ猟師・漁師民間協会のビクトル・ヨシフォビッチ・ベルジコフスキー会長と猟師のアンドレイとウラジーミル(二人は姓を名のるのをいやがった)

――おれが初めてキツネをしとめたのは、子どものときだったよ。そのつぎが、ヘラジカのメスだった。ヘラジカのメスはもう二度と殺すまいと心に誓った。やつら、じつにかいいたげな目をしてるんだ。

――なにか理解できるのはおれたち人間だよ、動物や鳥は生きているだけだ。ノロジカは秋に非常にカンが鋭くなる。風上に人間がいようものならもうだめさ、寄せつけちゃくれない。キツネはずるがしこいが。

――あそこをうろつきまわっている男がいたんだそうだ。飲んだくれてはだれにでも説法をたれる。哲学科で学んだ男で、刑務所にいたらしい。汚染地で会う男は自分のことは決して事実をいわないもんだ。そういうやつはめったにいない。でもこいつは分別のある男だったよ。男がいうには「チェルノブイリの事故が起きたのは哲学者を生むため」なんだと。やつは動物を「歩く屍」とよび、人間のことは「ものいう大地」とよんでいた。どうして「ものいう大地」なのか、おれたちは土にできたものを食っている、つまり大地でできているからなんだと。

——おい、みんな、順をおって話そうぜ。おれたちは一服するとしよう。

——会長さん、はじめてくれ。

——つまり、こういうことなんだ。おれは地区執行委員会によびだされ「いいか、会長さんよ、汚染地にイヌやらネコやら住民が飼っていた動物がたくさん残っている。伝染病がはびこらないようにこいつらを殺さにゃならん。やってくれ」といわれたんだ。翌日おれは猟師を全員集めて事情を話した。だれも行くといわなかった、なにひとつ防護用具が支給されないんだからな。おれは民間防衛部に行ってみたが、あそこにもなにもない。防毒マスクひとつなかった。しかたなくセメント工場に行って、そこでマスクを借りたよ。セメントのほこりを防ぐ薄っぺらのやつを。

——あそこで兵士らに会ったが、連中はマスクをはめ、手袋をし、装甲車に乗っていた。おれたちときたら、シャツをきて、鼻に布きれを巻いているだけ。このシャツと長靴のまま家に帰ったんだぜ。家族のところへな。

——三〇ルーブルずつ報奨金をもらった。当時ウォッカが一本三ルーブルだった。ウォッカでからだの除染だよ。だれとなく作り方をいいだしたんだ。ウォッカ一本につきガチョウのフンをスプーンに一杯。二日間寝かしてから飲む。このことは、まあ、男の問題だよ。覚えているかい、チャストゥーシュカ〔ロシアのユーモラスな俗謡〕が山ほどあったよなあ？「〈ザポロージェツ〉は車じゃない、〈ウクライナ男〉は野郎じゃない。親父になりたきゃ、タマを鉛で被いな」。わっはっは。

――おれたちは汚染地を二ケ月間車でまわった。一日目におれたちが行ってみると、イヌは自分の家のまわりを走りながら、番をしている。人間を待っている。おれたちを見ると喜んで人の声めがけて走ってくる。家のなかや、納屋、畑で撃った。道路に引きずりだし、ダンプカーに積みあげる。そりゃあ、気持ちのいいもんじゃないよ。やつら、どうして殺されるのかわからなかっただろう。殺すのは簡単だったよ。人に飼われていたんだから、武器や人に対する恐怖心がないんだ。人の声を聞きつけてかけよってくるんだから。

――カメがはっていたんだ。なんてこった。空っぽの家のそばをな。あちこちの部屋には水槽があり、魚がいたよ。

――カメは殺さなかった。カメの甲羅はジープの前輪でもびくともしない。割れないんだ。もちろん、酔っ払ったはずみでこんなことをやっちまったんだが。庭のオリはあけっぱなしで、ウサギが走りまわっている。住民はあわててなにもかも残したままでていったんだ。だってそうだったろ？「三日間」という命令だったんだから。子どもらは泣いていた。住民はもどれるものと思っていた。そうだな、戦争のような状況だった。ネコは目をのぞきこむ、イヌは吠える。バスにむりやりもぐりこもうとする番犬や、シェパード。そいつを兵士たちがひきずりおろし、けとばす。あいつら、しばらく車を追いかけて走っていたよ。疎開か、ひどいもんだ。

——つまり、こういうことだ。日本人にはヒロシマがある。だから彼らはいま世界のトップ、世界第一位だ。つまり……。

——走っている生きのいいやつをしとめるチャンスもあったよ。猟師の本能さ、わくわくするぜ。一杯引っかけてでかけたもんだ。

——こういうことだ。最初のうちは家のドアは鉛で封印されていた。おれたちは鉛の封印をはがさなかった。窓の向こうにネコがすわっていてもどうすることもできない。そのままにしておいたよ。それから汚染地泥棒が入りこんで、ドアがぶち破られ、窓や換気窓が割られた。略奪だ。まっさきになくなったのがテープレコーダーやテレビ。毛皮製品。それからなにもかもきれいさっぱり盗まれてしまった。アルミのスプーンだけが床にころがっていた。命拾いしたイヌたちが家に住みついた。一歩足を踏みいれると飛びかかってくるんだ。やつら、もう人間を信じちゃいないのさ。おれがなかに入ってみると、部屋のまんなかに母イヌが寝そべり、まわりに子イヌが何匹かいた。かわいそうだって？　そりゃあそうさ、いい気持ちはしないよ。おれは比べていたよ。おれたちがしていることは、実際、戦時中の懲罰隊員とおなじことだ。おなじパターン、軍事作戦だよ。村に着くと包囲する。一発目の銃声がひびくと、イヌたちはもう走って逃げていく。森のなかへ逃げていく。子ネコは粘土の植木鉢にもぐりこむ。おれはふり落とす。ペチカのかげからひきずりだす。いやな気持ちだよ。家に入るとネコが鉄砲玉のように足もとをかけぬける、そいつを銃を持って追いかける。やせ細って、汚れちまって、毛もまばらなんだ。納屋で豚をみつけることもよくあった。外に出してやった。穴蔵にはいろんなびん詰めがあった。キュウリやらトマトやら。おれたちはそれを片っぱしから開けて豚の飼葉桶に入れてやったよ。豚は殺さなかったんだ。

——頭のいかれたばあさんがひとりで村に住んでいた。家に閉じこもってしまったんだ。ネコを五匹とイヌを三匹飼っていたが、ひきわたそうとしない。ののしりやがる。おれたちは力ずくで奪いとったんだ。でも、イヌとネコを一匹ずつ残してやったよ。

——がらんとした村。ペチカだけが立っている。まるでハティニ〔独ソ戦でナチスに住民ごと焼き払われたベラルーシの村〕だ。ハティニのまんなかにばあさんがふたり腰をおろしている。ばあさんたちは恐ろしくないんだ。ほかのやつなら気が狂っただろうに。

——わっはっは。「ふもとじゃトラクター畑仕事、山の上には原子炉だ。スウェーデン人がしゃべらなきゃ、おれたちゃいまだに知らなかったさ」。わっはっは。

——面と向かって撃つはめになったんだ。母イヌは部屋のまんなか、まわりに子イヌたち。おれに飛びかかってきたもんだから、すぐにぶっぱなした。子イヌたちはおれの手をペロペロなめて甘える。じゃれつくんだ。一匹の小さな黒いプードルが、いまだに哀れでならない。そいつらをダンプカーに山盛りに積みあげて、〈放射性廃棄物埋設地〉に運んでいく。じつをいえば、ただの深い穴なんです。地下水に届かないように掘って底にシートを敷けとか、高い場所を探せと指示されていた。でもこんなこと、おわかりだと思うが、だれも守っちゃいませんでしたよ。シートはなかったし、場所もさっさと決めたもんです。ダンプカーから穴のなかへ落としたが、このプードルはよろよろとよじ登ろうとする。はいでようとする。おれたち、だれにももう弾が残っていなかった。とどめがさせない。一発の弾もないんだから。そいつを穴に突き落とし、土をかぶせた。いまだにかわいそうだよ。

——目が合わないように遠くからやったほうがいいぜ。

——命中させる練習をしろよ。とどめをささなくてすむようにな。

——なにか理解できるのは、おれたち人間さ。あいつらはただ生きているだけ。「歩く屍」なんだよ。

——それはちがう。動物には意識がない、あいつらは考えないというが、うそだよ。手負いのノロジカが横たわっていたんだ。そいつは情けをかけてもらいたがっているんだぜ。死ぬ間際のノロジカは、人間の目といってもいいほど悟りきった目をしている。ノロジカ

は お前を憎んでいるか、「私だって生きていたい、生きたい」と訴えているかなんだ。

——練習しろよ。いいか、とどめをさすってのは殺すよりもあと味の悪いもんだ。狩猟はスポーツだよ、スポーツの一種なんだ。釣りの好きなやつにはだれも文句をいわないが、狩猟をするやつはいつも槍玉にあげられる。不公平な話だ。

——狩猟と戦争、これは男の大事な仕事だよ、ほんものの男のな。

——どこで、なにをしていたか、おれは息子に話せなかった。子どもなんだ。息子はいまでも、パパはあそこでだれかを守っていたんだと思っている。歩哨に立っていたんだと。テレビに兵器や兵士がでると息子は「パパ、パパは兵隊さんみたいだったの?」と聞くんだよ。

——わっはっは。キツネは見ましたとさ、パンぼうやが森をころころころがっていきます。「パンぼうや、どこに行くの?」。すると「ぼく、パンぼうやじゃないやい、チェルノブイリのハリネズミだい」。わっはっは〔「パンぼうや」はロシア民話の主人公。放射能の影響で毛のないハリネズミがあらわれたといううわさが広まった〕。平和な原子力を各家庭へ。

——いいか、人間も動物のように死んでいくんだよ。おれは見たんだ。アフガニスタンで、いやというほど。おれは腹をやられて、カンカン照りのもとにころがっていた。ひどい暑さ。のどがからからだった。「おれはもうくたばっちまうんだ、家畜みたいに」。そう思ったよ。いいか、血だって同じように流れているんだ。動物と同じだよ。それに痛みも。

——雌牛が子牛をつれて歩いていた。撃たなかったよ。馬も撃たなかった。牛や馬はオオカミを恐れていたが、人を恐れてはいなかった。だが、馬は自分の身を守ることができる。先にオオカミにやられるのは雌牛だ、ジャングルの掟だよ。

——ベラルーシからロシアに家畜が運ばれて売られていた。若い雌牛は白血病だ。でも、そいつらは安値で売りさばかれちまった。

——じいさんばあさんがいちばんきのどくだ。おれたちの車に寄ってきて「お若いの、あそこのわしの家を見てきてくれんかね」という。「服と帽子をとってきておくれ」と鍵を手のなかに押しこむ。金をくれる。「あそこでわしのイヌはどうしているかい?」と。イヌは撃ち殺され、家は略奪にあってすっからかんさ。じいさんたちは二度とあそこにもどることはないだろう。なんて話してやればいいのだ? おれは鍵を受けとらなかった、だましたくないんだ。

——結婚式用に野豚を一頭しとめてくれと頼まれた。注文だぜ。レバーは手のなかでぐちゃぐちゃに崩れる。それでも注文がくる。結婚式用や、洗礼式のお祝い用に。

——おれたちは学問のためにも撃つ。三ケ月に一度、ウサギを二羽、キツネを二匹、ノロジカを二頭。どいつもこいつも汚染されている。それでも、おれも殺して食っているんだ。はじめはおっかなびっくりだったが、いまじゃへっちゃらだよ。なにか食わなくちゃなるまい。月やほかの惑星に引っ越せるわけじゃないんだから。

──おれはあそこでなにも感じなかったし、考えなかった。ネコやイヌを撃った。仕事だ。

──おれは、あそこから建物を運びだしている運転手と話したことがある。建物といっても、もう学校でも家でも幼稚園でもない、番号がふられた放射能除去対象物なんだ。それを持ちだしているんだよ。そいつの話はこうだ。大型トラックで乗りつけて、三時間で家をバラしちまう。そして町外れで手早く売っぱらう。息つく間もないくらいだそうだ。汚染地は別荘の建物用に買いつくされてしまった。そいつらは金を受けとったうえ、飲み食いまでさせてもらっているんだ。

──おれたちの仲間にはどん欲なやつがいるんだよ。狩場荒らしさ。ほかの仲間は、ただ森を歩きまわるのが好きなんだ。小動物や鳥を求めて。

──いいか、たくさんの住民が被災したのに、だれもこの責任をとっていないんだ。原発の所長がぶちこまれたが、すぐに釈放された。あの体制では、だれが悪かったのか決めるのはとてもむずかしいんだよ。お前さんらだって上から命令されたら、従うしかないだろ？

──頭の片隅にひっかかったままなんだよ。かわいそうなことをしたよ。だれにも弾が一発も残っていなかったんだ。撃ち殺してやりようがなかった。あのプードルを。二〇人いたのに、一日の終わりには弾が一発も残っていなかった、一発もな。

## チェーホフやトルストイなしではくらせない

カーチャ・P

なにを祈っているかですって？　私がなにを祈っているのか、あなたはおたずねなんですね？　私は教会では祈りません。祈るのは心のなかで。私は愛したい。愛している人がいるんです。祈っているのは自分の愛のため。でも私……。（ことばが途切れる、話したくないらしい）

思い出すのですか？　もしかしたら、あらゆる場合にそなえて、自分から遠ざけ、追いはらってしまわなくちゃいけないのかもしれない。こんなことが書いてある本は読んだことがないし、映画でも見たことがない。映画で見たのは戦争です。私の祖父母は、自分たちには子ども時代がなかった、戦争だったと思い出していました。彼らの子ども時代が戦争なら、私の子ども時代はチェルノブイリ。私はあそこの出身です。あなたは作家だけれど、私にとって役に立つ本は一冊もなかった、知りたいことを教えてくれる本はなかった。演劇も映画もなかった。私はそんなものがなくても、わかっています、自分で。私たちはすべてを身をもって体験中ですが、このことをどうすればいいのかわからない。私はこのことを頭で理解できないのです。とくに私のママは途方にくれています。ママは学校でロシア語と文学を教え、本に書いてあるように生きなさい、と日頃から私に教えていました。ところが、とつぜんお手本となる本がなくなり、ママは途方にくれてしまったのです。ママは本がなくては生きられない人です。チェーホフやトルストイなしでは。

思い出すのですか？　思い出してみたいようなみたくないような……（内なる声に耳を傾けているのか、自分自身と争っているのか）。もし、科学者や作家がなにも知らないのなら、私たちが自分たちの生と死をもってお手伝いしましょう。ママはこう考えている。でも、私はこのことは考えたくない。幸せになりたいんです。私が幸せになっちゃいけないってことはないでしょ？

私たちはプリピャチ市に住んでいました。原発のとなりです。私はそこで生まれ、育ったんです。コンクリートパネル式のアパートの五階で、窓は原発の方を向いていた。四月二六日。二日間、私たちの町での最後の二日間。もう私たちの町はありません。いま残っているのは私たちの町じゃない。

あの日、となりのおじさんは双眼鏡を持ってベランダにすわり、火事を観察していました。私たち、女の子や男の子たちは自転車で発電所にすっとんでいったのです。自転車を持っていない子は私たちをうらやましがった。だれにもしかられませんでした、両親にも、先生にも、だれにも。お昼ごろには川で釣りをしていた人がいなくなりました。彼らは、ソチ〔黒海沿岸の保養地〕に一ケ月いてもあんなに黒くはならないだろうというほどまっ黒になって帰っていきました。核焼けです。発電所の上にたちのぼる煙は、黒や黄色ではなく、青色でした。でも、私たち、だれにもしかられなかったんですよ。危険なものは戦争だけ、戦争になると右でも爆発、左でも爆発。こんな教育だったんです。でも、ここのはただの火事で、ふつうの消防士が消火にあたっていた。

こわかったことは覚えていません。おかしなことをたくさん覚えています。友だちが夜中に母親といっしょにお金や金製品を中庭に埋めて、その場所を忘れはしないか心配だと話してくれたこと。私の祖母は年金生活に入るとき、ツーラ製のサモワールを贈られたのですが、どういうわけかこのサモワールと祖父のメダルのことを気にかけていました。それと古い〈シンガー〉のミシンのことを。

私たちは疎開させられました。〈疎開〉ということばはパパが職場から持ち帰りました。「ぼくらは疎開するんだよ」。戦争物の本みたい。兵士たちはこの世の者とは思えない格好でした。白い作業服をきてマスクをつけて通りを歩いていた。「わたしらはどうなるんだね？」彼らに近づいてみんなが聞くと「なんでおれたちに聞くんだ」と怒った。「ほら、あそこに白の〈ボルガ〉〈乗用車〉が止まっているだろう、おえら方はあそこだよ」

バスに乗って行くとき、空はまっ青でした。私たちはどこに行くんだろう？かばんや網袋のなかには復活祭のお菓子やいろとりどりに染めた卵が入っています。もし、これが戦争なら、私が本を読んで想像していたのとはちがう。右でも左でも爆発し、爆撃があるはず。家畜にじゃまされて私たちのバスはのろのろと進みました。牛や馬が道路を追いたてられている。ほこりと牛乳のにおい。運転手が牧童たちに汚いことばをあびせる。「てめえら、なんだって道路を歩かせてやがるんだ、まぬけ野郎め。放射能のほこりをたてやがって。畑や牧草地を歩きやがれ！」。いわれた方も口汚なくののしり返し、緑のライ麦畑や草を踏みつけるのは忍びないといいわけをしている。私たちがもうもどってこられないなんてだれひとり思っていませんでした。こんなことは一度もありませんでしたから。少しめまいがし、のどがいがらっぽい感じでした。おばあさんたちは泣かず、泣いていたのは若い人たち。私のママも泣いていた。

ミンスクに着きました。列車の席は車掌から三倍の値段で買いました。車掌はみんなにはお茶をだすのに、私たちには「手持ちのマグカップかコップをだしてちょうだい」という。すぐにはピンときませんでした。コップがたりないのかしら？　いいえ。私たちを恐れているのです。「どこから？」「チェルノブイリから」。すると人々は私たちのコンパートメントをさりげなく避け、子どもたちにもそばを走らせない。ミンスクのママの友人の家に着きました。私たちが〈汚れた〉服や靴のまま夜中によその家にころがりこんだことを、ママはいまだに恥ずかしがっています。でも、私たちを家に入れてくれ、食事を出し、同情してくれました。近所の人がくる。「お客さんがきているの？　どこから？」「チェルノブイリから」。すると彼らもさりげなく避けるのです。

一月後に両親は、部屋を見にいくことを許されました。両親が持ち帰ったのは暖かい毛布、私の秋のコート、ママがいちばん好きなチェーホフの書簡集全巻。私のおばあちゃんは、ふたりがなぜ私の大好物のイチゴジャムのびんを二、三個取ってこなかったのか納得できないのです。ジャムはびんに入っているし、ふたがしてあるじゃないかと。毛布に〈しみ〉が見つかりました。ママは洗ったり掃除機をかけたりしましたが、だめでした。ドライクリーニングに出しました。この〈しみ〉は、はさみでくり抜いてしまうまで〈光って〉いました。毛布も、コートもみんななじんだものばかり。でも、私はもうこの毛布で寝たり、このコートを着たりするのはいやでした。うちには新しいコートを買うお金はなかった、でもいやでした。こんなもの、みんなだいっきらい。コートもだいっきらい。こわかったのではありません、憎らしかったのです。コートも毛布も私を殺すことができるんですもの。敵意かしら、頭では理解できません。

事故の話でもちきりでした。家、学校、バスのなか、通りで。ヒロシマと比べていた。でもだれも信じていませんでした。わけのわからないことを信じることはできませんよね？　理解しようとどんなに努力してもがんばってみても、結局わからないんですもの。私が覚えているのは、町をはなれるとき、空がまっ青だったこと。

おばあちゃんは、新しい場所になじむことができませんでした。なつかしがってばかり。死ぬ前には「すかんぽが食べたいよう」と頼んでいた。すかんぽを食べることはここ何年か禁じられていたんです。すかんぽは放射能をもっともとりこみやすいから。

　祖母を埋葬するために故郷のドゥブロブニキ村に車で運んでいきました。そこは有刺鉄線で囲まれた汚染地です。銃を手にした兵士たちが立っていた。有刺鉄線のなかに入れてもらえるのは大人だけ、パパとママと親戚の人たち。「子どもはだめです」。私は入れてもらえなかった。この先ずっとおばあちゃんのお墓参りはできないんだと悟りました。こんなことが書かれている本がありますか？　こんなこと過去にあったでしょうか？　ママは「ねえ、私は花や木がにくらしいわ」とうちあけた。ママは自分で自分におびえたのです。墓地の草のうえにテーブルクロスを広げ、前菜とウォッカを並べた。兵士たちが線量計で測定し、ぜんぶすててしまった。草も花も〈ガリガリ〉いった。私たち、とんでもないところにおばあちゃんをつれていったんです。

　私はこわい。愛するのがこわいんです。フィアンセがいて、戸籍登録所に結婚願いをだしました。あなたは、ヒロシマの〈ヒバクシャ〉のことをなにか耳になさったことがありますか？　原爆のあと生きのびている人々のことを。かれらはヒバクシャ同士の結婚しか望めないというのはほんとうですか。ここではこのことは話題にならないし、書かれない。でも、私たちチェルノブイリの〈ヒバクシャ〉はいる……。彼は私を家につれていき、母親に紹介しました。りっぱなおかあさん。工場の会計士です。社会活動をし、反共産主義のミーティングにはいつも行く。そんなお母さんが、私がチェルノブイリから移住してきた家庭の娘であることを知ると驚いたんです。「まああなた、赤ちゃんを生んでもだいじょうぶなの？」。私たちは戸籍登録所に結婚願いをだしたのに。彼は「ぼくは家をでる。アパートを借りることにしよう」と懇願します。でも、私の耳にはおかあさんの声。「ねえあなた、生むことが罪になるって人もいるのよ」。愛することが罪だなんて……。

(沈黙のあとで)あなたとまたお会いするかどうかわかりません。あなたは、じろじろと見ていらっしゃるような気がするんです。観察し、記憶しようとなさっているだけ。なにかの実験が進んでいるという気持ちから私は解放されません。もう解放されることはないでしょう。

子どもを生む罪。こんな罪がだれにふりかかるのか、あなたはご存知じゃありませんか？　こんなことば、以前は聞いたこともありませんでした。

## 聖フランチェスコが小鳥に説法した

セルゲイ・グーリン
映画カメラマン

このことはぼくの秘密です。だれも知りません。このことを話すのはただひとりの友人とだけです。

ぼくは映画のカメラマンです。あそこに向かう途中、習ったことを思い出していました。

ほんものの作家になれるのは戦場においてだ、などなど。好きな作家はヘミングウェイ、愛読書は『武器よさらば』です。着いてみると、人々は自家菜園で働いている、農場にはトラクターや種まき機が出ている。なにを撮ればいいのかわからない。どこにも爆発しているものなんてないんですから。

最初の撮影は村の集会所でした。舞台にテレビが置かれ、住民が集められた。ゴルバチョフが演説するのを聞いていました。「すべて良好、すべて制御できている」。ぼくらが撮影をしたこの村では、除染作業がすすんでいました。屋根が洗われていた。おばあさんの家の屋根は雨漏りがしているのに、洗い流す意味なんてあるんだろうか？　土地はシャベルひと掘り分、肥沃な地層をすっかり削り取らなくちゃなりませんでした。ここではそのしたは黄色い砂地です。ひとりのおばあさんが村役場の指示にしたがって、土をシャベルで投げすてている。ところが、そこから堆肥だけをかき集めているんです。これを撮らなかったのは残念だ。どこに行っても「ああ、映画関係者ですか。いまあなたがたのために英雄をさがしてきますよ」。英雄は、老人と孫。チェルノブイリのすぐ近くのコルホーズから雌牛を二日間かけて追ってきたのだ。撮影が終わると、畜産学者が巨大な穴のところへぼくを案内した。さきほどの雌牛がブルドーザーで埋められていた。けれど、これを撮影することは思いつかなかった。ぼくは穴に背を向けて、わが国のドキュメンタリー映画の最高の伝統にしたがったエピソードを撮ったのです。『プラウダ』を読んでいるブルドーザーの運転手を。見出しにはでかでかと書かれている。「困難なときに国家は国民をみすてない」。さらに運のいいことにコウノトリが畑に舞いおりた。絶好のシンボルですよ。どんな災難が訪れようとも、ぼくらは打ち勝つんだ、生活はつづいているというね。

村の道はほこりだらけでした。これがただのほこりではない、放射能のほこりだということを、ぼくはもう知っていた。乾燥しきった五月。ぼくらがどれくらい吸い込んだのかわからない。一週間後にリンパ節が炎症を起こした。フィルムは薬莢のようにたいせつに使いました。スリュニコフ中央委員会第一書記がここにくるはずだったんです。どの場所に彼があらわれるか、だれも事前にいわないが、ぼくらは自分たちで見当をつけてしまった。たとえば、昨日車で走ったときにはほこりがもうもうと舞いあがっていたのに、今日はそこにアスファルトが敷かれている、しかも二重にも三重にも。それはもう明らかです。そこが高官を待っている場所なんです。この高官をぼくはその後撮影したが、彼らはできたてほやほやのアスファルトのうえをひたすらまっすぐに歩いていた。一センチもはみださずに。これもぼくのフィルムに入っているが、映画のシーンには入れませんでした。

だれもなにひとつ理解していなかった。これがいちばん恐ろしいことです。放射線測定員がある数値をいう、新聞に載るのは別の数値だ。ははーん、ゆっくりとなにかがわかりかける。ぼくの家には小さな子どもと愛する妻が残っている。こんなところにくるなんて、ぼくはよほどの大ばか者にちがいない。メダルはもらえるだろうが、妻に逃げられるかもしれない。救いはユーモアです。小話をしまくった。廃村にホームレスの男がひとり住みつきました。そこには四人の女が残っていました。「あんたらの男はどうだい？」と聞くと「あの助平野郎、もうひとつの村をかけもちでいやがるよ」

もし徹底的に誠実であろうとするなら……。チェルノブイリ。たしかに道はつづき、小川は流れている、さらさらと。親しい人間が死んだとき、これとよく似た気持ちでした。太陽がでている。ツバメが飛んでいる。雨がふりはじめた。でも、あいつは死んだんだ。おわかりになりますか？　別の次元をことばにして、当時ぼくの内面がどうであったかお伝えしたいのです。

リンゴの花が咲いているのを見て撮影をはじめた。マルハナバチがブンブン飛ぶ、白い婚礼の花。ふたたび、住民は働き、果樹園は花盛り。両手にカメラを持つ、しかし理解できない、なにか変なんです。露出は正常だし、画像は鮮明。しかし、なにかちがう。突然ひらめく。そうか、においを感じないんだと。果樹園は花盛りなのに、におわない。放射線値が高いところではからだがこのような反応を示すのです。あとになってはじめて知りました。二、三の器官が機能しなくなるんです。ぼくのグループは三人でしたが「リンゴの花はどんなにおいがするかい？」と聞くと「それがぜんぜんにおわないんだ」。なにかがぼくらの身に起こりつつあったんです。ライラックもにおわない。あの香りの強いライラックがですよ。ぼくはこんな気がしてきた。まわりにあるものすべては作り物で、ぼくがいるのは映画のセットのなか。しかし、ぼくにはそれがわからない、理解する能力が欠けているんじゃないかと。こんなことは読んだこともありませんでした。

　ぼくは汚染地にいた日々を思い出したくないのです。自分のためにあれこれいいわけを思いついて、扉を開けたくないのです。ぼくはあそこで、どこで自分がほんもので、どこでにせものであるか、理解したかったのです。

　夜中、ホテルで目を覚ますと、窓の向こうで単調な物音、なにかわからない青い閃光。カーテンを開けてみると、赤十字のマークと回転灯をつけたジープが何十台も走っている。静まりかえったなかを。衝撃に似たものを感じた。子ども時代に見た映画のシーンが脳裏にぱっと浮かんだ。ぼくら、戦後の子どもは戦争映画が好きだった。そう、そんな映画のシーン、感じなんです。味方は全員町を去り、残ったのはきみひとりだけ。きみは結論をださなくちゃならない。一番正しい結論は何か？　死んだふりをすることか？　それともどんな？　また、なにかしなくちゃならないとしたら、それはなんだろうか？

　ホイニキの町の中心部に表彰板がかかっているんです。そこにはこの地区のりっぱな人々の名がある。しかし、汚染地に車ででかけて幼稚園の子どもたちをつれだしたのは、アル中の運転手でした。だれも彼もが自分の本来の姿になったのです。まだある。疎開もそうだ。子どもたちが最初につれだされました。大型バス〈イカルス〉に乗せられて。ふと気がつくと、ぼくは戦争映画で見たような撮りかたをしている。ぼくだけじゃない、この場面に参加している住民が同じように行動していることに、ぼくはすぐ気づいた。昔ぼくらみんなが好きだった映画「鶴は飛んでいく」を覚えていらっしゃるでしょう。あの映画のようにふるまっているんです。目にうっすらと涙をうかべ、短い別れのことば。結局、ぼくら全員、自分たちがすでに知っている行動パターンをさがしていたんです。なにか同じように行動しようとしていたんです。こんなことが記憶に残っている。女の子が母親に手をふりながらいっている。「だいじょうぶ、私、勇気があるの。私たちは勝つんだもの」

ミンスクに帰れば、そこでも疎開があるだろうと思っていた。どんなふうに妻や息子と別れようか？　ぼくはこの身振りも想像してみた。「ぼくらは勝利をおさめるのだ！　ぼくらは戦士だ」。父は軍人ではなかったが、ぼくが記憶しているかぎりでは軍服をきていた。お金のことを考えるのは俗物、自分の人生を考えるのは愛国者じゃない。空腹があたりまえの状態。ぼくらの親たちは崩壊を耐えぬいた。ぼくらもまた耐えぬかねばならない。そうでなければ真の人間にはなれない。ぼくらは、どんな状況下でも戦い、生きぬくことを教えられた。ぼく自身、軍隊の兵役義務が終わったあと、市民生活がなにかものたりなく思えたんです。刺激的な感覚を求めて夜中に町をうろついたものです。子どものとき『スイーパー』というおもしろい本を読んだ。作者の名は忘れたけれど、そこでは破壊分子狩りやスパイ狩りが行われる。血がさわぎ、胸がわくわくした。ぼくらはこんなふうにできているんです。毎日が仕事とおいしい食事なら、がまんできないし、居心地が悪いんです。

事故の規模と犠牲者の数が合わないんです。たとえば、クルスクの会戦〔一九四三年〕では何千人もの死者がでたが、これはわかる。だがあそこでは、最初の数日間にぜんぶで七人の消防士が死んだとか。その後、さらに数人の死者。それから先はぼくらが理解するにはあまりにも抽象的すぎる定義が並ぶんです。「数世代後」「永久」「なにもない」と。

それからふたたびだれかが汚染地に行かなくちゃならなかった。一人目のカメラマンは胃潰瘍だという診断書を持ってきた。二人目はあわてて休暇を取ってしまった。ぼくが呼びだされた。「行ってくれ！」「しかし、ぼくはもどってきたばかりですよ」「いいか、きみは一度行ったんだから、同じことだよ。それにだ、きみにはもう子どもがいるじゃないか。連中は若いんだ」。くそったれめ、ぼくだって五人も六人も子どもが欲しいと思っているかもしれないじゃないか！　さあ、圧力がかかりはじめる。もうすぐ賃率が決められるんだが、きみには切り札ができるぞ。給料が上がるか……。悲しくもありおかしくもある話だ。頭の片隅に追いやりましたよ。

いつだったか、強制収容所にいたことがある人々を撮影したんです。彼らは、おたがいに顔を合わせるのを避けたがった。ぼくにはその気持ちがよくわかる。みなが集まって、戦争の思い出話に花を咲かせるのはなにか不自然なものがあるんです。ともに屈辱を体験した人間、あるいは、潜在意識の奥底で人がどんなものであるかを知ってしまった人間は、おたがいに避けたがるものなんです。チェルノブイリで、ぼくが知ったり感じたりしたこと。そのことは話したくないんです。たとえば、ぼくらのヒューマニスト的な考え方はすべて相対的なものだということ。極限状態においては、人は本に書かれているような人間とは本質的にまったく異なるんです。本にでてくるような人間にはお目にかからなかった。会いませんでした。その逆ですよ。人間は英雄じゃない。ぼくらはみんな終末思想を売って歩いているんです。多かれ少なかれ。

ある断片的な光景がちらつく。コルホーズの議長が車二台で自分の家族と家具、身の回り品を運ぼうとすると、党オルグが自分に一台まわしてくれと頼んでいるんです。公平にやろうと要求している。ところが、ここ数日というもの保育所の子どもたちをつれだせないでいるのを、ぼくは見て知っているんだ。車がたりないんです。それなのに、連中はジャムや塩漬けの三リットルびんまでいっさいがっさい詰め込むのに車二台じゃたりないという。つぎの日、ぼくは荷物が積み込まれているのを見たが、撮りませんでしたよ(ふいに笑いだす)。あそこの店でソーセージと缶詰を買ったけれど、やっぱり食べるのはこわかった。ソーセージと缶詰の入った網袋を持ち歩きましたよ。すてるのももったいないから。(まじめな顔で)世界が終わろうとするときにも、悪のメカニズムは機能するんです。ぼくはこのことを理解したんです。デマも流れるだろうし、上役にごまもするだろうし、自分のテレビやアストラカンのコートを救いたいとも思うだろう。この世の最後を前にしても、人はいまとなんら変わることはないんです。いつでも。

ぼくは、ちょっと悪いことをしたなと感じている。ぼくの映画班の連中になにひとつ特典をもらってやれなかったんです。ぼくらの班の若いやつにアパートが必要になったので、ぼくは労働組合委員会にかけあった。「なんとかしてください。ぼくらは半年間汚染地にいたから、特典があるはずです」「よろしい。証明書を持ってきなさい。ハンコの押してある証明書が必要です」。ところが、ぼくらがあそこで証明書をもらいに地区委員会に行ってみると、みんな逃げてしまったあとだったんです。証明書を山ほど持っている監督がひとりいるんですよ。どこに行ったか、なにを撮影したか。たいした英雄ですよ。

ぼくの記憶のなかには、撮影しなかった大長編映画がある。なんシリーズも(沈黙)。ぼくらはみんな終末思想の売り手なんです。

兵士たちといっしょに一軒の農家に入る。老婆がひとり住んでいる。

「さあ、ばあさん、出発だよ」

「行こうかね、お若いの」

「じゃあ、したくをしな、ばあさん」

ぼくらは外でたばこを吸いながら待つ。老婆がでてくる。手に持っているのはイコン〔聖像画〕と一匹のネコと小さな包み。彼女の持ち物はたったこれだけです。

「ばあさん、ネコはだめだ。そういう決まりなんだよ。毛に放射能がくっついているんでな」

「いんや、お若いの、ネコがだめなら、わたしゃ行かないよ。この子をひとりで残していけるもんかね。この子は私の家族なんだよ」

この老婆、あの満開のリンゴの花。すべてのはじまりはこれなんです。現在ぼくが撮っているのは動物だけです。お話ししましたね、ぼくの人生の意味が開けたと。

あるとき、ぼくが撮ったチェルノブイリの映画を子どもたちに見せたんです。非難をあびましたよ。なんのためなんだ、だめだ、必要ない。そうでなくとも、子どもたちはこの恐怖のなかでくらし、こんな会話をいつも耳にし、子どもたちの血液に変化が起こり、免疫システムがおかされているのに、といってね。五人か一〇人きてくれればと思っていたら、ホールがいっぱいになったんです。じつにいろんな質問がでましたが、ひとつだけ脳裏に刻みこまれている。おとなしくて口数の少なそうな男の子でしたが、赤くなり、くちごもりながら聞いたのです。「どうしてあそこに残っている動物を助けちゃいけなかったの?」。ぼくは答えられなかった。ぼくらの芸術は人間の苦悩と愛に関することだけで、すべての生き物のことじゃない。人間のことだけなんです。ぼくらは動物や植物のところ、このもうひとつの世界におりていこうとしない。なのに、人間はあらゆる生き物にむかってチェルノブイリをふりあげてしまったんです。

ぼくは映画を撮りたい。「人質」という動物の映画、「大洋を赤茶色の島が進む」という歌を覚えていらっしゃいますか？　船が沈没しかけたとき、人々は救命ボートに移ります。でも、馬は知らなかったんです、救命ボートに自分たちの場所がないことを。

あそこで日ごろ経験しないことがぼくに起きたんです。ぼくは、動物や木や鳥に近くなった。いまでは、前よりも身近です。ぼくらの間の距離がちぢまったのです。ここ何年か汚染地に通っています。すてられて荒れはてた民家から野豚が走りでたり、ヘラジカがでてくる。こういうものをぼくは撮っているんです。ぼくは映画を作りたい。動物の目ですべてを見てみたい。「なにを撮っているんだ？」といわれる。「まわりを見てみろ、チェチェンじゃ戦争じゃないか？」と。

でも、聖フランチェスコは小鳥に説法しました。彼は、人と話すように小鳥と話したのです。もしこれが、彼が小鳥のレベルまでおりたのではなく、小鳥が彼と自分たちのことばで話したのならどうでしょうか。彼には鳥たちの秘密のことばが理解できたのです。

アルカージイ・パブロビッチ・ボグダンケビッチ
農村の准医師

## さけび

放っておいてください、みなさん。私たちはここでくらさなくちゃならないんだ。あなた方はちょっと話して帰っていくが、私たちはここでくらさなくちゃならない。

ここにカルテがあります。私の前に。毎日、私は手にするんです。毎日ですよ。

アーニャ・ブダイ　一九八五年生まれ、三八〇レム

ビーチャ・グリンケビッチ　一九八六年生まれ、七八五レム

ナースチャ・シャブロフスカヤ　一九八六年生まれ、五七〇レム

アリョーシャ・プレニン　一九八五年生まれ、五七〇レム

アンドレイ・コトチェンコ　一九八七年生まれ、四五〇レム

こんなことがあるはずない？　こんな甲状腺でよく生きているですって？　でも、こんな実験がどこかでありましたか？　私は毎日カルテを読んで、見ているのです。毎日ですよ。援助してくださるのですか？　ちがうんですか。じゃあ、なんでくるんですか？　しつこく聞くんですか？　私たちにかまうんですか？　私はこの子らの不幸を売り物にはしたくない。哲学的理屈をこねるのもごめんだ。放っておいてくださいよ、みなさん。私たちはここでくらさなくちゃならんのです。

## 男声と女声――二声のモノローグ

教師のジャルコフ夫妻。夫のニコライ・プロホロビッチは労働実習、妻のニーナ・コンスタンチーノブナは文学を教えている。

（妻）私はしょっちゅう死を耳にしていますから、死を見るのはいやです。あなたは子どもたちが死について語り合うなんて、ご存知ないでしょうね？　私の受けもつ七年生では、生徒たちが話し合っているんです。死ぬことは恐ろしいか、そうでないか。少し前までは、小さな子どもたちの関心事は、自分がどこからきたのか、子どもがどこからあらわれるのかということでした。いま子どもたちが心配しているのは、核戦争後になにがおきるかということです。生徒たちは古典文学がきらいになりました。私がプーシキンを暗唱しても、生徒は冷ややかな遠い目をしている。子どものまわりはすでに別の世界なんです。子どもたちはSFを読み、人間が地球をはなれ、宇宙時間をあやつり、いろんな世界を行ききする、そんな話に夢中なんです。子どもたちが死を恐れるはずがない。死を恐れているのはおとなたち、たとえば、この私です。死は、なにかファンタスティックなものとして、彼らをわくわくさせるのです。

これについて、じっくりと考えてみます。まわりで人々が死に、多くのことを考えさせられます。私は子どもたちにロシア文学を教えていますが、この子たちは一〇年前の子どもとは似ても似つかぬ子どもたちです。彼らの目の前では、いつもなにかしら、だれかしらが葬られています。土のなかに家も木もすべてが葬られている。この子たちは整列していると、気を失ってたおれ、一五分か二〇分も立っていると鼻血を出す。なにがあっても驚きも喜びもしない。いつも生気がなく疲れたようすで、血の気のない、青白い顔をしている。遊びもせず、ふざけたりもしない。取っ組み合いのけんかをし、はずみでガラスを割ったりすれば教師たちはうれしいくらいです。子どもらしさが感じられない子たちですから、こんなときには叱りません。ただでさえゆっくりと成長しているんです。授業でなにか復唱させても、子どもはできない。じゃあ、あとについてくり返してごらん、といってやる。それでも覚えられない。「しっかりして、授業中なのよ」と揺さぶってやります。考えるんです。いろいろ考えているんです。私は、ガラスに水で絵を描いているようなものではないかしら。私がなにを描いているか、知っているのは私だけで、だれにも見えない。だれにもわからない、だれにも理解できないんです。

私たちのくらしは、チェルノブイリのまわりをまわっています。あのときどこにいたか、原子炉から何キロのところに住んでいたか、なにを見たか、だれが死んだか、だれがどこに転出したか。いまでも、私たちは毎日チェルノブイリといっしょです。若い妊婦が突然亡くなります。病理学者は診断がくだせない。小さな女の子が首を吊る。五年生。これといった理由もなく。小さな女の子が……。すべてのことに対してチェルノブイリという診断。どんなことがおきても、みながチェルノブイリだという。私たちは非難をあびる。「あなたがたは恐れている。だから病気になるんだ。原因は恐怖心なんですよ。放射能恐怖症です」。では、なぜ小さな子どもたちが病気になり、死んでいくのでしょう？　彼らは恐怖心がどんなものか知らないし、まだ理解できていないのに。

あの日々を覚えています。生徒たちは机に横になったり、授業中気を失ったりする。どの子も驚くほど暗く、陰気になり、友だちに笑いかけるやさしい顔は一日じゅうまったく見られません。朝八時から夜九時まで子どもたちは学校にいましたが、外で遊んだり走ったりすることは絶対禁止でした。生徒には服が支給されました。女子にはスカートとブラウス、男子には上下服でした。しかし、生徒はこの服のまま帰宅しましたから、私たちは彼らがこの服をきて帰宅後どこに行ったかまではわからない。通達にしたがって母親たちは毎日この服を洗濯しなくてはならなかった。子どもたちが毎日きれいな服で登校するようたに。第一に、スカート一枚とブラウス一枚といったようにたった一組しか支給されず、着替えがなかったからです。第二に、母親たちが、ニワトリ、牛、子豚の世話で多忙だったし、おまけに、なぜ服を毎日洗う必要があるのか、わかっていなかったからです。母親にしてみれば、汚れというのはインクや泥、油のしみであって、短寿命アイソトープとかいうものの影響じゃないんです。

受けもちの生徒の親たちになにか説明しても、彼らの前にとつぜんアフリカの部族のシャーマンがあらわれたのと同じくらいにしか私の話が理解できないのです。「で、その放射線っていったいなんですか？　においもなく、見えない。あ、そう……。うちじゃつぎの給料日までお金がもたないんですよ。給料日前の三日間はいつも牛乳とジャガイモばかりです」。こういって母親はどうでもよさそうに手をふる。牛乳もジャガイモも禁止されているんです。商店には中国製の肉の缶詰とそばの実が入荷しましたが、それを買うお金がどこにあるというのでしょう？　通達は、教養のある人、ある程度の文化的生活環境を対象にしたものでした。通達の意味が理解できる人なんて、ここにはいないんです。

レムとレントゲンのちがいを説明するだけでもなかなか大変ですが、そのほかに私がいいたいのは、運命論、ひじょうに気楽な運命論のことです。たとえば、一年目は菜園で採れたものはぜったいに食べるなといわれましたが、住民は食べ、冬場にそなえて貯えたんです。大豊作だったんですから。キュウリもトマトも食べちゃだめなんていってごらんなさい。食べられないってどういうことだい？　味はふつうだよ。そういって食べる、腹は痛くない。暗闇で〈光って〉いる者なんかひとりもいやしない。その年、近所の人たちが地元の木材で床を張りかえ、測定してみると許容値の一〇〇倍もの放射線値でした。それなのに、だれも床板をはがした者はなく、彼らはそのまま住んでいる。すべてなんとか丸くおさまるもんだ、どうにかなるもんだ、人間が手をくださなくたって自然になんとかなるもんだ、というのです。最初のうちは食料品を放射線測定員のところに持参して測ってもらい、基準値の何十倍もありましたが、そのうちにみんなは持っていかなくなりました。「においもないし、見えもしない。学者たちのでっちあげだよ」。すべてこれまでと同じです。畑を耕し、種をまき、収穫する。信じられないことがおきたのに、住民はたんたんとくらしている。畑で採れたキュウリをすてることのほうが、チェルノブイリよりも大問題なんです。子どもたちは夏の間学校にひきとめられ、兵士たちが粉せっけんで学校を洗い、まわりの表土をはがしました。でも秋にはどうでしょう？　秋になると生徒たちはビートの収穫に行かされたのです。大学生、職業技術学校の生徒も農場につれてこられました。全員集められました。掘り残しのジャガイモを畑にそのままにしておくことのほうが、チェルノブイリよりも恐ろしいことなんです。

だれが悪いんでしょう？　悪いのは私たち自身にほかなりません。

以前、私たちは自分たちのまわりの自然界に気づこうとしませんでした。空や空気があるように、自然があった。だれかが永遠に私たちに与えてくれ、自然は人に左右されず、いつでもあるかのようだった。私は森の草地に寝ころんで、空をながめるのが好きでした。自分がなに者かを忘れるくらい気持ちがよかった。いまはどうでしょう？　森は美しく、コケモモがたわわに実っている。でも、採る人はいない。秋の森に人声がすることはまれです。感覚的な、本能的な恐怖。私たちに残ったのは、テレビと本と想像力。子どもたちは森や川で遊ばず、室内で成長しています。森や川は見るだけのもの。すっかりちがう子どもたちなんです。でも私は、この子たちのところに行く。「物憂げな季節、魅惑的な瞳……」。私にとって永遠のものであるプーシキンをあいかわらずたずさえて。ときおり冒瀆的な考えが浮かぶのです。もしかして、私たちの文化全体は、古ぼけた原稿の詰まった長持じゃないのかしら。私の愛しているものすべては……。

（夫）　ぼくらは軍人教育をうけたんです。核攻撃を撃退し処理することを教えられてきた。ぼくらが立ち向かうべき相手は化学兵器、生物兵器、核戦争でした。からだから放射性核種を除去するはずじゃなかったのです。戦争と比較することはできません、まちがっているのに、みんな戦争と比較している。ぼくは子ども時代にレニングラード封鎖〔第二次世界大戦中ドイツ軍による九〇〇日に及ぶ封鎖〕を体験しました。比較することはできない。あそこのくらしは前線のようだった、いつ果てるともしれない銃撃にさらされていた。さらに、飢え。数年間というもの動物本能がむき出しになるほど飢えていました。ここでは一歩外にでれば畑にはなんでも育っているじゃないですか。比較なんて無理ですよ。しかし、いいたいのはこんなことじゃなく、ああ、そうだ、銃撃がはじまると、それはひどかったんです。いつか死ぬのじゃなく、いま、この瞬間に死ぬかもしれなかったんですよ。冬は寒さ。家にある家具など、木製品はすべて燃やし、本もぜんぶ、古着ですら焚きつけました。道を歩く人がすわりこむ。翌日行ってみるとまだすわったままなんです。凍死です。凍死者は一週間、あるいは春がきて暖かくなるまでそこにすわっていた。氷を割って凍死者を引っぱりだす力はだれにも残っていなかったし、人がたおれたとき、そばに行って助けることはまれでした。だれもが、はうようにしてそばを通りすぎていた。覚えている、人々は歩くのではなくはっていた。それほどゆっくりと歩いていました。どんなものとも比較はできませんよ。

原子炉が爆発したとき、ぼくの母もいっしょに住んでいました。母はくり返していました。「ねえ、おまえ、私たちはいちばん恐ろしいことは体験したんだよ。レニングラード封鎖を体験したんだもの。もっと恐ろしいことなんてあるはずがないわ」

ぼくらは核戦争にそなえ、核シェルターを建設した。原子から身をかくそうとした、弾丸の破片から身をかくすように。ところが、それはそこらじゅうにあるんです。パンのなか、塩のなかに。ぼくらは放射能を吸い、放射能を食べている。パンや塩がなくても、なんでも食べられる、革ベルトだって水で煮て、においをかぎ、においで腹がふくれるというのなら、ぼくは理解できただろう。でも、これはちがう。なにもかも毒されているんですか?

とにかく一〇年たち、人々の反応もさまざまですが、みんなは戦争を基準に判断しています。戦争は四年だった、もう戦争がほぼふたつ分だと。人々の反応をあげてみましょうか。「すべて過去のことだ」「なんとか丸くおさまるだろう」「一〇年たったんだ、もう恐ろしくない」「ぼくらはみんな死ぬんだ、もうすぐ死ぬんだ」「外国に移住したい」「援助してもらわなくちゃ」「どうでもいいよ。生きなくちゃ」。こんなものでしょうか。ぼくらはこんなことを毎日耳にしているのです。ぼくらは科学の研究材料なんですよ。国際的な実験室です。ぼくら一〇〇〇万人のベラルーシ国民のうち、二〇〇万人以上が汚染された土地でくらしている。悪魔の巨大実験室です。データの記録も実験も思いのままですよ。各地から訪れては学位論文を書いている。モスクワやペテルブルク、日本、ドイツ、オーストリアから。彼らは将来に備えているんです……。（長い中断）

なにを考えていたか？　また、比べていたんです。チェルノブイリのことは話せるが、封鎖のことは話せないということをちょっと考えていました。レニングラードから招待状がきたんです。「封鎖されたレニングラードの子どもたち」の集いへの招待状です。ぼくは行ったんですが、ひとこともしゃべることができなかった。単に恐怖について語るのか？　恐怖についてだけじゃ、不十分だ。家では、封鎖のことは一度も話したことがありません、母が思い出すのをいやがりましたから。でも、チェルノブイリのことは話すんです。いや……（くちを閉ざす）ぼくらの間では話さない。話すのはだれかがきたときです。外国人やジャーナリスト、よそに住んでいる親戚などが。

なぜ、ぼくらはチェルノブイリのことを話さないのだろう。学校で、生徒たちと。彼らとこのことを話すのは治療先のオーストリア、ドイツ、フランスの人々です。ぼくは子どもたちにたずねる。外国の人とどんなことを話したんだい。なにがおもしろかったかい？でも、子どもたちは、町や村の名前、自分たちが滞在した家族の名前さえも覚えていないことが多い。プレゼントを数えあげ、おいしかったものをつぎつぎに話してくれる。テープレコーダをもらった子もいれば、もらわなかった子もいる。自分や親が買ったんじゃない服をきて帰国する。まるで、どこかの見本市か、大きな店に行ってきたみたいだ。この子らはいつも待っているんです、もう一度つれていってもらい、見せてもらい、プレゼントをもらうのを。こういうことに慣れつつある。慣れてしまっている。もはやこれは彼らの生きるすべであり、人生とはこういうものだと考えているのです。

外国という名のこの大きな店、高価な見本市からもどってきた子どもたちのところに、ぼくは授業に行かなくてはならない。ぼくは行き、この子たちがすでに傍観者になっていることがわかる。彼らは傍観しているだけで、生きていない。ぼくはこの子たちを自分のアトリエにつれていく。そこにはぼくの木彫りの作品がある。この子たちのお気に入りなんです。「ここにあるものはぜんぶふつうの木で作ることができるんだよ。自分たちで彫ってごらん」。目を覚ませよ！　木を彫ることで、ぼくは封鎖から立ち直ることができたんです、何年もかかりましたよ……。

## まったく未知なるものが忍びこみつつある

アナトーリイ・シマンスキー
ジャーナリスト

アリが木の幹をはっている。あたりに装甲車の轟音がひびく。兵士たち。どなりちらす声、ののしる声。ヘリコプターがばたばたと音を立てる。それでも、アリははっている。

ぼくは汚染地から帰るところでした。その日目にしたもののすべてのなかで、はっきりと記憶に残っているのはこの光景だけです。ぼくたちは森のなかで止まり、ぼくは白樺の木のそばでたばこを吸いはじめました。木のそばに立ち、もたれかかる。ぼくの顔のすぐ前をアリがはっていた。ぼくたちに気づかず、まったく目もくれず。ぼくらがいなくなっても、アリはやっぱり気づかないんだろう。ぼく？　ぼくはこんな間近にアリを見たことはいままでなかったんです。

最初は〈大惨事〉だとだれもがいい、それから〈核戦争〉だといった。ぼくはヒロシマとナガサキについて読んだことがあり、記録映画を見たことがあるんです。恐ろしかったが、核戦争、爆発圏がわかった。想像することだってできた。けれども、ぼくたちの身に起きたことは理解できないでいる。ぼくたちは死んでいく。なにかまったく未知のものが以前の世界をすっかり破壊し、人間に忍びこみつつある、入りこみつつあるのが感じられる。ある学者との会話を覚えているんです。「これは何千年にもわたるんです」と彼は教えてくれた。「ウランの崩壊、ウラン二三八の半減期ですが、時間に換算すると一〇億年なんですよ。トリウムは一四〇億年です」。五〇年、一〇〇年、二〇〇年、でもその先は？　その先はぼくの意識は働かなかった。ぼくはもうわからなくなったんです。時間とはなにか？　ぼくがどこにいるのか？

わずか一〇年がすぎたばかりなのに、いまこのことを書くんですって？　無意味なことですよ！　解き明かすことも理解することも無理です。どちらにしろ、ぼくらはなにか自分の人生に似かよったものを思いつくんです。ぼくはやってみたけれど、だめだった。チェルノブイリのあとに残ったものはチェルノブイリの神話なんです。新聞や雑誌はさきを争って恐怖に満ちた話を書く。あそこに行ったことがない人間は、とりわけ恐怖を好むんです。人間の頭ほどもあるキノコの記事をみんな読んだけれど、そんなキノコをみつけたものはだれもいない。だから、書くことは必要じゃないんですよ、必要なのは記録することと。記録して残すことです。ぼくにチェルノブイリのSFをください……そんなものはありっこないんです。現実はSF以上にファンタスティックなんですから。

ぼくは専用のメモ帳を持っている。会話、うわさ話、小話をメモしているんです。これは最も興味深いものです、時代を超えて。古代ギリシアで残ったものはなんでしょうか？古代ギリシアの神話です。

## 役割と筋書へのあこがれ

セルゲイ・ワシーリエビッチ・ソボリョフ
共和国連盟「チェルノブイリに盾を」副理事長

ぼくは、ロケット技師、ロケット燃料の専門家です。バイコヌールで勤務していました。〈コスモス〉計画、〈インターコスモス〉計画はぼくの人生の大きな部分を占めています。すばらしい時代でした。空を征服しよう、北極地方を征服しよう、処女地を征服しよう、宇宙を征服しよう！　ガガーリンとともに全ソ連が地球をはなれて宇宙に飛びたったのです、ぼくら全員が。ぼくはいまでもガガーリンに夢中なんです。すばらしいロシア人だ。笑顔がすばらしい。彼の死でさえなにか劇的でした。飛翔、飛行、自由へのあこがれ。ほんとうにすばらしい時代でした。

家庭の事情でベラルーシに移り、ここで勤務しました。ここにきてから、チェルノブイリのこの空間にのめりこんでしまった。これはぼくの感覚を正してくれた。ぼくは時代の最先端をいく技術、宇宙技術と常にかかわってきましたが、こんなことは考えられないはずだったんです。まだ話すのはむずかしい。想像がつかない。なにかちょっと(考え込む)ほんの一秒前、意味をつかんだような気がしたのですが。ほんの少し前に。

ぼくの仕事のことを話したほうがいいでしょう。ぼくたちはありとあらゆることをしています。教会を建てている。チェルノブイリの教会です。寄付金を集め、病人や危篤の人を見舞う。年表を書き、博物館を作っている。はじめての依頼は「この金を三五家族に分けてくれ。夫をなくした三五人の未亡人にだ」というもの。全員事故処理作業に参加した男たちです。公平を期さなくちゃ。だが、どうやって？　ある未亡人は病気の幼い娘をかかえている、別の未亡人には子どもが二人いる。自分が病気で部屋代を払わなくちゃならない女性もいる。四人の子持ちもいた。「だれの分も減らすわけにいかないじゃないか」

と考えながら、夜中に目が覚めたものです。考えては計算し、計算しては考えたが、できなかった。ぼくたちはリストにしたがって同額ずつ分配したのです。

ぼくが手ずから作ったものは博物館です。チェルノブイリ博物館(沈黙)。だが、時々こんな気がするんです。ここにできるのは博物館じゃなく、葬儀社じゃないかと。ぼくの仕事は葬儀班なんですよ！　今朝、ぼくがまだコートをぬがないうちに、ドアが開き、入口で女性が大声で泣いたんです。「夫のメダルも表彰状もぜんぶあげるわ！　特典なんかいらない！　夫を返してちょうだい！」。長い間泣きさけんで、メダルと表彰状を残して帰りました。メダルと表彰状は博物館のガラスのしたに陳列し、見てもらうことになるだろう。しかし、あのさけび声、彼女のさけび声を聞いたのは、ぼくひとりだけだ。この表彰状を並べながら、ぼくだけが思い出すんです。

いまヤロシューク大佐が死にかけています。化学者で線量測定員でした。屈強な男でしたが、からだが麻痺し寝たきりです。彼は腎結石もあり、石を取らなければなりませんが、ぼくらの団体には手術代をはらう金がない。ぼくらの団体は寄付でなりたっており、貧乏なんです。国は、詐欺師ですよ、この人たちをみすててしまった。この人たちが死ぬと、通りや学校や軍の部隊に彼らの名をつける。でも、これは死んだあとです。ヤロシューク大佐は汚染地を歩きまわり、汚染の最高地点の境界線を定めた。つまり生きたロボットとして完全に利用されたのです。大佐はこのことはわかっていたんです。しかし、歩いた。

原発を起点に、外側に向かって扇型のなかを徒歩で。線量測定器を手にして。放射能の〈スポット〉をさぐりながら、この〈スポット〉の境界線にそって歩きました。地図に〈スポット〉の位置を正確に書き込むために。

事故処理作業に投入された部隊はぜんぶで二一〇部隊、およそ三四万人です。屋上を片づけた連中は地獄を味わうことになりました。彼らには鉛のエプロンが支給されましたが、放射線は下からきたのです。下は防護されていませんでした。彼らは防水厚地のごくふつうの長靴をはいていたのです。一日に一分半から二分ずつ屋根のうえ。その後、除隊となり、表彰状と一〇〇ルーブルの報奨金を与えられた。そうして、わが祖国の無限に広がる空間に消えていったのです。彼らは屋上で、燃料、原子炉の黒鉛、コンクリートや鉄骨の破片をかき集めたのです。担架に〈ごみ〉を載せるのに二、三〇秒、屋根から投げおとすのに二、三〇秒。この特製の担架だけでも四〇キロでした。ちょっと想像してみてください。鉛のエプロン、防毒マスク、この担架、そして、猛スピード。キエフの博物館に帽子ほどの大きさの黒鉛の実物大模型がありますが、ほんものなら一六キロもあるんです。黒鉛はひじょうに密度が高くて、重いのです。無線操作のマジックハンドはしょっちゅう命令を拒否し、とんでもない動きをしました。放射線値が高いところでは電子回路が故障するのです。いちばん頼りになる〈ロボット〉は兵士でした。軍服の色から、〈緑のロボット〉と呼ばれた。崩壊した原子炉の屋根を通りすぎた兵士は三六〇〇人です。

この若者たち。彼らもまた現在死んでいますが、自分たちがこの作業をしなかったらどうなっていたか、彼らは理解しています。

一時期、核爆発の危険性があり、原子炉のしたから水を抜かなくてはなりませんでした。溶けた核燃料が黒鉛といっしょになり、原子炉のしたのコンクリートパネルに穴があく恐れがあったのです。想像できますか？　課題がだされる。だれが水にもぐり、排水弁のコックを開くのか？　車、住居、菜園付き別荘を与え、家族の生活は一生めんどうみると約束された。志願者が募られました。なんと、いたのですよ。男たちは何度も何度ももぐり、このコックを開きました。志願者班には、七〇〇〇ルーブルが与えられましたが、約束した車や住居のことは忘れられてしまった。もちろん、彼らはそれが欲しくてもぐったんじゃない。物がめあてじゃない、ぜったいに物がめあてじゃないんです。（ひどく興奮する）

彼らはもういない。身分証明書だけがぼくらの博物館にある。しかし、もし彼らがやらなかったらどうなっていたか？　ぼくらは自分を犠牲にする覚悟ができているんです。この点ではぼくらはだれにもひけをとらない。

ぼくはここである男と議論したんです。彼はぼくをこう説きふせようとした。「自分を犠牲にする人間は、自分が、二度とあらわれることのない唯一無二の個だということを感じていない。役割にあこがれているんだ。以前、彼はせりふのない端役だった。筋書を持たず、背景をつとめていた。ところが、ここで彼はとつぜん主役になった。意義へのあこがれだ。わが国のプロパガンダとはいったいなにか？　わが国のイデオロギーとは？　死んでくれ、これは意義のあることなんだと命令される。持ちあげられる。役がもらえる！　その死は大きな価値があるんだ、死とひきかえに永遠を手に入れるんだから」。ぼくは同意しない。ぜったいに同意するもんか！

たしかに、ぼくらは兵士であるべく教育を受けてきた。いつでも召集され、いつでもなにか不可能なことをする覚悟ができている。学校を卒業後、ぼくが民間の大学に入りたいといったとき、親父はショックを受けたんです。「父親が職業軍人だというのに、お前は背広をきるつもりか？　祖国を守らねばならないのだ」。何ケ月かくちをきいてくれませんでしたよ。ぼくが陸軍士官学校に書類を提出するまで。父は戦争に参加しました。すでに故人です。父の世代はみんなそうですが、財産はなにもなかった。ぼくが持っているのは、父がフィンランドとの戦いの前にもらった将校かばん、なかに父の戦功勲章が入っています。それと、父が前線から出した三〇〇通の手紙が入ったビニール袋。手紙は一九四一年にはじまり、母が保存していました。父が残したものはこれだけ。しかし、このうえなく貴重な財産だと思っています。

これで、この博物館をぼくがどんなものと考えているか、わかっていただけましたね？　ほら、あの小びんのなかにはチェルノブイリの土がひとつかみ。あそこには炭坑夫のヘルメット、チェルノブイリから持ってきたものです。汚染地の農家の道具。ここには線量測定員は入れられません。〈ガリガリ〉と鳴りっぱなしですよ。しかし、ここじゃぜんぶほんものでなくちゃダメなんです。模型はいりません。ぼくたちを信じてもらわなくちゃなりません。ほんものだけが信じてもらえるのです。チェルノブイリをめぐってはあまりにもうそが多すぎますから。昔もいまも。

もし、チェルノブイリの本を書かれるのなら、ここにあるユニークなビデオ資料をごらんになってください。少しずつ集めているんです。チェルノブイリの記録映画はないんですよ。極秘扱いされ、撮らせてもらえませんでした。もし、うまく撮影できたとしても、すぐさましかるべき機関にフィルムを没収され、返されたときには消されているんです。住民の疎開、家畜の運搬のようすを撮った映画はここにはありません。悲劇を撮影することは禁じられ、撮影されたのはヒロイズムばかり。それでも、現在チェルノブイリの写真集が出版されていますが、映画やテレビのカメラマンは何度もカメラをたたきこわされたんです。裁判所をたらいまわしにされたんです。チェルノブイリのことを正直に語るには勇気が必要でした、いまもそうなんです。ほんとうですよ!

ぼくは帰宅しても、小さな息子を両腕に抱くことができない。ウォッカを五〇グラムか一〇〇グラムあおらなくちゃならないんです、子どもを抱きあげるために。

博物館にはヘリコプターの操縦士たちの展示室がひと部屋あります。ボドラシュスキー大佐はロシアの英雄で、ベラルーシの大地、ジューコフ・ルク村に埋葬されています。彼は限界値を越えた線量をあびたあと、ただちに原発をはなれ疎開しなければなりませんでしたが、そのまま残り、さらに三三人の操縦士の指導にあたりました。彼自身は一二〇回飛び、二〇〇トンから三〇〇トンの荷を投げ落としました。一昼夜に四〜五回の出動、原子炉の上空高度三〇〇メートル、操縦室の気温は六〇度もありました。砂袋が投げ落とされたとき、下でどんなことが起きたか、想像してみてください。放射能は一時間あたり一八〇〇レントゲンにも達したのです。パイロットたちは空中で気分が悪くなりました。ねらいを定めて燃えさかる穴に命中させるために、彼らは操縦室から頭を突き出し、目測で見当をつけたのです。それしか方法がなかったのです。政府委員会の会議では、簡単に、事務的に報告されていました。「この作業には二、三人命を落とす必要があります。こちらの方は、ひとりの命が必要です」。簡単に、事務的にです。

　ボドラシュスキー大佐は亡くなりました。医者は、彼の線量登録カードに原子炉上空であびた線量を七レムと記入した。実際は六〇〇レムだったんですよ！

　日夜、原子炉のしたにトンネルを掘りつづけた四〇〇人の炭坑夫たちはどうでしょう？　土台を凍結させるために、液体窒素を流し込むトンネルを掘る必要があったのです。そうしなければ、原子炉は地下水のなかに没したかもしれません。モスクワ、キエフ、ドネプロペトロフスクの炭坑夫たち。ぼくは彼らのことが書かれた記事を読んだことがない。彼らははだかで、気温が五〇度を超えるなか、しゃがんでトロッコを押しました。そこは数百レントゲンもありました。

いま彼らは死んでいっています。

わが国ではふれないことになっていることがあるんです。スラブ的羞恥心から。あなたはこのような本を書かれるのだから、知っておいていただきたい。原子炉や、原子炉の近くで働いていた者は、ロケット技師にも似たような症状が見られるのですが……、ふつう泌尿生殖器系がやられるんです。わが国ではこのことはいわないことになっている。あるとき、ぼくはイギリスのジャーナリストに同行したのですが、彼は、たいへん興味深い質問を用意していました。ちょうどこのテーマで、彼が関心を抱いていたのは問題の持つ人間的な側面でした。すべてが終わったあと、家庭で、日常生活で、セックスで人はどうなるのか？　ただ、ざっくばらんな会話というわけにはいかなかった。たとえば、彼は、ヘリコプターの操縦士を集めてくれという。男同士の話をするために。操縦士はきたんですが、三五歳や四〇歳でもう年金生活者という人が何人かいますし、足を骨折して車でつれてこられた男もいた。老人性骨折だというのです。放射線の影響で骨がもろくなっているのです。

イギリス人は彼らに質問した。「現在、みなさんは家庭で、若い奥さんたちとどうですか？」。操縦士たちは沈黙している。いかにして一日五回の出動をやりこなしたか、それを話そうと思ってきてみると、聞かれるのは、妻のこと？　彼はひとりずつききはじめた。

友好的に答えてくれる。健康状態はまあまあ。国は評価してくれる。ところが、家庭の愛情になると、だれひとりとしてうちあけてくれなかった。彼らが帰ったあと、イギリス人が落胆しているのがわかった。「どうしてきみらがだれにも信用されないか、これでわかるだろ？」と彼はいう。「きみらは自分自身をいつわっているからだよ」。この会合はカフェでもたれ、かわいいウェイトレスがふたり給仕をしていた。彼はふたりにもきく。「ぼくの質問に二、三答えてくれるかい？」。このふたりの女の子が彼にすっかりぶちまけてしまったのです。「きみたちは結婚したい？」「もちろん、でもここではいや。外国人と結婚したいの、みんなそう思っているわ。だって健康な子どもを生みたいんだもの」。さらに、つっこんだ質問。「でも、きみたちは恋人がいるんでしょ？　彼らはどう？　きみたちを満足させてくれるかい？　なんの話か、わかるよね？」「いまここにあなたたちといっしょにいた連中は」とくすくす笑う。「操縦士よ。二メートル近くもある。メダルをじゃらじゃらいわせているわ。国にとってはりっぱなんでしょうけど、ベッドじゃね」。彼はこの女の子たちをカメラにおさめ、ぼくにはまた同じことをいった。「どうしてきみらがだれにも信用されないか、これでわかるだろ？　きみらは自分自身をいつわっているからだよ」

私と彼は汚染地にでかけました。統計では、チェルノブイリの近くには八〇〇の放射性廃棄物埋設地があることが知られています。彼はファンタスティックな工学的構築物を期待していたようだが、ただの穴なんです。そこには、原発の周囲一五〇ヘクタールにわたって切りたおされた〈赤茶けた森〉〔事故後最初の二日間でマツやエゾマツは赤くなり、それから赤茶けた色になった〕、何千トンもの金属や鉄類、小さなパイプ、作業服、コンクリート建造物がすてられている。彼はイギリスの雑誌に載った写真を見せてくれました。空からのパノラマ写真。何千台ものトラクター、ヘリコプター、消防車、救急車。原子炉の近くで最大の放射性廃棄物埋設地です。彼は、その一〇年後の姿を写真に撮りたがっていた。写真にはかなりの金額を約束されていた。私たちはあちこち迷いに迷いながら歩きまわったのです。一人の責任者が私たちをほかにまわす、地図がないだの、許可がないだの。私たちはかけずりまわりました。この放射性廃棄物埋設地が存在しないことがわかるまで。これは書類上あるだけで、実際にはもうなかったのです。ずいぶん前から市場やコルホーズ、個人の部品用に持ち出されていたんです。ぜんぶ盗まれ、持ち去られていました。イギリス人には理解できないことでした。信じられなかったのです。私が事実をすっかり話しても、彼は信じませんでした。

ぼくはいま、もっとも勇気をもって書かれた記事を読むときでも信じていない。いつも無意識のうちに考えている。「これもうそかもしれない。作りごとかもしれない」。悲劇を思い起こすときには陳腐な表現、はやりの決まり文句で語られ、ホラーとして語られるようになってしまったんです。(絶望して終える。沈黙)

すべて博物館に運び、集めています。しかし、「やめるんだ！　逃げるんだ！」と考えることがよくあります。とても耐えられません。

ここにくる外国のジャーナリストに何度も聞いてみました。多くの人がすでに二、三回きている。「なぜ、汚染地にくるのか？」。金と出世のためだけと考えるのはばかばかしいじゃありませんか。「ここが好きなんだ。ここでは、ぼくらは力強いエネルギーを充電される」とうちあける。意外な返事です、そうでしょ？　わが国の人間や、その感情や世界は、おそらく、彼らにとっては未知のもので、魅力的なものなんだろう。しかし、ぼくはわからなかった。彼らが好きなのは、ぼくら自身なのか？　それともぼくらの記事が書けること、ぼくらを通じて理解できるということなのか？

チェルノブイリ。ぼくらにはもうほかの世界はありません。基盤を奪われたとき、まず、ぼくらはこの痛みを思いのたけぶちまけましたが、いまでは、ほかの世界はなく、どこにも行き場がないことを知っている。このチェルノブイリの大地に定住する悲劇を感じ、世界観ががらりと変わった。戦場から帰ってきたのは〈失われた〉世代、チェルノブイリとともに生きているのは〈途方にくれた〉世代です。ぼくたちは途方にくれてしまったんです。変わらずに残ったのは人間の苦悩だけ。ぼくたちのたったひとつの財産です。貴重な！

すべてが終わったあと、ぼくは家に帰る。妻はぼくの話に耳を傾ける。それから妻は静かにいう。「あなたを愛しているわ、でも、息子はあなたにわたさない。だれにもわたさないわ。チェルノブイリにも、チェチェンにも……だれにもよ」。妻の心にはすでにこんな恐怖が住みついているのです。

# 人々の合唱

＊もう長い間幸せそうな妊婦さんを見ません。幸せそうなお母さんも……。お産が終わってわれにかえると私を呼びます。「先生、見せてください。つれてきてください」。小さな頭やおでこ、からだにさわっている。指の数をかぞえている。足の指、手の指。確かめたがる。「先生、赤ちゃんは正常ですか？　だいじょうぶですね？」。おっぱいを飲ませるために赤ちゃんがつれてこられる。不安がる。「私はチェルノブイリの近くに住んでいるんです。あそこの母のところへ行ってきたんです。あの黒い雨にあったんです」

夢の話をしてくれる。八本足の子牛を生んだ夢をみたわ、ハリネズミの頭をした子イヌを生んだ夢をみたわと。そんな奇妙な夢。昔はそんな夢をみる女性はいませんでした。聞いたこともありません。三〇年間助産婦をしていますけれど。

＊私は学校でロシア語と文学を教えています。あれは、六月のはじめ、たしか試験中のことでした。とつぜん、校長が私たちを集めていいました。「明日、全員スコップを持参してください」。私たちは、校舎のまわりの汚染された表土を取り除かなくてはなりません

でした。そのあと兵士たちがやってきて、アスファルト舗装をするというのです。質問「どんな防護用具が支給されるのですか？　特殊な衣服や防毒マスクは届けられるんですか？」。ノーという返事。拒否したのは若い二人の教師だけで、残りの者は行って掘りました。抑圧感と同時に義務を果たしているんだという思いがありました。私たちの心には、困難で危険なところにでかけ、祖国を守るんだという気持ちがあるのです。

私たちは朝から晩まで土を掘りました。家に帰る途中、町の商店は営業中で女たちがストッキングや香水を買っている。ふしぎな感じがしました。

*兵士たちが村に入り、住民は疎開させられた。村の通りは軍隊の車がぎっしり。装甲車、緑の防水シートがかかったトラック、戦車だってあった。住民は、兵士の目の前で家をでていった。とくに戦争を体験した者にとっては、これは重苦しいことでした。

いつも戦争と比較されていますが、これはもっとひどい……。戦争なら理解できます。でも、これはなんなの？

*私は町をはなれた気がしないの。毎日、思い出のなかを歩いている。あの通り、あの建物のそばを。とっても静かな町でした。

日曜日のこと。寝そべって、日光浴をしていました。ママが走ってくる。「チェルノブイリが爆発してみんな家のなかにかくれているのに、おまえは、おひさまのしたかい」。私、ちょっと笑っちゃった。ナロブリャはチェルノブイリから四〇キロもあるのよ。

夜、家の横に車《ジグリ》が止まって、私の知人がご主人と入ってきたの。彼女は部屋着のままで、ご主人はスポーツウェア、古い室内履きをはいていた。プリピャチ市からとんできたのです。森をぬけ、田舎道を通って。道路には警察が見張りに立ち、軍隊の監視所がおかれ、だれも町から出すまいとされていたんです。「私たち夜眠れなかったのよ。どうなるのかしら？　どうなるの？」。ご主人が彼女をなだめていました。

＊食肉コンビナートから肉の塊を積んだ車がカリノビッチ駅に向かい、そこからモスクワに運ばれました。モスクワは受けとりをことわった。それで、放射性廃棄物埋設地と化した車両が私たちのところにもどってきた。輸送列車まるごとです。すぐに埋められました。くさった肉のにおいが、毎晩まとわりつきました。核戦争はこんなにおいなのかしら？まさか。私の覚えている戦争は、煙のにおいがしました。

＊ぼくは気象学者です。ヘリコプターに乗って汚染地に飛びたった。装備は通達にしたがった。下着はなし、料理人が着るような綿のつなぎの作業服、その上に防護シート、長手袋、ガーゼのマスク。全員がからだのまわりに計器類をぶらさげている。上空から村の近

くにおりる。そこでは、子どもたちがスズメのように砂場でころげまわっている。くちのなかに小石や小枝、ズボンもはかずに、尻をだして。でも、ぼくらは命令されていたんです。住民とかかわるな、パニックを起こすなと。

いまぼくはこのことを背負って生きています。

＊テレビで。おばあさんが牛の乳をしぼり、びんに入れた。軍用線量計を手にしたレポーターが近づき、びんをなでまわす。コメントが流れる。「どうですか、まったく基準値です。原子力発電所まで一〇キロのところですよ」。プリピャチ川が映される。泳いだり、日光浴をしている。遠くに原子炉が見え、煙がもくもくとたちのぼっている。コメント。「「西側の声」はパニックの種をまきちらし、事故に関する根も葉もない中傷を広めています」。ふたたびあの線量計を持ち、魚スープの皿や、チョコレート、路上の売店のドーナツに近づける。インチキなんですよ。当時、軍に装備されていた軍用線量計は、食品の検査用じゃなかったんです。大気中の放射線を測ることができただけなんです。

＊私たちは、はじめての赤ちゃんが生まれるのを待っていました。夫は男の子を望み、私は女の子が欲しかった。医者が私を説得しました。「中絶しなさい。ご主人はチェルノブイリにいらしたんですから」。夫は運転手で、最初の数日にあそこにつれていかれ、砂を

運んでいたのです。私はだれのいうことも信じませんでした。

子どもは死産でした。指も二本たりなかった。女の子。泣きました。指くらいあればよかったのに、女の子なんですもの。

＊私は、軍事委員部に電話をして、協力を申し出ました。私たち医者は、全員兵役の義務がありますから。名前は覚えていませんが、少佐だという人が答えました。「若者が必要なんだ」。私は説得をこころみる。「若い医者は、第一に、心がまえができていない、第二に、彼らは大きな危険を被ることになります。若者のからだは放射線の影響を受けやすいんですよ」。答え「命令なんだ。若者を採用せよと」

私の夫は学歴が高く、技師ですが、これはテロ行為だ、敵の破壊工作だと、まじめな顔で私に断言しました。当時はほとんどの人がそう考えていました。でも、私は、列車で用度係と乗り合わせたときのことを思い出していました。彼はスモレンスク原発の建設のことを話してくれたのです。どれほどのセメントや板、釘、砂が現場から近隣の村々へと流れていったかということを。お金や、ウォッカとひきかえにですよ。

＊説明のつかない死が多かった。突然死です。姉は心臓が悪かった。チェルノブイリのことを聞いたとき、姉は直感したのです。「あんたたちはこれに耐えて生きていけるわ。私

はだめ」。姉は数ケ月後に死にました。医者はなにひとつ説明できなかった。姉が受けた診断では、もっともっと長く生きていられるはずだったんです。

＊私はこの土地でくらすのが恐ろしいのです。線量計をもらったけれど、なんで私にこんなものをくれるの？　シーツを洗う、まっ白だというのに線量計が鳴る。食事のしたくをしても、パイを焼いても、鳴ります。ベッドを整えても、鳴ります。なんで私にこんなものをくれるの？　子どもに食事をさせながら、泣くんです。「ママ、どうして泣いているの？」

息子は血液の病気です。でも、病名はくちにするのもいや。この子と病院にいて、この子は死ぬんだわと思う。それから、そんなふうに考えちゃいけないってわかったんです。トイレで泣きました。どの母親も病室じゃ泣きません。トイレや浴室で泣くんです。明るい顔をして病室にもどります。

「ママ、ぼくを病院からつれて帰って。ここにいるとぼく死んじゃうよ、みんな死んでるんだもの」

どこで泣けばいいの？　トイレ？　あそこは行列よ。私のような人たちばかりなんですもの。

＊招魂祭や、追善供養の日に私たちは墓地に入れてもらえた。お墓には行けるが、自分の家屋敷に立ち寄っちゃだめだと警察がいったんですよ。だから、せめて遠くからでもと思い、わが家をながめました。家に向かって十字をきりました。

＊最近私の弟が極東から遊びにきました。「兄さんたちは、ここで「ブラックボックス」のようだな。「人間ブラックボックス」だよ」という。「ブラックボックス」というのは、どの飛行機にもあって、飛行中の全情報が記録されるものです。ぼくらはこう思っている。生きている、話をしている、歩いている、車に乗っている、愛しているとね。ところが、ぼくらがしていることは情報の記録なんですよ！

＊私は小児科医です。子どもとおとなとでは、すべてがちがうのです。たとえば、がんは死だという認識が子どもにはありません。子どもにはそのイメージが湧かないのです。子どもは、自分のことはすべて知っています。診断も、すべての治療や薬の名前も。母親以上に知っています。私は、子どもたちが死んでいくとき、とてもおどろいた顔をしているような気がする。とてもおどろいた顔をして横たわっているんです。

＊医者にいわれていました、夫は助からないと。夫は白血病、血液のがんです。発病した

のは、チェルノブイリの汚染地からもどって二ケ月後でした。一五キロ圏内で、干し草を集め、ビートを収穫し、ジャガイモを掘ったのです。

夫が病気になるって知っていたら、私、すべてのドアに鍵をかけて、戸口に立ちはだかったわ。一〇個も鍵をかけたと思うの。

＊もう二年も息子といっしょに病院から病院へとわたり歩いています。チェルノブイリのことは読むのも、聞くのもいや。私はすべてを見たんです。

病室で小さな女の子たちが人形ごっこをしている。女の子たちの人形は目を閉じて、死にかけているんです。

「どうしてお人形さんは死にそうなの？」

「ここの子なんだもん。ここの子は生きられないの。生まれたらね、死んじゃうの」

私のアルチョムカは七歳、でも五歳にしかみえない。

「ママ、ぼく、もう死にそうなの？」

この子を死なせはしません！

＊このあいだ、新年を祝ったの。テーブルにごちそうを並べてね。ぜんぶ自家製よ。薫製、サーロ、お肉、酢漬けのきゅうり。パンだけはお店で買ったわ、ウォッカだって自家製な

のよ。私たちふざけていうんだけれど、チェルノブイリ産よ、セシウム、ストロンチウム入り。だって、どこでなにを買えばいいの？　村のお店はからっぽ。それになにか売っていても、私らの給料や年金では手がでませんよ。

お客もきたんです。おとなりの若い人、いい人たちよ。楽しい夜だったわ。前のように。

このことを息子に手紙で知らせたの。息子は首都で勉強中、大学生よ。返事がきたわ。

「ママ、ぼくは想像してみたよ、この異常な光景を。チェルノブイリの大地。ぼくらの家。新年のモミの木の飾りが輝いている。人々がテーブルをかこんで革命歌や戦争の歌をうたっている。この人々の過去には、強制収容所もチェルノブイリもまるでなかったかのようだ」

こわくなりました。自分の身を案じたわけじゃないの、息子のことを思って。あの子には、どこにも帰るところがないのよ。

# 第三章　悲しみをのりこえて

## こんなに美しいものが死をもたらすなんて

ナジェージュダ・ペトローブナ・ブィゴフスカヤ
プリピャチ市からの移住者

最初の何日か、いちばん問題だったのは、悪いのはだれかということです。それから、私たちはさらに多くのことを知り、なにをすればいいのか考えはじめたのです。いかに身を守るべきかを。いまでは、これは一、二年の問題ではない、何世代にもおよぶことなんだとあきらめて、思い出を一ページ一ページめくりながら、過去をふりかえるようになりました。

それが起きたのは金曜日の夜から土曜日にかけてのことです。朝、だれもなにひとつ疑ってみませんでした。私は息子を学校におくりだし、夫は床屋に行きました。昼食のしたくをします。まもなく夫が帰ってきて「原発が火事らしい。ラジオを消すなという命令だ」という。いい忘れましたが、私たちはプリピャチ市に住んでいました。原発のすぐ近くに。暗赤色の明るい照り返しが、いまでも目のまえに見えるんです。原子炉が内側から光っているようでした。ふつうの火事じゃありません。一種の発光です。美しかった。こんなきれいなものは映画でも見たことがありません。夜、人々はいっせいにベランダにでました。ベランダのない人は友人や知人のところに行ったのです。私のアパートは九階建てで、見晴らしが抜群でした。子どもたちをつれだして抱きあげ「さあ、ごらん。覚えておくんだよ」。それも、原発で働いている人たちが。技師、職員、物理の教師が……。悪魔のちりのなかに立ち、おしゃべりをし、吸いこみ、みとれていたんです。ひと目見ようと何十キロもの距離を車や自転車でかけつけた人たちもいた。私たちは知らなかったのです。こんなに美しいものが、死をもたらすかもしれないなんて。確かににおいはありました。春のにおいでも、秋のにおいでもない、なにかまったくほかのにおい。地上のにおいじゃありませんでした。のどがいがらっぽく、涙が自然にでてきました。

私は一晩じゅう眠れず、上の階では足音がしていた。やはり眠れないんです。なにかをひきずったり、がたがたという音が聞こえ、身のまわり品の荷作りをしているようでした。シトラモン〔鎮痛剤〕で頭痛を抑えました。朝、明るくなってあたりを見まわした。なにかがちがう、なにかが変わってしまったことを感じました。永久に。朝八時にはもう防毒マスクをつけた軍人が通りを歩いていた。通りに兵士や装甲車を見たとき、私たちは驚いたりしませんでした。その反対、ほっとしたのです。軍隊が救援にかけつけたんだもの、もうだいじょうぶよ。平和な原子力に殺されることがあるなんて、私たちにはまだ納得できないことでした。物理の法則の前で人が無力だなんて。

疎開の準備をするように一日じゅうラジオが伝えていました。疎開は三日間、そのあいだに洗浄され、検査が終わるんだと。子どもたちは教科書を必ず持っていくようにいわれました。それでも、夫は身分証明書と私たちの結婚写真を書類カバンに入れたんです。私は悪天候にそなえて紗《しゃ》のスカーフを一枚持っていっただけ。

最初の日から感じていました。私たち、チェルノブイリ人がいまでは別個の民族だということを。私たちを乗せたバスは一泊するためにある村で止まりました。人々は学校や集会所の床で寝ました。入りこむ余地はありませんでした。村の女性が自宅に誘ってくれました。「さあ、行こう、ベッドを用意するよ。坊っちゃんがかわいそうだから」。ところが、となりにいた女性が彼女を私たちからひきはなしたんです。「あんた、気でも狂ったの？　この人たちは汚染されているのよ」

モギリョフに移住して息子は学校に入りましたが、一日目に泣きながらとんで帰ってきました。息子はある女の子のとなりの席になったのですが、その子がいやがったのです。息子が放射線をだしているから、となりにすわると死ぬとでもいわんばかりに。息子は四年生でしたが、チェルノブイリの被災者はクラスに彼ひとりでした。同級生はみな息子をこわがり、〈ほたる〉とあだ名をつけたのです。私は愕然としました。こんなにも早く息子の子ども時代が終わってしまうなんて。

私たちがプリピャチをでるとき、軍の隊列とすれちがいました。装甲車です。こわくなったのはそのときです。でも、私は奇妙な感覚につきまとわれていた。これは私に起きたことじゃない、ひとごとなんだわと。私自身も泣き、食べ物や寝る場所をさがし、息子を抱きしめて落ちつかせようとしているのに、心のなかではいつも感じていたんです。私は観客なんだと。考えていたんじゃありません。

キエフではじめて現金が支給されましたが、なにも買えませんでした。なにしろ何十万もの人々が移動させられたのです。買いあさられ、食べつくされていました。多くの人が脳卒中や心筋梗塞を起こしました、駅やバスのなかで。私を救ってくれたのは母です。母は、その長い人生において家やこつこつ築きあげた財産を一度ならず失いました。最初、三〇年代に弾圧をうけ、すべて没収されました。牛も馬も家も。二度目は火事で、炎のなかから私をつれだすのがせいいっぱいだったのです。「がんばらなくっちゃ、生きているんだもの」となぐさめてくれました。

私は教会の聖歌隊でうたい、福音書を読んでいます。教会に通っているんです。永遠の命について語ってくれ、人のなぐさめとなるのは教会だけ。ほかではこんなことばは聞けません。とても聞きたいのに。

よく夢をみます。陽の光がふりそそぐプリピャチの町を息子と歩いている夢。いまは、ゴーストタウンです。歩きながらバラの花をながめている。プリピャチはバラの町で、バラの大きな花壇があった。私はとても若かった、息子はちっちゃかった。愛していました。恐怖はすっかり忘れてしまいました。観客でしかなかったかのように。

## 土になるのはなんと簡単なことだろう

イワン・ニコラエビッチ・ジュムイホフ
化学技師

あの日々を覚えておこうと努めていました。新しいことをたくさん感じました。恐怖。ぼくは火星のような未知の場所におどりでたんです。ぼくはクルスクの生まれで、近くのクルチャトフ市に一九六九年に原発が建設されました。クルスクからそこにソーセージなどの食料品を買いに行きました。原発関係者には上等のものが供給されていましたから。原発の近くに大きな池があり、魚を釣ってる人がいた。チェルノブイリの事故があってから、このことをよく思い出しました。

ぼくは召集令状を受けとり、規律正しい人間としてその日のうちに軍事委員部に出頭しました。軍事委員はぼくの〈ファイル〉をめくり「きみはまだここで短期召集されていないね」という。「ちょうど化学者が必要なんだ。ミンスク郊外の野営地に二五日間どうだい？」ちょっと考えた。家族や仕事からはなれてくつろぐのも悪くないぞ、さわやかな空気のなかですこし行進でもしてくるか。

一九八六年六月二二日、ぼくは身のまわり品、はんごう、歯ブラシを持って一一時に集合場所に着いた。平時にしてはあまりにも大人数なのでおどろいた。戦争映画の思い出のシーンがちらついた。日付までたまたま同じ。六月二二日。〔独ソ戦〕開戦の日です。

翌朝、森のなかで所属部隊をみつけました。整列。アルファベット順に呼びだされ、作業服をうけとった。一セットくれ、さらに二セット目、三セット目。そうか、重大な任務なんだ。つぎに、外套、帽子、マットレス、枕が支給されたが、すべて冬物。いまは夏、それに二五日後には除隊が約束されているというのに。ぼくらを引率してきた大尉が笑う。「二五日だって？　なにをいってるんだ！　半年間チェルノブイリにぶっとばされていな」。当惑。反発。ぼくらはすぐに説得されはじめる。二〇キロ圏内に行った者には二倍の報酬だ、一〇キロ圏内なら三倍、原子炉まで行った者には六倍だと。ある者は計算をはじめる。六ケ月間働けば自分の車で家に帰れるぞ。また、ある者は逃げだしたそうだったが、軍規があった。

放射線とはいったいなにか？　だれも聞いたことがなかった。ぼくはちょうどここにくるまえに民間防衛部の講習を受けて、三〇年前の情報を与えられていた。致死線量が五〇レントゲンというやつ。教わったのは、衝撃波を頭上でやりすごし、ダメージを受けないたおれ方。被曝とは。熱線とは。ところが、地域の放射能汚染がもっとも被害をもたらす要因だということは、ひとことも話してくれなかった。ぼくたちをチェルノブイリまで引率してきた職業将校たちもほとんど理解しておらず、知っていたのはウォッカを多めに飲まなくちゃならん、放射線に効くからということだけ。六日間ミンスク郊外に駐留し、六日間飲んでいた。

ぼくは化学技師で、修士です。大手生産連合工場の研究所長の職務についているところを召集された。このぼくがなにをさせられたか？　手に持たされたのはシャベル、事実、これがぼくの唯一の道具でした。

チェルノブイリとはいったいなんだろう？　戦車、兵士。監視洗浄所。戦時状況。ぼくらはテントに一〇人ずつ入れられた。家に子どもが残っているやつ、妻が出産間近なやつ、アパートの部屋を持っていないやつ。ぐちをこぼすやつはいなかった。行けといわれれば、行かねばならない。祖国が呼んだんだ、祖国が命じたんだ。ぼくたちはこんな国民なんですよ。

テントのまわりは空き缶の巨大な山、モンブランです。有事にそなえて軍のどこかの倉庫に保管してあった非常食です。肉の空き缶、大麦のおかゆの空き缶、イワシの空き缶。ハエのようなネコの群れ。移住させられた村。風にあおられて木戸がキーと音を立てる。ぱっとふりむいて人がでてくるのを待つ。人の代わりにでてくるのはネコ。

汚染された土地の表面をけずりとり、車につみこみ、放射性廃棄物埋設地に運ぶ。放射性廃棄物埋設地というのは複雑な工学的構築物なんだと思っていたら、ただの丘なんです。ぼくらは表土をはがし、じゅうたんのように大きくロール状にくるくる巻いた。草や花や根っこがついたままの緑の芝生を甲虫も、クモも、ミミズもくっつけたままで。こんなことは狂った人間のやることです。大地をすっかりはぎとっちゃいけない、大地からすべての生き物を奪っちゃいけないんです。毎晩酔いつぶれるほど酒を飲まなかったら、耐えられたかどうか。神経がもたなかったと思いますよ。むきだしにされた不毛の大地が何百キロもつづく。家、納屋、樹木、アスファルト道路、幼稚園、井戸が残っていた。はだかになったみたいに。

朝、ひげをそる必要があったが、鏡をのぞくのがこわいんです。自分の顔を見るのが。ありとあらゆる考えが顔にでてましたから。そもそも住人がまたここにもどってきてくらすなんてとても考えられない。それなのに、ぼくらは屋根のスレートを交換し、屋根を洗い流している。なんの役にも立たない作業をしていることは、何千人もの者みなが百も承知です。それでもぼくらは毎朝起きては、同じことをする。無学のじいさんが迎えてくれる。「お若いの、こんなよからぬ仕事はやめなされ、さ、テーブルについていっしょに昼めしを食べなさらんかね」

風が吹く。雲が流れる。原子炉はくちをあけたまま。表土をけずりとって、一週間後にもどってみると、最初からやりなおし。ところが、もうけずりとる土はなく、砂がさらさらとこぼれ落ちるんです。意味が理解できたのは一度だけ。砂地が混ざり合わないようにポリマーの膜を作る特種溶液がヘリコプターから散布されたとき。これはぼくに理解できた。しかし、ぼくらはひたすら掘りつづけたんです。

ぼくらのあとにはいくつもの小山だけが残った。あとでコンクリート板で表面がおおわれ、有刺鉄線で囲まれるはずだとか。そこに残されたものは、作業に用いられたダンプカー、ジープ、クレーン車。金属は放射線を蓄積し、取り込む性質を持つからです。これらはのちにどこかに消え失せてしまったということです。ことごとく盗まれたんです。わかるよ、ぼくらの国では「なんでもあり」なんです。

一度、騒然となりました。線量測定員が検査してみると、食堂が作られている場所は、ぼくらが作業にいっている場所よりも放射線値が高いことがわかったんです。ところが、ぼくらときたらもう二ケ月もそこでくらしていたんです。ぼくらはこんな国民なんだ。柱の上に胸の高さになるように板が打ちつけられている。これが食堂。食事は立ったまま。樽の水で顔を洗い、トイレはきれいな原っぱの長いみぞ。手にはシャベル。となりは原子炉。

二ケ月がすぎると、ぼくらはなにかがわかりかけた。「ぼくらは決死隊じゃない。二ケ月もいればじゅうぶんだ。交代の時期です」と要求したんです。アントシキン少将がぼくらと話し合い、ざっくばらんにいった。「諸君を交代させたんじゃ、採算が合わんのだ。

われわれは、諸君に衣服を一セットわたし、二セット目、三セット目を支給した。諸君は経験をつんでいる。諸君を交代させるには金がかかるし、やっかいなことなのだ」。そして、諸君は英雄だと力説。一週間に一度、全員が整列する前で、土地をりっぱに掘ったものに表彰状が与えられた。ソ連邦優秀埋葬員というわけ。なんだか、ばかばかしいかぎりだ。

がらんとした村。ニワトリやネコがいる。納屋に入ってみると、卵がごろごろしている。焼いて食った。兵士たちは血気盛んな連中だ。ニワトリをひっつかまえては焚き火。密造酒の大びん。テントのなかでは毎日みんなで三リットルびんの密造酒を飲み干した。チェスをするやつ、ギターをひくやつ。人間はどんなことにだって慣れるもんです。酔っぱらって寝てしまうやつもいれば、さけんだり、なぐりあいをしたがるやつもいた。ぼくの救いになっていたのは、家族に長い手紙を書いたり、日記をつけたりすること。政治部の部長がぼくに目をつけ、ぼくをねらいはじめた。どこにしまっているんだ？　なにを書いているんだ？　となりのやつをスパイに仕立て、ぼくを見張らせる。その男はぼくに気をつけろといってくれた。「なにを書きなぐっているんだい？」「修士論文にパスしたんだ。博士論文を執筆中だよ」。そいつは笑う。「大佐にはそう報告しておくよ。いいか、このことはないしょだぞ」。ほんとうにいいやつらだった。さっき話しましたね、ぐちをこぼすやつはひとりもいなかったと。臆病者も。ぼくらにまさる班なんて、ぜったいにないですよ、ほんとうです。将校たちはテントにこもったきり、スリッパをはいてごろごろし、酒を飲んでた。くそったれめ！　ぼくらは掘ってたんだぜ。くそったれ野郎、肩章に新しい星でももらうがいいさ。ぼくらはこんな国民なんです。

線量測定員は神さまだった。彼らのところはひとだかりでした。「なあ、お若いの、うちの放射線はどうかね」。ちゃっかりしたひとりの兵士が思いついた。そこらの棒きれを拾って針金を巻きつける。一軒の農家をノックして、この棒で壁をなでまわす。ばあさんがついてまわる。「にいちゃん、うちはどうかい？」「軍事機密なんだ、ばあさん」「教えておくれよ、にいちゃん。自家製の酒を一杯ごちそうするよ」「よし、いいとも」。ぐいと飲み干して「ばあさん、あんたのとこはすべて正常だよ」。そうして、つぎに向かう。

期間もなかばになって、やっとぼくら全員に線量計が支給された。とても小さな箱で、中にクリスタルがある。こんなことを考えついたやつらがいましたよ。朝、線量計を放射性廃棄物埋設地に置いてきて、一日の終わりに取りに行くんです。放射線量が多ければ多いほど、休暇が早くもらえる、あるいは、給料が多くもらえるんです。地面に近くなるように、ブーツのフックにひっかけるやつもいた。不条理劇ですよ。このセンサーは測れる状態になっていなかったんです。カウントしはじめるには、まず、はじめの線量を設定する必要があったんです。つまり、このちゃちなおもちゃは目くらましのために与えられたんです。心理療法ですよ。実際には、これらは倉庫のなかに五〇年ほどもころがっていいたケイ酸製の装置だったのです。最後には、各人の軍人手帳には同じ数字が記入されました。平均放射線量に滞在日数をかけたものです。この平均線量はぼくらが寝起きしていたテントで測定されたものなんですよ。

二時間の休憩。木のしたに横たわると、さくらんぼがもう熟している。大粒でとても甘そう。表面をぬぐってくちにほうりこむ。桑の実もあった。ぼくは、はじめて桑の実を見ました。

作業のないときには行進させられた。映画も見た。インドの恋愛もの。朝の三時四時まで。炊事係が寝坊するとおかゆは生煮えでした。新聞が運ばれてきた。ぼくらは英雄だと書かれている。志願兵だと。写真が載っていた。このカメラマンに会ったら、ただじゃおかないよ。

あるとき、特別注文がきた。廃村の一軒の家を大至急洗浄してくれ。すてきだぜ！「なんのために？」「あしたそこで結婚式が挙げられるんだ」。ホースで屋根や木を洗いながし、表土をけずりとった。ジャガイモの茎、菜園の野菜、庭の草をすっかり刈りとった。一面の空き地。翌日花嫁と花婿がつれてこられた。客と音楽を乗せたバスが到着だ。映画俳優じゃなく正真正銘の新郎新婦でした。このカップルは移住して別の村に住んでいたのに、説得されてここにきたのです。歴史にのこる映画を撮るんだからと。プロパガンダの仕事、夢を作る工場ですよ。いまになっても、ぼくらの神話を守ろうと躍起になっている。

われわれはどこででも生きのびられる、死んだ大地のうえでだってというわけです。あの日々のどんなことが記憶に残っているか？　狂気の影と、ぼくらがひたすら掘りつづけたこと。ぼくがあそこでなにを理解したか、日記のどこかに書いてあります。最初の数日にぼくは理解したんです、土になるのはなんと簡単なことなんだろう。

## 偉大な国家のシンボル

マラト・フィリポビッチ・コハノフ
ベラルーシ科学アカデミー核エネルギー研究所、元主任

事故から一月ほどたった五月の終わりごろには、すでに三〇キロ圏内の食料品が検査のために私たちの研究所に持ちこまれはじめました。研究所は軍の機関のように二四時間仕事をしました。当時、専門家と専門の設備を擁していたのは、ベラルーシでは私たちの研究所だけでした。家畜や野生動物の内臓が運びこまれました。牛乳の検査をしました。最初のサンプルを検査した結果、私たちのところに持ちこまれたのはもはや肉ではない、放射性廃棄物だということが明らかになりました。汚染地では当直交代制がとられ牛が放牧されていたのです。牧童は通いで仕事をし、搾乳係は乳をしぼるときだけ車でつれていかれるのです。こうして牛乳工場の供出割当分が達成されました。検査をしました。牛乳ではありません、放射性廃棄物です。ロガチョフ牛乳工場の粉ミルクやコンデンスミルク、

濃縮牛乳を私たちは基準の放射線源として長いあいだ講義で使っていました。ところが、当時この牛乳は店で売られていたのです。住民はラベルにロガチョフ製と書いてあると買いません。牛乳の在庫がふえると、とつぜんラベルのない牛乳があらわれました。紙不足が原因だとは思えません、住民をだまそうとしたのです。国がうそをついたのです。

はじめて汚染地にでかけたときのこと。森のなかの放射線値は道路や畑の五、六倍もありました。いたるところ高レベルなのに、トラクターが作業をし、お百姓は自家菜園を耕している。二、三の村で成人と子どもの甲状腺を測定しました。許容値の一〇〇倍から一〇〇〇倍もありました。私たちのグループには女性の放射線学者がいましたが、子どもたちが砂場にすわって遊んでいるのを見たとき、彼女はヒステリーを起こしました。母乳を検査する。放射能です。商店は営業中で、わが国の農村ではふつうのことですが、衣料品と食料品がいっしょに並べられている。スーツやワンピース、そのとなりにソーセージ、マーガリン。むきだしのままでビニールもかけられていない。ソーセージと卵を買いレントゲン写真を撮る。食料品ではありません。放射性廃棄物です。

私たちは問いかけた。どうしたらいいのか、なにをすべきなのか？　答えはこうでした。「測定をしていろ。テレビを見ていろ」。テレビではゴルバチョフが不安をしずめようとしていた。「緊急措置がとられている」と。私は信じたんです。技師として二〇年のキャリアがあり、物理の法則にはよく通じている。私は知っていたんです、生きとし生けるものすべてがこの土地をはなれなくてはならないことを。たとえ一時的にせよ。しかし、私たちはきまじめに測定をし、テレビを見ていた。私たちは信じることに慣れていましたから。私はこの信念のなかで育った戦後世代の人間です。

あなたのご質問にお答えします。なぜ、私たちは知っていながら沈黙していたのか、なぜ広場にでてさけばなかったのか？　私たちは報告し、説明書を作成しましたが、命令にはぜったい服従し、沈黙していました。なぜなら、党規があり、私は共産党員でしたから。汚染地への出張をことわった所員がいたという記憶はありません。それは党員証を返すのを恐れたからではなく、信念があったからです。まず、私たちは公平ないいくらしをし、わが国民は最高であり、あらゆるものの規範であるという信念があった。この信念がくずれさったため、梗塞をおこしたり自殺をした人が大勢います。レガソフ・科学アカデミー会員のように、心臓に弾丸を撃ちこんで。なぜなら、信念を失い、信念を持たないままでいるなら、もはや参加者ではない。共犯者なんですから。弁解の余地はありません。私は彼をこのように理解しています。

ある前兆というか……。旧ソ連の各原発の金庫には事故処理プランがおさめられていました。標準的プランで、極秘扱いです。このプランがないと発電所を稼動する許可が得られないのです。事故の何年もまえのこと、プラン作成のモデルとなったのが、まさにこのチェルノブイリ発電所だったのです。なにをいかになすべきか、責任者はだれか、どこにいるべきか、と細部にわたっています。そして、とつぜん、このチェルノブイリ発電所で大惨事が起きた。これはどういうことなんだろう、偶然の一致なのか？　神秘なのか？もし私が神を信じていたら、そう思ったかもしれない。意味を追求したいとき、人は自分を宗教的人間だと感じるものです。しかし、私は技師です。ほかのものを信じている人間です。ぼくのシンボルはほかのものなんです。

## 恐ろしいことは静かにさりげなく

ゾーヤ・ダニーロブナ・ブルーク
環境保護監督官

ことの発端から……。どこかでなにかが起きました。地名すらちゃんと聞きとれませんでした、このモギリョフからどこか遠いところ。弟が学校から走ってもどり、子どもたち全員になにか錠剤が配られたという。ほんとうになにかあったみたい。まあ、たいへん！それでも、私たちはとても楽しいメーデーの一日をすごしました。夜遅く家にもどると、部屋の窓が風で開いたままになっていました。このことを思い出したのはあとになってからです。

私は環境保護監督局で働いていました。そこでは上からの指示を待っていましたが、指示はありませんでした。監督局の職員には専門家はほとんどいませんでした。とくに責任者のなかには。退役した大佐、党の元役員、年金生活者、左遷された者。よそでなにかしでかして、ここにとばされた者。すわって書類をがさがさいわせているだけ。彼らが騒然とし、しゃべりだしたのは、わがベラルーシの作家、アレーシ・アダモービッチがモスクワで演説をし、警鐘を鳴らしはじめてからです。アダモービッチに強い反感を抱いたんです。どこか非現実的です。ここでくらしているのは彼らの子どもや孫なのに、「たすけて!!」と世界に向かってさけんだのは彼らじゃない。一人の作家でした。自衛本能が働いたにちがいありません。党集会の喫煙室では、話題にのぼるのは物書きの先生がたのことばかり。なんだってあの連中は人のことに首をつっこんでくるんだ？　思いあがっているんだよ！　ちゃんと通達があるじゃないか！　上には従わなくちゃいかんよ！　やつになにがわかるんだ？　物理学者でもないくせに！　中央委員会があって、書記長がいるんだよ！　このとき、私は、たぶんはじめてわかったんです、一九三七年〔スターリンによる大粛清で多くの人々が逮捕され強制収容所に送られた〕がいったいなんであったか。いかにして起きたか。

当時、私が原発にたいして抱いていたイメージはひじょうに牧歌的なものです。学校でも大学でも教わったんです。原発は〈ゼロからエネルギーを生みだす夢のような工場〉で、白衣を着た人たちがすわり、ボタンをおしているんだと。チェルノブイリが爆発した背景には、こうした認識のあまさがあったのです。そのうえ情報はいっさいなし。〈極秘〉のスタンプが押された書類の山。〈事故に関する情報を極秘にすること〉、〈治療結果に関する情報を極秘にすること〉、〈事故処理に参加した個人の放射線障害の程度を極秘にすること〉などなど。うわさが広まっていました。だれかが新聞で読んだだの、だれかが耳にしただの、だれかがこういわれただの。西側の放送を聞いていた人もいます。当時、必要な錠剤とその飲み方を伝えていたのは西側の放送だけでした。しかし、人々の反応はもっぱらこうでした。敵は人の不幸を喜んでいる、ここじゃすべて順調だよ、五月九日〔対独戦勝記念日〕には退役軍人がパレードにいくだろう。あとでわかったことですが、原子炉の火事を消していた人々ですら、同じようにうわさのなかで生きていたんです。黒鉛を手でつかむのはどうも危険らしい。どうも……。

どこからか、町に気のふれた女性があらわれました。市場をうろついては「あたい、放射能ってやつを見たんだよ。まっ青。きらきらしてたよ」というのです。人々は市場で牛乳やカテージチーズを買わなくなりました。おばあさんが牛乳を売っていても、だれも買おうとしません。「うちの牛乳はだいじょうぶだよ、うちじゃ牛を原っぱに出してないからね、あたしが草を運んでやってんだから」。車で郊外にでると、道路沿いにかかしのようなものが見えます。ビニールですっぽりおおわれた雌牛が放されているのです。となりには、これまた全身をビニールにくるまれたおばあさん。泣きたいような、笑いたいような気持ちです。

私たちも検査のために派遣されはじめました。私は森林ソフホーズに派遣されました。林業従事者は木材納入量を減らしてもらえず、供出割当分はそのままになっていました。倉庫で測定器のスイッチを入れると、とんでもない値です。板のそばは正常のようでしたが、製品のほうきのとなりでは針がふりきれます。「このほうきはどこ製?」「クラスノポーリエ製です」。のちにわかったことですが、このモギリョフ州でいちばん汚染のひどい地区です。「最後の荷が残っていますが、あとは出荷済みです」。あちこちの町に流れでたほうきをどうやってさがせというの?

なんだったかしら、忘れないでおこうと思ってたんだけど……特徴的なこと……ああ、思い出したわ。チェルノブイリ、そして、まだ経験したことのない新しい感情、私たちひとりひとりには個人の生活があるんだということ。それ以前は、必要ないと思っていたことを、こんどは人々は考えはじめたのです。自分たちがなにを食べるか、子どもになにを食べさせるか。健康に危険なものはなにで、安全なものはなにか? ほかの場所に引っ越すべきか、否か? ひとりひとりが決めなくてはなりませんでした。ところが、私たちが慣れていたのはどんな生活? 村単位、共同体単位、工場単位、集団農場単位の生活です。私たちはソ連的、集団的な人間だったのです。たとえば、この私はとってもソ連的な人間でした。大学在学中は、毎年夏になると学生共産隊といっしょにでかけました。学生共産隊という青年運動があったのです。私たちが働いて、給料はどこかラテンアメリカの共産党に送金されるのです。私たちの部隊は、特に、ウルグアイに送っていました。

　チェルノブイリのあとの児童絵画展で。一羽のコウノトリが春の黒い野原を歩いている。題は〈コウノトリにはだれもなにも話さなかった〉。私もそう感じている。でも仕事はべつ。私たちは州内をまわり、水や土のサンプルを採取し、ミンスクに届けるのです。うちの女の子たちはぶつぶついう。「熱いピロシキ〔サンプル〕を運んでいくとしましょう」。防護用具も、作業服もなし。前の座席にすわり、背後ではサンプルが〈光って〉いるのです。

　汚染された土壌を埋蔵するための政令が作られました。土のなかに土を葬る、なんとも不可解な人間のなせる業。通達に定められていたのは、地質調査を行い、地下水脈からすくなくとも四メートルから六メートルはなして埋めること。深く埋めないこと。穴の周囲と底にシートを敷きつめること。でも、これは通達のなかのこと。現実は、当然のことながら、べつなんです。いつものことです。地質調査はいっさいなし、指さして「ここを掘ってくれ」。掘削機の運転手が掘ります。「どれくらい深く掘ったのですか?」「そんなこと知るもんか。水が出てきたから、そこでやめたよ」。汚染された土は地下水のなかにじかに放りこまれたのです。

　いちばん長い出張はクラスノポーリエ地区への出張でした。さっきお話ししましたが、もっとも汚染のひどいところです。放射性核種が畑から川に流れこむのを防ぐために、またもや通達にしたがって行動を起こさなくてはなりませんでした。鋤で二重のみぞを掘り、間隔をあけてまた二重のみぞ、さらに同じ間隔でずっと。すべての小さな川沿いに車を走らせなくてはなりません。地区の中心の町までは路線バスで行きましたが、そのさきは車が必要でした。地区執行委員会の議長のところへ行きました。彼は執務室で頭を抱えこんでいた。供出割当分が撤回されなかったのです。植付作物が変更されなかったのです。あいかわらずグリンピースが植えられている。グリンピースは、ほかの豆類同様、放射線をもっとも吸収することがわかっているのに。場所によっては四〇キュリー以上もあります。議長は私のことどころじゃありません。

幼稚園では調理員と看護婦が逃げていた。子どもたちはお腹をすかせていました。盲腸の手術をするには、患者を〈救急車〉に乗せてとなりの地区まで六〇キロのでこぼこ道を運ばなくてはなりません。外科医が全員去ってしまったのです。車は期待できそうにありません。そこで私は軍隊を頼っていったんです。若い兵士たち。彼らはあそこで半年ずつ任務につき、いま絶望的に病んでいます。乗務員つきの装甲車を自由に使わせてくれました。あ、ちがった、装甲車じゃないわ。BRDMと彼らが呼んでいた機関銃つきの偵察車です。車内で指揮をとっていた少尉補はたえず基地と連絡をとっていました。「ハヤブサ！　ハヤブサ！　任務続行中」。私たちは進む。私たちの道、私たちの森。でも私たちは戦車のなか。塀のそばに女たちが立っている。立って泣いている。こんな戦車を目にするのは大祖国戦争以来のこと。だから彼女たちは恐怖にかられたのです。戦争がはじまったんだと。

通達によれば、このみぞ掘りの仕事をするトラクターの運転室は防護され、密閉されていなければなりません。実際、密閉された運転室付きのトラクターを見ました。トラクターが止まっている。ところが、運転手は草のうえに寝ころんで休んでいる。「あなた、気でも狂ったの？　注意されなかったの？」「だから、ちゃんと頭を胴着でくるんでいるじゃないか」。人々はわかっていないんです。彼らはいつも核戦争にそなえておびやかされ、準備をさせられてきた。でも、チェルノブイリにそなえてじゃないんです。

あそこはことのほか美しいところでした。植林された森ではありません、古い自然の森が残っているのです。曲がりくねったいくつもの小川、流れる水はすみきった紅茶色。緑の草地。人々が森のなかで呼びあっている。彼らにとっては、これはごくあたりまえのこと、朝自分のうちの庭にでるみたいなもんです。でも、これがぜんぶ毒されていることは、周知の事実です。

ひとりのおばあさんにであいました。

「お若いの、うちの牛のミルクは飲んでもだいじょうぶかね？」

私たちは目をふせる。データを集めろ、住民と深くかかわるなと命令されていました。最初に機転をきかせたのは少尉補でした。

「おばあさん、年はいくつですか？」

「もう八〇すぎたよ。もしかしたら、もうちょっとうえかも知んねえな。戦争で身分証明書が焼けちまったもんでよ」

「それなら、飲んでもだいじょうぶですよ」

農村の人たちがいちばんきのどくです。なんの罪もないのに苦しんでいる、子どものように。チェルノブイリを考えだしたのはお百姓じゃない、彼らは自分たちなりに自然とかかわってきたんですから。それは一〇〇年も一〇〇〇年も昔そのままの、信頼に満ちたもちつもたれつの関係なんです。神が意図された通りの。だから、彼らはなにが起きたか理解できず、学者や教育のある者を信じようとしたのです、司祭を信じるように。ところが、くり返し聞かされたのは「すべて順調だ。恐ろしいことはなにもない。ただ食事のまえには手を洗うように」。私はすぐにはわからなかった、何年かたってわかったんです。犯罪や、陰謀に手をかしていたのは私たち全員なのだということが。(沈黙)

救援物資や、居住者に対する特典として物資が汚染地に送られていました。コーヒー、コンビーフ、ハム、オレンジ。送られた物資はすべて車で持ち去られましたが、それがどれほどの量か、あなたは想像もつかないでしょう。車ごと、箱ごとですよ。当時このような食品はどこにもありませんでした。商店の責任者、検品係、地方の小役人がふところを肥やしたのです。人間は、私が思っていた以上に悪者だったんです。私もです。自分自身についても、いまではわかっているんです。(中断)もちろん、お話しします。これは私自身にとってもたいせつなことですから。たとえばですね、ある集団農場に五つの村が入っているとします。そのうち三つは〈きれい〉で二つは〈汚れて〉いる。村と村との距離は二〜三キロ。二つの村には〈棺桶代〉〔補償金〕が支払われるが、三つの村にはない。〈きれいな〉村に畜産総合センターが建てられています。飼料が汚染されていないからというのです。そんなものどこから持ってくるというのでしょう？　風が畑から畑にほこりを運ぶ。どの畑も同じなんです。センター建設のためには書類が必要です。委員会がその書類にサインをしますが、私は委員のひとりなんです。サインをしてはいけない、サインをすることは犯罪だと、どの委員もわかっている。結局、私は自分に都合の良いいいわけを思いついたのです。汚染されていない飼料の問題は環境保護監督官の仕事じゃないわと。

　ひとりひとりが自分を正当化し、なにかしらいいわけを思いつく。私も経験しました。そもそも、私はわかったんです。実生活のなかで、恐ろしいことは静かにさりげなく起きるということが。

## ロシア人はいつも信じるものを欲している

アレクサンドル・レワリスキー
歴史家

　まさか気づいていらっしゃらないはずはないでしょう？　ぼくらの間ではこのことは話さえしないんですよ。何十年後、何百年後には、これは神話的な時代になるんです。

ぼくは雨がこわい。チェルノブイリとはこういうことなんです。雪も、森もこわい。これは抽象的概念でも、推論でもない、個人的な感情なのです。チェルノブイリ、これはぼくの家にある。ぼくの一番たいせつなもの、息子のなかに。息子は一九八六年の春に生まれ、病気です。生き物は、ゴキブリでさえも、生む時期と数をこころえているが、人はそれができない。創造主は人に予知能力を与えられなかったのです。少し前に新聞に載っていましたが、一九九三年にはわがベラルーシだけで、二〇万人の女性が中絶をしたそうです。第一の理由はチェルノブイリです。ぼくらはいたるところ、この恐怖とともに生きている。自然はあたかも身をひそめたかのようです。時を待ち、時をやりすごそうとして。「われは不幸なり！　時はいずこに去りしや？」ツァラトゥストラならこうさけんだことでしょう。

ぼくはじっくりといろんなことを考えてみた。その意味をさがそうとした。チェルノブイリ、これはロシア人のメンタリティーの破綻だったのです。このことを考えてみられたことはありませんか？　爆発したのは原子炉じゃない、以前の価値体系すべてなんだと書かれていますが、もちろん、ぼくもその通りだと思う。しかし、この解釈はぼくにはなにかものたりないのです。

ぼくがいいたいのは、チャアダーエフ〔哲学者、一七九四―一八五六〕が最初にいったこと、進歩に対してわが国民が抱く敵対意識についてなんです。ぼくらのアンチテクノロジー、反道具主義的なことについて。ヨーロッパをみてください。ルネサンスにはじまり、ヨーロッパは世界に対して道具をもって合理的に、理知的に接することを旗印にかかげて生きてきた。これは職人に対する敬意、彼の手にある道具に対する敬意です。レスコフ（作家、一八三一―九五）に『不屈の性格』というすばらしい短編があります。これはなにか？　ロシア人の性格は、なりゆきまかせだというのです。ロシア的テーマのライトモチーフです。道具や機械を頼るのはドイツ的性格です。ぼくらは大混乱を克服し、おさめようと試みる一方、生まれついてのなりゆきまかせな面があるんです。

つぎに、これは急激な工業化、躍進の報いだということ。ふたたびヨーロッパですが、あそこでは紡績時代、マニュファクチャー時代があった。機械と人間はともに歩み、ともに変化しました。技術的な認識と思考が形成されたのです。わが国ではどうか？　わが国の男たちには両手のほかになにがあるでしょう？　いまにいたるまで、斧、大鎌、ナイフ、たったこれだけ。これだけのうえに彼の全世界が成り立っているんです。まあ、あとシャベルくらい。ロシア人は機械とどんなふうに話しているでしょう？　ののしるだけ。あるいは、ぶってみたり、けってみたり。ロシア人は機械が好きじゃないんです。憎み、軽蔑し、自分の手にあるものがなんであるか、最後まで理解できないんです。

チェルノブイリ原発の職員のなかには農村の人間がたくさんいます。彼らは昼間は原子炉、夕方は自宅の菜園やとなり村の両親の菜園にいるんです。そこではジャガイモがいまだにシャベルで植えられ、厩肥が熊手でほどこされている。彼らの意識は、このふたつの落差、石器時代と原子力時代というふたつの時代、ふたつの世紀に存在していました。人はつねに振り子のように揺れていたのです。輝ける鉄道技師によって敷設された鉄道を想像してみてください。汽車は走っているが、機関士の席にいるのは昨日まで荷馬車を走らせていた男、御者なんです。ふたつの文化のあいだを旅することはロシアの宿命です。原子力とシャベルの間を。じゃあ技術産業における規律はどうか？　これは、わが国民にとってひとつの暴力であり、足かせ、鎖なんです。なりゆきまかせで、自由気ままな国民です。いつも憧れているのは自由ではなく、自由の民でいられること。ぼくらにとって規律とは弾圧の道具です。ぼくらの粗野にはなにか特別なもの、なにか東洋的な粗野に近いものがあるんです。

ぼくは歴史学者です。以前、言語学や言語哲学を数多く研究しました。ぼくたちがことばを使って考えているだけではなく、ことばもまたぼくらを使って考えています。一八歳のとき、もう少し前だったかもしれませんが、地下出版の本を読みはじめ、シャラーモフやソルジェニーツィンを発見したとき、ぼくはとつぜん理解したのです。ぼくはインテリ家庭で育ちましたが(曽祖父は司祭、父はペテルブルグ大学の教授)ぼくの子ども時代、戸外ですごした子ども時代は収容所的意識に貫かれたものだったんです。ぼくの子ども時代の語彙はすべて囚人用語だったんです。ぼくらティーンエージャーにとって、父を親父《パハン》、母《マ》をおふくろ《ハン》と呼ぶことはごくあたりまえのことでした。「複雑なケツには、ネジ付きチ○ポ」。九歳のときにはこんな表現をマスターしていました。ふつうのことばはひとつもなかった。遊びや慣用句やなぞなぞでさえ囚人用語でした。なぜなら、囚人がどこか遠くの監獄のなかの別世界ではなく、いつでもすぐそばにいたからです。アフマートワ〔詩人、一八八九―一九六六〕が書いているように「国の半分が投獄され、国の半分が牢獄にいた」。ぼくらのこの収容所的意識は、ぶつかるべくして文化とぶつかったのだとぼくは考えるんです。文明やシンクロファゾトロンと。

それからですね、ぼくらは特殊なソビエト教のなかで育ったのです。人は支配者であり、万物の霊長だという。人は自分の欲するままに世界をあつかう権利を持っているんだと。ミチューリン〔生物学者、一八五五―一九三五〕の公式です。「われわれは自然の恵みを待っていられない、自然からそれを奪いとるのがわれわれの課題だ」。これは国民が持っていない資質、性質をうえつけようとする企てです。弾圧者の心理です。歴史に対する挑戦、自然に対する挑戦です。今日、とつぜんみんなが神のことをくちにしはじめた。なぜ、収容所のなかで神を求めようとしなかったのだろうか。一九三七年の監獄のなかで、コスモポリタニズムがはげしく非難された一九四八年の党集会で、寺院が破壊されたフルシチョフ時代に。現代のロシア的救神主義のいわんとするところもまたうそです。ぼくらはチェチェンの民家を爆撃している。黒こげになったロシアの戦車兵をシャベルや熊手でかきあつめている。残った肉片を。そのくせ、ぼくらはすぐにろうそくを持って寺院に行くんです。クリスマスに……。

なにが必要か？　問題に答えることです。ロシア人は自国の全歴史を全面的に見直すことができるのだろうか。第二次世界大戦後、日本人やドイツ人ができたように。ぼくらは知的勇気をじゅうぶん持ち合わせているのだろうか。こういう話はほとんどされません。話題にのぼるのは、市場経済、バウチャー、チェック〔いずれも一九九二年全国民に配られた私有化証券〕。ぼくらはその日その日を生きのびている。そのために全エネルギーを費やし、魂はみすてられたままです。それなら、あなたの本はいったいなんのためなのか、ぼくの不眠の夜は。もし、ぼくらの人生がマッチをシュッとするようなものだとしたら。たぶん、ここにいくつかの答えがあるんでしょう。原始的運命論です。そして、おそらく偉大な答えもあるのです。ロシア人はいつだってなにか信じるものを欲しているんです。鉄道を信じたり、カエルを信じたり（ツルゲーネフ『父と子』のニヒリストのバザーロフの場合）、ビザンチン的なものや原子力を信じたりしてきた。そして、今日信じているものは市場経済なんです。

# ぼくたちみんなが夢中だった物理学

ワレンチン・アレクセエビッチ・ボリセビッチ
ベラルーシ科学アカデミー核エネルギー研究所、元実験室長

私は青年時代からなんでも書き記す習慣がありました。スターリンが死んだとき、通りでなにが起きたか、どんなことが話されていたか。チェルノブイリも第一日目から書き記しました。時とともに多くのことが忘れ去られ、永久に消えてしまうことを知っていたからです。その通りになりました。ことのまっただなかにいた友人の核物理学者たちは当時なにを感じ、私とどんな話をしたか忘れている。私は書きとめてあるんです。

あの日のこと。私はベラルーシ科学アカデミー核エネルギー研究所の実験室長でしたが、職場に着きました。研究所はミンスク郊外の森のなかです。すばらしい天気。春です。窓を開ける。空気がきれいでさわやかです。ふしぎに思いました。なぜか今日にかぎってシジュウカラが飛んできていないのです。冬の間、窓の外にソーセージのかけらをぶらさげて餌付けをしていたのですが、もっとおいしい獲物でもみつけたのだろうか？

このときには研究所の原子炉でパニックが起きていたんです。放射線モニタリング計器が放射能の上昇を示し、空気清浄器のフィルター部分では二〇〇倍にはねあがっていた。受付のそばの線量率は一時間あたりほぼ三ミリレントゲンでした。ひじょうに深刻です。

これは放射線取扱い施設内で仕事をする場合でも、せいぜい六時間しかいられない限界の線量率です。第一の仮説。炉心の核燃料要素のなにかひとつの被覆が破れたのか。調べてみる——正常だ。では、放射線化学実験室からコンテナを運んだとき、道中の振動が激しすぎて内殻が損傷を受け敷地が汚染されたのか。じゃあアスファルトのしみを洗い流してみてくれ！　いったいなにが起こったんだ？　すぐに所内放送があり、職員は建物からでないようにと告げられた。棟と棟の間は人気がなくなった。ひとりもいない。無気味だ、異常だ。

線量測定員が私の部屋を検査した。机が〈光り〉、洋服が〈光り〉、壁が……。私は立ちあがる、椅子にすわるのもいやだった。洗面所で頭を洗った。線量計を見ると、効果はてきめんだ。それにしても、これはほんとうにここなのか、非常事態におちいったのは私たちの研究所なのか！　放射能もれか？　じゃあ、私たちを町に送っていくバスの除染はどうすればいいのだ？　職員の除染は？　知恵をしぼらなくちゃなるまい。私はここの原子炉をたいへん誇りに思っていたし、すみからすみまで知りつくしていました。

リトアニアのイグナリーナ原発に電話をかけてみた。そこの計器も鳴りっぱなしで、パニックだった。チェルノブイリ原発に電話をする。どの電話もつながらない。昼ごろまでには、ミンスクの上空一体に放射能雲があることが明らかになった。私たちは放射性ヨウ素をつきとめた。どこかの原子炉で事故が起きたんです。

まっさきに考えたことは、家に電話をして妻に注意しなくては、ということです。しかし研究所の電話はすべて盗聴されている。ああ、何十年もかけてうえつけられたこの永遠の恐怖。でも家族はなにも知らないでいる。音楽学校の授業が終わった娘は、ともだちと町をぶらぶらしながらアイスクリームを食べているだろう。電話をかけるべきか?! しかし、やっかいなことになるかもしれない。極秘の仕事につかせてもらえなくなるだろう。だが、やはりがまんできず、受話器を取る。

「いいか、よく聞いてくれ」

「なあに?」、大声で妻が聞きかえす。

「しずかに。換気窓を閉めるんだ。食料品はぜんぶビニール袋に入れるように。ゴム手袋をして、濡れぞうきんでふけるだけのものをぜんぶふいてくれ。ぞうきんもビニール袋にいれてはなれたところにしまっておくんだ。ベランダに干した洗濯ものはもう一度洗ってくれ」

「そっちでいったいなにがあったの?」

「しずかに。コップいっぱいの水にヨードを二滴たらして溶かすんだ。頭を洗え」

「なにが……」

妻に最後までいわせずに受話器を置いた。妻もこの研究所の職員なんだから、わかったはずです。

一五時三〇分、判明した。事故はチェルノブイリの原子炉だ。

夕方、職員用バスでミンスクに帰る。三〇分の道中、私たちは黙っているか、さしさわりのないことを話すかどちらかでした。事故のことをくちに出しておたがいに話すのは恐ろしかった。各人のポケットには党員証が入っていましたから。

玄関のドアの前に濡れぞうきんが置かれていた。妻はすべてを理解したのです。家に入り、玄関で背広、ズボン、ワイシャツを脱ぎ、パンツ一枚になった。不意に強い怒りがこみあげてくる。秘密や恐怖がなんだっていうのか。市内電話帳、娘と妻の電話番号帳を手にとり、かたっぱしから電話をかけはじめる。「私は核エネルギー研究所の職員ですが、ミンスクの上空に放射能雲が広がっています。いいですか、なにをすべきか、これから申し上げます。頭を洗うこと。換気窓を閉めること。ベランダに干してある洗濯ものを洗い直すこと。ヨードを飲むこと。正しい飲み方は……」。人々の反応はこうでした。「ありがとう」。質問もしないし、驚きもしない。私がうそをついていると思ったのか、ことの重大さがわからなかったのか。だれひとり驚かず、意外な反応でした。

夜、私の友人が電話をかけてくる。核物理学者で、博士です。なんとのんきなんだ！　私たちはなにを信じて生きていたんだろう！　いまになってやっとわかる。友人は電話をかけてきて、「ついでなんだが、五月の祝祭日にはゴメリ州の妻の実家に行くんだ」という。小さな子どもたちをつれて。そこからチェルノブイリは目と鼻の先じゃないか？

「けっこうな決心だよ!」私はどなった。「気でも狂ったのか?」。専門家気質について、そして、私たちの信じてきたものについて、私はどなったのです。彼はおそらく覚えていないだろう、私が彼の子どもを救ったことを。（ひと休みする）

アレーシ・アダモービッチの本のなかに、原子爆弾についての彼とサハロフ博士との対談があります。水爆の父であるサハロフ・アカデミー会員はこうたずねる。「ごぞんじですか？　核爆発のあとでオゾンのとてもいいにおいがするんですよ」。このことばに、私や、私の世代はロマンを感じるのです。すみません、いやな顔をなさっていますね。あなたには、これは全世界の悪夢の前で歓喜しているように思えるのでしょう。人間の非凡な才能の前ではなく……。しかし、いまでこそ核エネルギー産業はけちがつき、汚名を着せられましたが、私の世代はちがう。一九四五年に原子爆弾が爆発したとき、私は一七歳でした。私はSFが好きで、ほかの惑星に行くことを夢み、私たちを宇宙に打ち上げてくれるのは核エネルギーだと思ったのです。

モスクワエネルギー大学に入学し、そこで最高機密の学部の存在を知りました。物理エネルギー学部です。五〇年代、六〇年代には、核物理学者はエリートでした。有頂天でした。人文科学者は疎外されていました。ちっぽけな物のなかに、発電所が動くほどのエネルギーがあると学校の先生が話してくれた。私は息が止まりそうでしたよ。アメリカ人のスミスの本をむさぼり読みました。彼は、原爆の発明された過程、実験のようす、爆発の詳細を書いていました。わが国ではすべてが秘密にされていましたから。読みながら、私は想像をめぐらせたものです。ソビエトの核物理学者を描いた映画「一年の九日」を国じゅうが見ました。高給、秘密主義がロマンをかきたてました。物理学崇拝、物理学の時代だったのです。チェルノブイリが爆発したときでさえそうでした。科学者が招集され、彼らは特別機で原子炉に着きましたが、ほとんどの人はシェーバーも持っていなかった。数時間のつもりだったのです。物理学の時代はチェルノブイリで終わったのです。

あなた方はもう世界の見方がちがうんです。最近コンスタンチン・レオンチエフ〔一八三一―九一〕の本で知ったのですが、物理や化学の堕落は、私たち地球の問題にいつか宇宙的な知性を介入させることになるだろうという考えがあるのです。ところが、スターリン時代に育った私たちは、超自然的な力の存在を頭のなかで認めることができない。聖書を読んだのはあとです。そして、同じ女性と二度結婚しました。私がでて、もどったのです。この世でもう一度であえたのです。人生とは驚くべきものです。なぞに満ちている。いまでは、私は信じています。なにを？　現代人にはもはや三次元世界がきゅうくつすぎるということを。今日、なぜ、ＳＦに強い関心がもたれるのでしょうか？　人が地球をはなれ、べつのカテゴリーの時間を駆使し、地球だけでなくさまざまな世界で活動するからです。

黙示録。核の冬。西側の本には、こういったことはすでにリハーサル済みかのごとくすべて書かれている。彼らは未来に向けて備えていたのです。大量の核兵器が爆発すれば、非常に広い範囲で火事が起きます。大気に煙が充満する。太陽の光は地上に達することができず、地上では連鎖反応がはじまる。寒くなり、気温がどんどんさがる。〈世界の終末〉に関するこの俗説は、一八世紀産業革命の時代から定着しています。しかし、最後の核弾頭が廃棄処分されても、原爆はなくならないでしょう。知識は残るのです。

あなたは質問をなさっているだけだが、私はずっとあなたと論争をしているのですよ。これは世代間の論争なんです。お気づきでしたか？　原子力の歴史は、軍事機密、謎、呪い、といったものばかりではない。これは私たちの青春、私たちの時代、私たちの宗教だったのです。

五〇年がすぎました、わずか五〇年。いまでは、時々私もこんな気がするのです。世界をおさめているのは、だれかほかの者ではないだろうか、私たちは子どものように、大砲や宇宙船を手にしているのではないだろうか。しかし、まだ確信はもてない。人生とは驚くべきものですよ。私は物理学を愛し、物理学以外のことは絶対にしないだろうと思っていたが、いまでは書きたくなりました。すべてが去りつつあり、消えつつある、私たちの感情は変わっていくのです。

手術の前なんです。がんだということはすでに知っています。あとわずかの命だと思ったら、死ぬのがとてもいやでした。ふと葉っぱの一枚一枚に目をやる。あざやかな色の花、明るい空。グレーに輝くアスファルト、その亀裂、そこを出入りするアリ。ああ、いかん、アリをよけて歩かなくちゃ。かわいそうだ。アリが死ぬいわれはないじゃないか。森のにおいをかぐと頭がくらくらしました。においは色よりも強烈に感じられるものです。かろやかな白樺、ぼってりとしたモミの木。私はこれらすべてを見られなくなるのだろうか？　一分一秒でも長く生きていたい！　なぜ、私はテレビの前にすわり、新聞の山に埋もれて多くの時をすごしてきたのだろう？　たいせつなのは生と死です。

## コリマよりも、アウシュビッツよりも、ホロコーストよりも

リュドミーラ・ドミートリエブナ・ポレンスカヤの手紙から
農村の教師、チェルノブイリ汚染地からの移住者

最初の数日、いろんな感情が混じりあっていました。いちばん強かった二つの感情を覚えています。恐怖といらだちです。すべては起こってしまったのに、情報はいっさいありませんでした。政府は沈黙し、医者はひとことも語ろうとしません。地区では州からの指示を待ち、州ではミンスクから、ミンスクではモスクワからの指示を待っていたのです。長い長い鎖。その先端ですべてを決定していたのは数人の人間です。私たちは身を守るすべがなかったのです。こういうことを当時いちばん強く感じていました。私たちの運命、何百万人もの運命を決めようとしていたのはほんの数人の人間なんです。またほんの数人の人間が私たちを殺すかもしれなかったのです。偏執狂でも、犯罪者でもない、原発のご

くふつうの当直運転員が。それがわかったとき、私は非常にショックを受けました。チェルノブイリは、奈落への扉を開けたのです。コリマ〔強制収容所があるシベリアの地区の名〕よりも、アウシュビッツよりも、ホロコーストよりもはるかに深い、奈落への扉を。斧や弓を手にした人間も、てき弾筒やガス室を手にした人間も、私たちを皆殺しにすることはできませんでした。しかし原子力を手にした人間なら……。

私は哲学者ではありませんから、抽象論はやめにしましょう。記憶に残っていることを書いた方がいいでしょう。

当初はパニックでした。薬局にかけこんでヨードをどっさり買いこむ人や、市場に行くのをやめ、そこで牛乳や肉、とくに牛肉を買うのをやめた人もいました。私の家では、当時、お金を節約しないようにし、高いソーセージを買っていました。原料が良い肉だろうと思って。しかし、高いソーセージの方に汚染肉が混ぜられていることが、まもなくわかりました。高ければ、買うのも食べるのも少しですむだろうからと。私たちは身を守ることができなかったのです。しかし、こんなことはあなたはすでにご存知でしょうね。ほかのことを書こうと思います。私たちがソビエト的世代であったことについて。

私の友人は教師や医者で、地元のインテリです。私たちは自分たちのサークルをもっていました。私の家に集まり、コーヒーを飲んでいました。親友が二人すわっていました。一人は医者です。二人とも子どもがいます。

「あした両親のところに行くの。子どもたちをつれていくわ。もし子どもたちが病気になったら、ぜったいに自分を許せないもの」

「新聞には数日後には正常にもどるって書いてあったわ。あそこには軍隊がいるし、ヘリコプターや装甲車もあるのよ。ラジオで聞いたわ」

「あなたにもすすめるわ。子どもをつれて、でていきなさい。避難させるのよ。これは戦争じゃないの。私たちには想像もつかないことが起きたのよ」

とつぜん、二人のトーンがあがり、けんか腰になってしまいました。おたがいに責め合いながら。

「あなたは裏切り者よ！　母性本能はどうしたの！　狂信者よ！」

「みんながあなたみたいなことをしていたら、私たちはどうなるかしら？　戦争にだって勝てってこなかったでしょうよ？」

わが子をこよなく愛している若くて美しい女性が二人、言い争っているのです。どこかで聞いたようなせりふがくり返されていました。

私たちはそのとき、彼女をとても憎みました。集まりをだいなしにしてしまったからです。

翌日、彼女は町を去り、私たちは子どもに晴れ着をきせて、メーデーの行進につれていきました。行っても、行かなくてもよかったのです、自分で選択できました。強要されたり要求されたりはしませんでした。しかし、私たちは義務だと考えていました。いうまでもありません！　そのようなとき、そのような日には、みんないっしょにいるべきなのです。通りへ走りました。群集のなかへ。

壇上には、地区委員会の書記が全員そろい、第一書記のとなりには彼の小さな娘がみんなに見えるように立っていました。日が照っているのに、その子はレインコートをきて、帽子をかぶり、彼の方は、軍隊のたっぷりとしたコートをきていました。でも、彼らは立っていたのです。覚えています。

あの日々とあの感情の真実が残るように、この手紙を書きました。あの、メーデーの行進を私は忘れないでしょう。

私たちになにが起きたのか？　私たちの前になにがあらわれたのか？　もう一度書きます。私たちに起きたことは、コリマよりも、アウシュビッツよりも、ホロコーストよりもなにかもっと恐ろしいことです。でも、わが国の知識人たちはどこにいるのでしょう？　作家や、哲学者は？　彼らは、どうしてくちを閉ざしているのでしょう？

アレクサンドル・クドゥリャーギン
事故処理作業者

## 自由について

自由でした。あそこでぼくは自分が自由な人間なんだと感じていました。あなたにはわからないでしょう。これがわかるのは戦争に行った者だけです。戦った男たちは酒を飲みながら語り、いまだになつかしがっている。あの自由、あの高揚を。一歩も後退するな！　スターリンの命令。阻止部隊。だが、撃って、生き残れば、お決まりの一〇〇グラムのウォッカとマホルカ煙草がもらえる。幾度となく命を落としそうになり、粉々に吹き飛ばされそうになるだろう。しかし、ちょっとがんばって、悪魔や曹長、大隊長、敵国の兵士、神のうらをかけば、生きのびられるんだ！　孤独な自由です。ぼくはそれを知っている。原子炉に行った者はそれを知っているんです。最前線の塹壕のなかにいるような、恐怖と自由。全力で生きる。あなたにはわからないでしょう、日常生活のなかでは……。

工場に軍人が二人やってきた。ぼくが呼ばれた。「ソーラー油とガソリンの区別がつくかね？」。ぼくは聞く。「どこへ行かされるんです？」「わかりきったことじゃないか？　志願兵としてチェルノブイリだ」。ぼくの軍の職業は、ロケット燃料専門家です。秘密の専門職です。工場から直接召集され、ランニングシャツとTシャツを着ていただけ。家によらせてくれなかった。「妻にいっておかなくちゃ」と頼んでみたが「われわれが伝えておく」。バスのなかには一五人ほど集まっていた。予備役将校です。ぼくは連中が気に入った。行けといわれたから、ぼくたちは行った。働けといわれれば、働く。原子炉に追いやられたから、原子炉の屋根に登った。

移住させられた村のそばに監視塔が立ち、塔の上には銃を持った兵士たち。遮断機。「路肩は汚染されている。進入および駐車厳禁」の標識。除染液にまみれた灰色の木々。頭がおかしくなりそうだ！　最初、ぼくたちは地面や草のうえにすわるのが恐ろしかった。歩かずに、走り、車が通りすぎるとすぐに防毒マスクをつけたんです。交代後は、テントのなかでじっとしていましたよ。はっはっは！　二ケ月すぎると、もう、なんだかふつうのこと、すでに自分たちの生活なんです。スモモをもぎ、引き網で魚をとった。サッカーをし、泳ぎましたよ。はっはっは！　運命を信じていた。心の奥じゃぼくたちはみんな運命論者なんです、合理主義者じゃない。スラブ的な思考法です。ぼくは自分の星を信じていたんです。はっはっは！　二級身体障害者です。すぐに発病しました。クソいまいまい〈放射線病〉。それまで、病気ひとつしたことがなかったのに。くそったれめ！

ぼくは兵士で、他人の家を封鎖してまわり、他人の住まいに入った。ふしぎな気持ちです。もう種をまくことができない土地。牛が木戸に鼻を押しつけている、木戸はしまり、家には錠がおりている。乳が地面にしたたりおちている。ほんとうにふしぎな気持ちです。まだ移住させられていない村では、村人が密造酒を作ってひと稼ぎしていた。ぼくたちに売るんです。ぼくたちには金ははいてすてるほどあった。職場の給料は三倍、出張手当も三倍でした。

村人のくらしは単調に流れていた。なにかを植えて、育て、収穫する、それ以外のことはすべて彼らに関係ないんです。皇帝も、政府も彼らにはどうでもいいことなんです。宇宙船も、原発も、首都での集会も。だから、彼らは自分たちがチェルノブイリの汚染地に住んでいるなんて信じられず、どこにも避難しなかったんです。人々はショックで死んでいきました。彼らは薪をこっそり取り、青いトマトをもいでびん詰めにする。中身が発酵してびんが破裂すると、また作りなおすんですよ。すてられやせんよ。埋めたり、ごみになんかできゃせんよと。ぼくたちがしていたのはまさにこのこと。ぼくたちは村人にとっては敵だったんです。

　ぼくは原子炉に行きたかった。「あわてるな」といわれた。「除隊前には全員が原子炉の屋上に追いやられるんだ」。ぼくたちは六ケ月間任務についた。そして五ケ月がすぎたとき、実際に配置がえがあり、こんどは原子炉のすぐそばになった。冗談もとばし、まじめな話もした。ほら、屋根を通過させられるぞ。このあと五年は生きていたいぜ。七年とか、一〇年とか。いちばんよくでたのが五という数字。なぜ五なんだろう？　騒ぎもパニックもなし。「志願兵諸君、前へ進め！」。全中隊が前進。司令官の前にはモニターテレビがあり、スイッチを入れると原子炉の屋上が映しだされる。黒鉛の破片、溶けたアスファルト。「諸君、ほらあそこに破片が落ちている。かたづけてくれたまえ。それから、ほら、こっちの四角いところに穴をあけてくれ」。時間は四〇秒から五〇秒。走っていき、投げすて、ひきかえす。ひとりが担架にいっぱいつみこみ、つぎの者が投げすてた。あそこ、原子炉のなかへ。

新聞に書かれていた。「原子炉上空の空気はきれいだ」。読みながら笑い、ののしりましたよ。「空気がきれい」なのに、ぼくたちはとんでもないほどの放射線量をとりこんでいるんだ。線量計が支給されました。ひとつは五レントゲン用で、瞬時にしてふりきれた。万年筆のような二つ目は二〇〇レントゲン用で、またふりきれた。五年間は子どもを作るなといわれました。もし、ぼくたちが五年間生きていられたらの話ですよ。はっはっは！　冗談はいろいろ。でも、騒ぎもパニックもなし。五年か……。ぼくはもう一〇年生きた。はっはっは！　表彰状をもらった。ぼくは二枚。

ぼくたちの隊にコックがいた。そいつはとてもおびえて、テントじゃなく、倉庫で寝泊まりしていた。油やコンビーフの入ったダンボールの近くに穴を掘り、マットレスと枕を持ちこんだ。地下で寝泊まりしていたんです。命令書が送られてきた。新しく班を編成し、全員を屋上にやれ。ところが、もう全員が屋上に行ったのです。だれかさがせ！　それで、このコックもつれていかれたんです。たった一回のぼっただけなのに、彼は二級身体障害者です。しょっちゅうぼくに電話をくれる。連絡は絶やしません、支えになるのは仲間と自分たちの記憶です。ぼくたちが生きているうちは、ぼくたちの記憶も生きつづけます。そう書いてください。

新聞はうそです。ぼくは新聞で読んだことがない。ぼくたちが自分たちの鉛のシャツやパンツを縫ったという記事を。ぼくたちに支給されたのは鉛を吹きつけたゴム製の上着でした。けれど、鉛のパンツを自分たちでこしらえた。このことには気をつけていたのです。ある村で二軒の秘密のデートハウスを見せてもらった。家からはなされ、六ケ月も女っ気なしの男たち、極端な状況です。みんな押し寄せていました。そこの娘たちも、もうすぐ死んでしまうと泣いていた。鉛のパンツ……。ズボンのうえにはいたんです。書いてください。いろいろ小話をしました。まあ、ひとつ聞いてください。アメリカ製のロボットが屋上に送りこまれました。五分間仕事をしたら、ストップ。日本製のロボットも五分間仕事をして、ストップ。ロシア製のロボットは二時間仕事をしています。無線機で指令がとびます。「兵士イワノフ、二時間後に下におりて一服してよろしい」。はっはっは！

発病したのが二人。ひとりは「行かせてくれ」と自分からいったやつ。彼は、その日すでに一度屋上に行っていました。尊敬のまなざし。報奨金は五〇〇ルーブル。もうひとりは屋上で穴を開けていたやつです。退去の時間だというのに、穴を開けている。ぼくたちは手をふりまわす。「おりてこい！」。やつはさっとひざまずき、ガンガンこわしている。屋上のその場所に穴をあける必要があったのです。ダストシュートをはめ込んでごみを落とせるように。やつは穴をあけて、立ちあがった。報奨金は一〇〇〇ルーブル。当時はこの金でオートバイが二台買えたんです。やつは現在一級身体障害者です。しかし、恐怖の代償はすぐに払ってくれた。

除隊。ぼくたちは車に乗りこむ。汚染地を走っているあいだじゅう警笛を鳴らしつづけた。あの日々をふりかえってみる。ぼくは、なにかとなり合わせだった、なにかファンタスティックなものと。うまくいえない。ぼくは、〈巨大〉とか〈ファンタスティック〉、こんなことばでもぜんぶは伝えきれない。ふしぎな感情。どんな感情かって？　こんな感情は、恋愛でも味わったことはありません。

## 人生を理解するためには

ビクトル・ラトゥン
カメラマン

お聞きになりたいのは、あの日々の事実や詳細でしょうか。それともぼくの話でしょうか。ぼくは写真を撮ったことはなかったのですが、あそこで、とつぜん撮りはじめたんです。カメラが偶然ぼくの手もとにあったので、自分のためにと思って。いまでは、これはぼくの仕事です。ぼくは、あそこで味わった新しい感覚からのがれることができなかった。これは短かい体験ではなく、精神的な一大事件でした。おわかりでしょうか。

〈話しながら、彼はテーブルのうえ、椅子、出窓に写真を並べている。荷車の車輪ほどもある巨大なヒマワリ。からっぽの村のコウノトリの巣。入り口のそばに〈高放射能につき立入禁止〉の札が立つ村にぽつんとある墓地。窓が打ちつけられた家の庭の乳母車、自

分の巣にすわるようにそのうえにすわっているカラス。荒れはてた畑のうえを飛ぶ昔ながらのくさび型になったツルの群れ）
　聞かれるんです。「どうしてカラーフィルムで撮らないのか、色つきで？」。チェルノブイリは〈チョールナヤ・ブイリ〉（黒い草、にがよもぎ）、ほかの色は存在しないのです。ぼくの話ですか？　いいですよ、話してみましょう。これの（写真を指さす）解説として。よろしいですか、これはすべてここにあるのです（ふたたび写真を指さす）。当時、ぼくは工場で働き、大学の歴史学部の通信教育を受けていました。二級組立工です。班が編成され、ぼくらは前線に送り出されるように急きょ派遣されたのです。
　ぼくらは副次的な施設を建てました。洗濯場、倉庫、軒。ぼくはセメントの荷おろしをやらされた。どんなセメントで、どこから運ばれてきたのか、だれも確かめなかった。ぼくらは積んではおろした。一日じゅうシャベルでかき集めると、夕方には歯だけが光っている。灰色のセメント人間だ。ぼくも作業服もセメントだらけ。夜、ふるいおとし、朝、また着ました。政治集会がありました。英雄、功績、最前線、軍事用語ばかり。レムっていったいなんですか？　キュリーは？　ミリレントゲンは？　質問しても、隊長は説明できない。士官学校で習わなかったのだ。ミリだの、ミクロだの、ちんぷんかんぷんなんです。「諸君が知る必要はない。命じられたことをやりたまえ。きみたちはここでは兵士なのだ」。ぼくらは兵士だ、でも囚人じゃない。

委員会がやってきた。きやすめをいう。「ここはすべて正常だ、大気中の放射線は基準値だ。ここから四キロのところじゃ人が住めないから、住人は移住させられるんだが、ここは安心だ」。連中とやってきた放射線測定員が肩にかけた箱のスイッチを入れる。長い竿でぼくらの長靴をなでた。そのとたん、わきに飛びのく。無意識の反応です。

ぼくらはこの一瞬のできごとをどのくらい覚えていたと思いますか。せいぜい二、三日ですよ。わが国の人間は自分のことだけを考えることができないのです、自分の命のことだけを。ひとりでいることができない人間です。わが国の政治家は命の価値を考える頭がないが、国民もそうなんです。おわかりですか？ ぼくたちは自分の命のことを考えるようにはできていない、人間がちがうんです。

もちろん、ぼくらみんな、あそこで飲みましたよ。それもしこたま。夜中にはしらふのやつはいませんでした。最初の二杯をあけると、だれかが里心がついて女房と子どもを思い出す、自分の仕事のことを話す、上司をこきおろす。それから、一本、二本とあけると、話題は、わが国の運命と世界秩序のことばかり。ゴルバチョフとリガチョフをめぐる論争。スターリンについて。わが国は大国であるか否か。アメリカ人に勝てるかどうか？ 一九八六年でしたからね。どちらの飛行機がすぐれているか、どちらの宇宙船ができがいいか？ チェルノブイリは爆発しちまったが、最初に宇宙に飛びだしたのはおれたちの国の人間だぜ！ 声が枯れるまで、夜明けまでです。「どうしておれたちにゃ線量計がないんだ?」「万一にそなえてなぜなにか粉薬をくれないんだ?」「一月に二回じゃなく、毎日作業着が洗えるようになんで洗濯機がないんだ?」。こういうことは、最後に話すんです、まあついでだがと。そうなんです、ぼくらはこんなふうにできているんですよ。くそったれ!

ぼくはロシア人で、ブリャンシナの出身です。いいですか、ロシアでは、自分の家は傾きかけてもうすぐ崩れ落ちそうだというのに、ひとりの老人が玄関に腰をおろし、哲学的な思索にふけり、世界を立て直そうとしているんです。ぼくらは原子炉のすぐそばにいるのに。

ぼくらのところに新聞記者がきました。写真を撮っていた。テーマはでっちあげです。残された家の窓を撮っている、その前にバイオリンを置いて。題は「チェルノブイリ交響曲」。あそこでは、なにもでっちあげる必要はないんです。トラクターにふみつぶされた校庭の地球儀。何ケ月もベランダに干しっぱなしの黒ずんだ洗濯もの。すてられた共同墓地、そこの草は石膏の兵士像の胸まで伸び、石膏の銃のうえには鳥の巣。家のドアはぶち抜かれ、すでに汚染地泥棒にひっかきまわされているが、窓のカーテンはぴたりと閉まっている。人々は去り、家には彼らの写真が住みつづけている。人々の心のように。どれをとってもないがしろにできるものはありません。すべてを記憶にとどめておきたかった。正確に細部まですべてを記憶しておきたかったのです。目にした日時、空の色、自分の気持ち。おわかりでしょうか？　人はこの土地から永久に去ってしまったんです。ぼくらは、この〈永久〉を体験した最初の人間です。どんなささいなことも見落とすわけにいかない。イコン〔聖像画〕にそっくりの年老いたお百姓の顔。なにが起きたのか、彼らにはさっぱり理解できないのです。彼らは、自分の家、自分の土地を一度もはなれたことがない。この世に生をうけ、愛しあい、額に汗して日々の糧を得、子どもを持ち、やがて孫ができる。人生を終えると、土に帰り、土になり、この土地をはなれるのです。ベラルーシの農家！　ぼくら町の人間にとっては、家は生活のためのマシンです。彼らにとっては、全世界であり、宇宙なのです。からっぽの村を車で走っていると、むしょうに人間に会いたくなるんです。略奪された教会。ぼくたちは足をふみいれた。ろうそくのにおい。祈りたくなりました。

ぼくはこれをぜんぶ覚えていたかったのです。それで写真を撮りはじめました。これが、ぼくの話です。

最近、あそこでいっしょだった友人の葬式がありました。血液のがんです。追善の席で、スラブのならわし通り飲んだり食ったり。そして、また深夜まで話が盛りあがりました。ぼくらは形而上学者なんです。この世界ではなく、空想のなか、会話のなかで生きているんです。人生を理解するには、日常生活にちょっとしたものをつけ加える必要があるんです。死ととなり合わせのときでも。

## それでもわが子を愛するわ

ナジェージュダ・アファナーシエブナ・ブラコワ
ホイニキ町の住人

最近、私の娘がいいました。「ママ、私、もし障害児を生んでもやっぱり愛してやるわ」。考えられます？　娘は一〇年生ですが、もうこんなことを考えているんです。娘のともだちも、みんなこのことを考えています。知人に男の子が生まれたんです。待望の赤ちゃんでした。はじめての。若い美男美女のカップル。でも、男の子はくちが耳までさけ、耳がなかった。私は彼らのところに行きません。以前のように行くことができないのです。娘はちがう、しょっちゅう寄っています。行きたがるのです。じろじろ見ているんだか、自分のこととして考えているんだか。

ここをはなれてもよかったんですが、夫といろいろ考えたすえに止めました。こわかったんです。ここでは私たちみんながチェルノブイリの被災者です。庭や畑のりんごやキュウリをごちそうされてもおたがいに驚いたりしません。もらって食べます。あとですてようと、きまり悪そうにバッグやポケットにいれたりしない。私たちは記憶をともにし、運命をともにしています。ところが、よそではどこでも私たちはのけ者にされる。〈チェルノブイリの人々〉〈チェルノブイリの子どもたち〉〈チェルノブイリの移住者〉。もうすっかりおなじみのことばです。けれども、あなた方は私たちのことをなにひとつご存知ない。私たちを恐れていらっしゃる。もし、私たちがここからでちゃいけないといわれ、警察の監視所が置かれたりしたら、きっと、あなたがたの多くはほっとなさることでしょうね(話をやめる)。否定なさらないで、おっしゃらないで。自分で体験したんです。当初、私は娘をつれてミンスクの妹のところへすっとんで行ったんです。私の実の妹は、家に入れてくれませんでした。母乳を飲ませている赤ちゃんがいるからといって。考えられます? 私と娘は駅で夜をすごしました。やけっぱちな考えが浮かびました。どこに逃げろというの? 自殺した方がいいのかもしれない、苦しまずにすむように。だれもが、想像を絶する恐ろしい病気を思い浮かべていました。

私はここの子どもたちを見ています。彼らはどこに行っても、同年齢の子どものなかで違和感をいだくようです。私の娘は一年間ピオネールキャンプですごしましたが、みんな娘にふれるのをこわがりました。「チェルノブイリのハリネズミ、ホタル。あいつ暗闇で光るんだぜ」。娘は夜、庭に呼びだされました。ほんとうに光るかどうか確かめるために。

戦争だといわれています。戦争世代の人々は比較している。戦争世代? あの世代の人は幸せじゃないですか! 彼らには勝利があった。勝ったんですもの。私たちは? 私たちはあらゆるものを恐れている。子どもの身を案じ、まだ、いもしない孫のことを心配している。みながうつ病気味で絶望感をいだいている。チェルノブイリは、暗喩であり、象徴なんです。私たちの日常であり、ものの考え方なんです。

あなたが私たちのことを書かないほうがいいんじゃないか、そう考えることもあります。そうすれば、これ以上私たちが恐れられることもないでしょう。がん患者の家では、恐ろしい病気のことはくちにしない。終身刑の囚人の監房では刑期のことはだれもいわないものです。

## 唖の兵士

リリヤ・ミハイロブナ・クズメンコワ
モギリョフ文化啓蒙中等専門学校、舞台監督

もう汚染地には行きません。以前はひかれていました。もし、このことを見たり、考えたりすれば、私は病気になって死んでしまうでしょう。

昨日、トロリーバスに乗りました。その一場面。男の子がおじいさんに席を譲りませんでした。おじいさんがお説教をします。

「きみが年をとったときにも、席を譲ってもらえないぞ」

「ぼくはぜったいに年をとらないもん」

「なぜだね？」

「ぼくらみんな、もうすぐ死んじゃうから」

そこらじゅうで死ぬ話。子どもたちは死について考えています。でも、これは人生の終わりにじっくりと考えることと、はじめに考えることじゃありません。

私はぜったいにチェルノブイリの芝居を上演しません。戦争物を一度も上演しなかったように。私の舞台には死んだ人が登場することはけっしてありません。死んだハリネズミや小鳥でさえもでてきません。あるとき森で一本の松の木に近づくとなにか白いものが、キノコだと思いました。数羽のスズメがあおむけになって死んでいたのです。あそこ、汚染地では、私は死が理解できない。私は、死の前で足を止めます、気が狂ってしまわないように。戦争物を上演するのなら、気分が悪くなり、吐いてしまうほど恐ろしいものでなくてはなりません。これは見世物じゃないのです。

戦争映画でひとつだけすばらしいものを見たことがあります。タイトルは忘れました。言葉を発することのできない兵士の映画です。彼は最初から最後までしゃべらない。ドイツ人の女性を荷馬車で運んでいるんです。この女性はロシア兵の子を身ごもっている。赤ちゃんが生まれる。道中、荷馬車のうえで。兵士は赤ん坊を両手に抱きあげる。抱いていると、赤ん坊が彼の銃におしっこをひっかけるんです。男は声をあげて笑う。この笑い声が彼のことば。赤ん坊に目をやり、自分の銃に目をやり、彼は笑っている。ジ・エンド。

この映画にはロシア人もドイツ人もいない。そこにいるのは戦争という怪物。しかし、いま、チェルノブイリのあと、すべてが変わってしまった。これもそう。世界は変わりました。ついこの間まで永遠のものだったのに、いまでは永遠のものだとは思えない。地球はとつぜん小さくなってしまった。私たちは不死不滅を失った。これが、私たちに起きたことなんです。テレビを見ると、毎日人を殺し、撃っている。今日、撃っているのは不滅を失った人々なんです。ひとりの人間がほかの人間を殺している。チェルノブイリのあとに。

私たちは、楽しいお芝居「井戸さん、お水をちょうだい」を持って汚染地に行きました。おとぎ話です。地区中心の町ホチムスクに着きました。そこには孤児院があり、子どもたちはどこにも避難させられていませんでした。休憩時間。子どもたちは拍手をしない。立ちあがらない。黙ったまま。第二部がはじまり、そして幕がおりる。また拍手をしない。立ちあがらない。黙ったまま。私の教え子たちは泣きだしそうになり、楽屋に集まりました。子どもたちはどうしたんだろう？　あとでわかったのですが、子どもたちは舞台のうえのできごとをぜんぶ信じこんでしまったんです。舞台ではお芝居のあいだじゅう奇跡を待っているんです。家庭にいる子どもならこれは劇なんだとわかるのです。でもこの子たちは舞台と同じように奇跡を待っていたんです。

私たちベラルーシ人には一度も永遠のものがありませんでした。大地ですら私たちは永遠のものを持たず、いつもだれかが奪いとっては私たちの痕跡を消してきた。私たちは、旧約聖書に書かれているような永遠を生きることもできなかった。この者はあの者を生み、あの者はその者を生んだという永遠を。私たちはこの永遠をどう扱えばいいのか知らず、永遠とともに生きることができない。それがどういうものか理解できないから。ところが、ついに、永遠不滅のものを与えられたんです。私たちの永遠不滅のもの、それはチェルノブイリ。で、私たち？　私たちは笑っているんです。人々は、家が丸焼けになった男に同情する。納屋もなにもかも焼けてしまった。でも、男は答える。「ああ、そのかわりねずみがごっそりと死んじまったよ！」やったぜ！と。これがベラルーシ人なんです。

ところがベラルーシの神さまたちは笑いません。私たちの神さまは殉教者なのです。陽気で、笑っているのは古代ギリシャの神々です。もし、ファンタジーや夢や小話もテキストなら、どうでしょう？　私たちがなに者であるかというテキスト。しかし私たちにはそれを読みとる力がないんです。いたるところで同じメロディーを耳にします。メロディーがゆっくりと流れている……いえ、メロディーでも歌でもない、泣き声です。あらゆる不幸にそなえて私たち国民に組み込まれたプログラムです。不幸が訪れるという消えることのない予感。じゃあ、幸福は？　幸福は一時的な思いがけないできごとなんです。ことわざはいう。「ひとつの不幸は不幸じゃない」「棒では不幸から身を守れない」「ちょっとでも動けば、不幸に横っ面をひっぱたかれる」「家じゅう不幸なときにはクリスマスの歌どころじゃない」。私たちには苦悩のほかはなにもない、ほかの歴史も、ほかの文化もないのです。

私の教え子たちは恋をし、子どもを生んでいます。でも、子どもたちはおとなしくひ弱です。戦後、私はドイツの強制収容所からもどりました。生きのびたんです。当時は生きのびることだけが必要でした。私は水の代わりに雪を食べた。夏には川からあがらずに、一〇〇回もぐることができた。この子どもたちは雪を食べることはできない。どんなにきれいでも、どんなに白くても。

## なにをすべきか、だれが悪いのか

ウラジーミル・マトベエビッチ・イワノフ
スラブゴロド党地区委員会、元第一書記

私は昔の人間なんです。いまではわれわれをこっぴどく非難するのがはやっておる。非難しても身の危険はないのです。共産主義者は全員犯罪者だと。いま、われわれはあらゆることに対して責任を負わされている。物理の法則に対してさえ。当時、私は党地区委員会の第一書記でした。新聞にはこう書かれている。これは共産主義者の責任である。欠陥だらけの安っぽい原子力発電所を建てた。金をけちり、人の命など眼中になかった。共産主義者にとって、人間は砂粒であり、歴史の肥やしなんだ。さあ、やつらを捕まえろ、かかれ！と。手におえない問題なんですよ。なにをすべきか、だれが悪いのかというのはね。永遠の問題なんです。

ほかの人は沈黙しておるが、私はいおう。あなた方は……あなた個人というわけじゃないが、新聞に書いておられる。共産主義者が国民をだまし、真実をかくしたのだと。しかしわれわれにはそうする義務があった。中央委員会や党の州委員会からの電報で、われわれは課題を与えられたのです。パニックを許すなと。パニックは、実際、恐ろしいものです。当時チェルノブイリの報道が監視下に置かれたが、過去には戦時中に前線からの報道がこのような監視下に置かれたことがあっただけです。われわれには義務があった……。全員がすぐにかくしたかどうか。だれも起きていることの規模を理解していませんでしたから。政治的利益が最優先されました。しかし、もし、感情抜き、政治抜きで語るなら……。認めなくてはなりません、起こったことをだれも信じていなかったと。学者でさえも信じることができなかったのです。こんな例はないんですから。わが国だけではなく、世界のどこにも。学者たちは、原発の事故現場で状況を調査し、その場で決定をくだしていました。最近「真実の一瞬」という番組を見ました。アレクサンドル・ヤコブレフが出ていました。政治局員で、当時、党きってのイデオローグであり、ゴルバチョフの片腕だった男です。彼はなにをふりかえって語ったか。上のほうでも全容をつかんでいなかったのです。政治局の会議でひとりの将軍がこう説明したのです。「放射能がなんだというんですか？　核実験場では、核爆発のあと、夜、赤ワインを一本ずつ飲みました。それで、われわれは平気ですよ」。ふつうの事故を語るように、チェルノブイリが語られていたのです。

もし、当時私が、住民を通りにだしてはならないといってごらんなさい。「メーデーをつぶしたいのか?」といわれ、政治事件ですよ。党員証を返さなくちゃなりませんよ。(少し落ち着いて)こんな話があるんだが、小話ではなく、事実だと私は思う。実話ですよ。政府委員会のシチェルビナ委員長が、事故の翌日だか原発にやってきて、ただちに事故現場に案内してくれと要求したというんです。彼は説明される。黒鉛のかけらがごろごろしていて、放射線値が異常に高く高熱だからそこには行けませんと。「私は自分の目ですべてを見ておく必要があるんだ」。彼は部下をどなりつけたのです。「夜、政治局で報告をしなきゃならんのだ」。典型的な軍人的行動ですよ。連中はそれしか知らないのです。物理とはなんであるか、連鎖反応とはなんであるか、理解していなかったのです。そして、それはどんな命令や政令を以ってしても変えることができないということを。そんなとき、私がいえますか? メーデーのデモ行進を取りやめようとできますか? (再び興奮しはじめる)新聞が書いている。住民が戸外にいるのに、われわれは地下シェルターに閉じこもっていただと⁉ 私はこの太陽のした、壇上に二時間立っていましたぞ。なにもかぶらず、レインコートもきずに。五月九日の戦勝記念日にも、退役軍人とともに行進しましたぞ。アコーディオンが鳴り響いていた。踊ったり、飲んだりしたんです。

われわれはみんなこの体制の一部でした。信じていたのです。高い理想を信じていた、勝利を！　チェルノブイリにも勝つんだと。人の手をはなれて暴走する原子炉を鎮めようとする英雄的な戦いの記事を、われわれはむさぼり読んでいた。理想を持たない人間？　それもまた恐ろしいものです。いまなにが起きていますか。崩壊。無政府状態です。理想は必要なんですよ。理想があってこそはじめて強い国家になれるんです。高い理想。わが国にはそれがあったのです。

（沈黙のあとで）私が犯罪者だというのなら、私の孫はなぜ……。孫は病気なんです。娘はあの春出産し、おくるみに包んだ赤ん坊をスラブゴロドの私たちのところにつれてきた。娘たちがきたのは、事故が起きて二、三週間後のことでした。ヘリコプターが飛びまわり、道路には軍用車がいた。妻がいう。「娘と孫を親戚に預けなくちゃ。ここからつれだしてちょうだい」。私は党地区委員会の第一書記でした、そんなことはぜったいにできんといいました。「私が、自分の娘と生まれたばかりの孫をよそにつれていけば、住民はなんと思うかね？　彼らの子どもはここに残っているんだ」。どろんをきめこもうとしたり、わが身を救おうと考えている連中を私は地区委員会の指導部会議に呼びつけた。「きみは共産主義者なのか、それともちがうのか？」。人物チェックができたんですよ。

あなたは、当初のことを話して欲しいとおっしゃる。ウクライナでは大騒ぎになっていたが、ここ、ベラルーシでは落ちついていました。種まきのまっ最中でした。私はかくれなかった。執務室にひきこもってはいなかった。農地や牧草地をかけずりまわっていました。耕やされ、種がまかれていた。

　お忘れになったのですか、チェルノブイリ以前は原子力は平和な働き手と呼ばれ、われわれは原子力時代に生きていることを誇りに思っていたじゃありませんか。原子力の恐怖は記憶にありません。しかし、党の地区委員会の第一書記がどんなものだというのです。ふつうの大学を卒業したふつうの人間です。党の上級学校を卒業している人もいるが、ほとんどは技師や農業技師なんですよ。放射能について私の知っていることといえば、民間防衛講習会で習ったことだけです。牛乳のセシウムや、ストロンチウムの話はそこじゃひとこともきかなかった。われわれはセシウム入りの牛乳を牛乳工場に運んだんです。肉を供出していた。四〇キュリーの牧草を刈り取っていた。供出割当分を達成しようとしていたんです。私はむりやり取り立てたんです。だれもわれわれの供出割当分を撤回してくれませんでしたから。

　この町に学者がやってきて、大声で議論していました。声が枯れるほど。ひとりの学者に聞いてみた。「ここの子どもたちは放射能の砂場で遊んでいるんでしょうか?」。彼の返事は「あなたは煽動者だ。素人なんだよ。放射能についてなにがわかるんだね? 私は核物理学者なんだ。事故の二〇分後にはジープに乗って爆心地に行ってきたんですよ、溶けた土地を通って。なんだってパニックを起こそうとするんだね?」。私は学者たちを信じたのです。自分の執務室に職員を呼びました。「諸君、私が逃げだし、きみたちが逃げだせば、住民はわれわれのことをどう思うだろうか？　共産主義者が職務を放棄したというだろう」。ことばや感情で説得できなければ、べつの手だ。「きみは愛国者か、そうでないのか？　愛国者でないなら、党員証を机において、でていってくれ！」。何人かでていきました。

なにか変だと感じるようになりました。われわれは核物理学研究所と契約し、土地の検査を依頼したんです。所員が牧草や黒土層をミンスクの研究所に持ち帰りました。そこで分析されます。ところが、電話がかかってきた。「車を都合して、検査にだされた土壌をひきとりにきてください」「ご冗談を。ミンスクまで四〇〇キロもあるんですよ。土壌をひきとれっていうんですか？」。思わず受話器を落としそうになった。「まじめな話です。あなた方のサンプルは通達に従って、放射性廃棄物埋設地に埋蔵しなくてはなりません。鉄筋コンクリート製の地下貯蔵庫です。ベラルーシじゅうからうちに持ちこまれるものですから、この一ケ月で満杯になってしまいました」。いいですか？　われわれはこの土壌を耕し種をまき、この土壌のうえでここの子どもたちが遊んでいるんです。われわれは牛乳や肉の供出割当分をだせといわれている。穀物からはアルコールを作った。リンゴやナシ、さくらんぼはジュース用にまわしたんです。

疎開です。もし、だれかが空からみていたら、第三次世界大戦がはじまったと思ったでしょう。ひとつの村を疎開させ、つぎの村には前もっていっておきます。「一週間後に疎開だ」。その一週間の間ずっと住民はわらを積みあげ、牧草を刈り、自家菜園で働き、薪割りをしているんです。いつもの生活です。住民はなにが起きているか理解していない。一週間がすぎ、彼らは軍用車でつれていかれる。会議につぐ会議。出張につぐ出張。説教につぐ説教。不眠の夜。それはたいへんでした。

あなたはお忘れなんですよ。当時、原子力発電所は未来だったのです。われわれの未来だったのですよ。

私は昔の人間なんです。犯罪者ではない。

## ソビエト政権擁護者

（名を明かさなかった）

あんた方、ここでなにを録音してるんだ？　だれに許可をもらったんだ？　写真を撮っている……。そのおもちゃをかたづけろ。かたづけないとたたきこわすぞ。よくきたもんだな。わしらは生活し、苦しんでおる。あんたらは人々の頭を混乱させ、ごたごたをひきおこし、どうでもいいことをさぐってるんだ。いまじゃ秩序がない、秩序というものが。よくもきたもんだ、テープレコーダなんか持って。

そうだよ、わしは擁護するぞ！　ソビエト政府、われわれ人民の政府を。ソビエト政権時代はわが国は強力で、みんなに恐れられていた。世界の注目の的だった。くそっ、それがいまじゃどうだ。りっぱな大国だったんだ。くそっ、ゴルバチョフがでてくるまではな。あのあざ野郎め！　ゴルビーのやつが、連中の計画通りにやりやがった。ＣＩＡの計画通りにだよ。いいか、やつらがチェルノブイリを爆破したんだ、民主主義者とＣＩＡのやつらがな。新聞にでてたよ。チェルノブイリが爆発しなかったら、この大国が崩壊することはなかったんだよ。偉大な国が。くそっ、いいか。共産主義の時代には丸パンは二〇コペイカだった。それがいまじゃ二〇〇〇ルーブルだ。三ルーブルあればウォッカ一本とつまみも買えたんだ。

わしは酔っぱらいじゃないぞ。共産主義者の味方なんだ。彼らはわしら、平民の味方だった。おとぎ話はいらんよ。民主主義だの、自由な人間だの。くそっ！　その自由な人間が死んでも、葬式を出す金もないんだからな。わしらの村でばあさんが死んだんだよ。ひとりぐらしで子どもがいなかった。あわれなばあさんは、二日間家に横たわっておった。古い綿入れを着て、イコンのしたに。棺桶が買えなかったんだ。ばあさんは、その昔、スタハーノフ運動〔一九三〇―四〇年代のソ連の労働生産向上運動〕に熱心で、班長だった。わしらは二日間農場にでずに集会を開いたよ。くそっ！　そしたら、コルホーズの議長がみんなの前で演説した。だれかが死んだときにはコルホーズが棺桶をただでくれると約束した。追善用の子牛か子豚を一頭とウォッカ二箱もな。民主主義になったら、ウォッカ二箱だとよ。ただでくれるのは！　一人に一本じゃ酔っぱらいだが、半本なら放射線の治療なんだとよ。

　あんた、なんで録音せんのだ？　わしの話を。自分に都合のいいことだけ録音するんだな。悪いやつの名をいってくだされ。わしは共産主義者の味方だ。彼らはもどってきてすぐに悪いやつをみつけてくれるよ。くそっ、よくもやってきて録音できるもんだ。

## 二人の天使が小さなオーレンカを迎えにきた

イリーナ・キセリョワ
ジャーナリスト

　七年間集めた資料があります。新聞の切り抜きや私が書いた記事です。数字も。すべてあなたにさしあげます。これからもこのテーマからはなれるつもりはありませんが、私は自分で書くことはできません。私にできるのは闘うこと。デモやピケを組織したり、薬を手に入れたり、病気の子どもを見舞ったりして。でも、書くことはできない。どうぞお受けとりください。私自身はいろんなことを感じすぎて、気持ちの整理がつきません。手が動きません。すでにチェルノブイリを追いつづけている人、書きつづけている人がいる。でも、私はチェルノブイリというテーマをうまく利用している人々の仲間になりたくありません。もし正直に書くのなら？（と考え込む）

あの四月の暖かい雨。七年間あの雨を覚えています。雨粒が水銀のようにころころころがっていた。放射能って色がないんですって？　でも、水たまりは緑色や、明るい黄色でしたよ。となりの家の人がこっそり教えてくれました、ラジオ〈自由〉がチェルノブイリ原発の事故を伝えていたと。私はまったく意に介しませんでした。頭から信じていました、もしなにか重大なできごとがあれば、国民に知らせてくれるはずだと。特殊設備も、特殊信号も、シェルターもあるんです。警告があるはず。私たちはそう信じきっていたのです。私の内にはあたかも二人の人間がいるかのようです。チェルノブイリ前の私とあとの私。でも、いま〈前〉の私を完全に正確な形で再現するのはむずかしい。私のものを見る目が変わってしまいましたから。

私は早い時期から汚染地に行きました。ある村で車を停めたとき、あまりの静けさに驚いたのを覚えています。鳥もなにもいない。通りを歩いても、静まりかえっている。農家がひっそりしているのはわかる。住民が立ち去り、だれもいないのですから。けれど、あたり一面がなりをひそめているんです、小鳥一羽いません。

私たちはチュジャニ村に着きました。一四九キュリー。マリノフカ村では五九キュリー。住民は、核実験場区域の警備にあたっている兵士の数万倍以上も被曝していました。数万倍ですよ。線量計は鳴り響き、針がふりきれる。コルホーズの事務所には、地区の放射線科医の署名入りの掲示がさがっている。「タマネギ、サラダ菜、トマト、キュウリ、すべて食べられます」。畑では野菜が育ち、みんな食べています。

いま、地区のこの放射線科医たちはなにをいっているか？　党の地区委員会の書記たちは？　どんないいわけをしていますか？

そのマリノフカ村〔チェリコフ地区〕で幼稚園に寄りました。子どもたちが庭をかけまわり、砂場で遊んでいる。園長が説明してくれます。砂は毎月入れ替えている、どこからか砂が運ばれてくると。どこからその砂を持ってくることができたか、想像がつきます。子どもたちは悲しげです。私たちが冗談をいっても、にこりともしない。保母さんが泣きだした。「笑わそうとしないでください。ここの子どもたちは笑わないんです。寝ながら泣いているんです」

通りで新生児をつれた女性に会いました。「だれが、ここで生んでもいいといったのですか？　五九キュリーもあるのに……」「放射線科の医者がきたんです。助言してくれたのはおむつを外に干さないようにということだけです」。住民は、村をはなれないよう、この地に残るよう説得されていました。農作物の供出割当分を達成するようにと。村が移住させられたあと、疎開させられたあとも、農作業のために住民がつれてこられたのです。ジャガイモの収穫のために。

いま地区および州の委員会の書記たちはなにをいっていますか。どんないいわけをしていますか。

私は、極秘扱いの通達をたくさん持っています。あなたにすべてさしあげます。正直な本を書いてください。汚染された鶏肉の加工に関する通達があります。鶏肉加工工場では、汚染領域で放射性元素と接触するときとおなじ服装が求められていました。ゴム手袋、ゴムの上着、長靴などです。鶏肉が何キュリーなら、塩水でゆで、ゆで水は下水にすて、肉はペーストやソーセージに加えるよう、また何キュリーなら、家畜用飼料の骨粉に加えるよう指示されています。こんなやりかたで肉の供出割当分が達成されたのです。汚染地の子牛はほかの地区に安く売られました。きれいな地区に。コルホーズに売られたんですが、欲しければ家につれて帰り個人用にできたのです。りっぱな刑事事件ですよ！

途中で、一台の車にあいました。トラックがのろのろと走っていたんです。遺体を運ぶ葬列のようにゆっくりと。停車させました。運転しているのは青年。「どうしたの、気分が悪いんじゃないの？」「いえ、放射能の土を運んでいるんです」。この暑さ、このひどいほこり。「あなた、正気じゃないわ。あなたはこれから結婚して子どもができるんじゃないの」「でも、一往復で五〇ルーブル稼げるところがほかにありますか？」。当時五〇ルーブルあればちゃんとしたスーツが買えました。青年は放射能のことよりも、割増金のことをたくさん聞かされたのです。命の価値という点から見れば、スズメの涙ほどの割増金の話を。

悲惨さとこっけいさがとなり合わせでした。

家のそばのベンチにおばあさんたちがすわっている。子どもたちが走りまわっている。測定してみると七〇キュリー。

「子どもたちはどこからきたの？」

「ミンスクからひと夏すごしにきたんだよ」

「ここはひどい放射能ですよ」

「放射能のことならあんたに教えてもらわなくたって結構だよ。私ら見たことがあるんだから」

「放射能は見えないんですよ」

「ほら、あそこに建てかけの家があるだろう、住人がすてていったんだよ。こわくなっちまったんだ。私らは夜でかけてって見るんだよ。窓からのぞくと、あいつ、放射能とかいうやつは、梁のしたに腰かけているんだ。悪そうなやつで目をぎらぎらさせて、まっくろけだよ」

「そんなばかな」

「ほんとうだよ。十字をきったっていいよ」

十字をきる、女たちは楽しそうに十字をきる。自分たちを笑っているのか、私たちを笑っているのか？

小話があらわれました。チェルノブイリの小話でいちばん短いやつ。「ベラルーシ人はりっぱな国民でした」

原子炉のそばで写真を撮るのは厳禁だった話は、もうお聞きになったでしょうね。特別に許可された者だけでした。カメラは取り上げられました。そこで勤務していた兵士たちは、アフガニスタンでされたように、出発前に身体検査をされました。写真や証拠品をいっさい持ちださせないために。テレビ関係者はＫＧＢにフィルムを没収されました。返されたときには感光されていました。どれほどのドキュメンタリー、証言が闇に葬られたことでしょう。科学にとっての損失、歴史にとっての損失です。こんなことを命じた者をみつけたなら、いま彼らはどんないいわけを思いつくことでしょう。なんといいわけをすることでしょう。

私はぜったいに彼らを正しいとは認めません。ぜったいに!! たった一人の女の子のために。この子は病院で踊っていた。〈ポーレチカ〉を踊っていました。九歳でした。それは美しく踊っていた。二ケ月後、母親から電話がありました。「オーレンカが死にそうなの!」。でも、私にはその日病院に行く気力が残っていなかったんです。いまさら悔やんでもはじまりません。オーレンカには妹がいました。彼女は朝、目を覚ますといったのです。「ママ、夢のなかでね、天使が二人飛んできて、うちのオーレンカをつれてっちゃった。天国でオーレンカは楽しいんだよって天使がいったわ。もう痛くないんだよって。ママ、うちのオーレンカを二人の天使がつれていっちゃった」

私は、だれ一人として正しいと認めることはできません。

## 他者に対する一人の人間の法外な権力

ワシーリイ・ボリソビッチ・ネステレンコ
ベラルーシ科学アカデミー核エネルギー研究所、元所長

私は人文科学者ではない。物理学者です。ですから事実をお話ししたい、事実のみです。チェルノブイリの責任はいつか必ず問われることになるでしょう。一九三七年〔スターリンによる大粛清〕の責任が問われたように、そういう時代がきますよ。五〇年たっていようが、連中が年老いていようが、死んでいようが、彼らは犯罪者なんです！（沈黙）。事実を残さなくてはならない。事実が必要になるのです。

あの四月二六日、私は出張先のモスクワで事故を知りました。ミンスクのスリュニコフ・ベラルーシ中央委員会第一書記に電話をかけましたが、一回目、二回目、三回目ともつないでもらえません。彼の補佐役をさがしました。（彼は私をよく知っていました）

「モスクワからかけているんだが、スリュニコフ氏につないでください。大至急伝えたいことがあります。事故の情報です」

政府間回線でかけたのですが、それでも、もうすべて極秘扱いにされていました。事故

のことを話しはじめると、すぐに電話が切られてしまう。監視されている。当然ですよ！盗聴されているんです。だれかわかりきったことです、しかるべき機関、国家のなかの国家です。しかしですね、私は中央委員会第一書記に電話をかけたんですよ。私ですか？私はベラルーシ科学アカデミー核エネルギー研究所の所長でした。教授で、科学アカデミー準〔会員〕……。しかし、この私にも極秘なんです。

二時間もかかって、やっとスリュニコフ自身が受話器を取り、私は報告しました。

「事故は深刻です。私の計算では(すでにモスクワで何人かと話し合い、数字をだしていました)放射能雲はわがベラルーシに向かっています。ただちに住民に対してヨウ素剤処置をとる必要があります。さらに、原発付近の全住民を移住させなくてはなりません。住民と家畜を一〇〇キロまで立ちのかせてください」

「すでに報告は受けているよ」。スリュニコフがいう。「あそこで火事があったが、鎮火したということだ」

私はがまんできずにいう。

「それはうそですよ、まっかなうそなんです。黒鉛は一時間に五トンも燃えるんです。物理学者ならだれだってあなたにそう教えてくれますよ。どれくらいの黒鉛が燃えるか、考えてみてください」

最初の列車でミンスクに発つ。眠れない夜。朝には家だ。息子の甲状腺を測ってみる。

毎時一八〇マイクロレントゲン！　当時、甲状腺はもってこいの線量計でした。ヨードカリが必要でした。これはふつうのヨードなんです。子どもにはコップ半分のキセーリ〔果物をピュレ状にした飲み物〕に二、三滴、おとなには三、四滴垂らします。原子炉は一〇日間燃えていましたから、一〇日間こうする必要があったのです。しかし、私たち、科学者や医者のいうことに耳をかす者はいませんでした。科学も、医学も、政治にまきこまれていたんです。もちろんですよ。忘れちゃならないのは、こういったことすべてが起きた背景にあった意識、あの当時、一〇年前の私たちがどんな人間であったか、ということです。KGBが活動し、秘密捜査が行われていた。〈西側の声〉はかき消されていた。山ほどのタブー、党機密、軍事機密。おまけに、わが国の平和な原子力は泥炭や石炭と同じくらい安全なんだと、みんなが教えられていたんです。私たちは恐怖と偏見でがんじがらめにされた国民でした。信念という迷信で。

ミンスクにもどったその日、四月二七日、私はウクライナに接しているゴメリ州に行くことにしました。地区中心の町、ブラーギン、ホイニキ、ナロブリャに。そこから原発まではわずか数十キロです。私には確かな情報が必要でした。測定器を持ち、大気中の放射能を測らなくてはならない。ブラーギンで毎時三万マイクロレントゲン、ナロブリャで毎時二万八千マイクロレントゲンでした。住民は種をまき、耕している。卵を染め、クリーチ〔復活祭のケーキ〕を焼き、復活祭の準備をしている。放射能は？　これはいったいどういうことか？　指示はいっさいなかった。上から聞いてくるのは、種まきの進行状況報告だけです。私は狂人を見るような目で見られました。「教授、なんのことをいってるのかね？」。レントゲンだの、マイクロレントゲンだの、宇宙人のことばなんですよ。ミンスクに帰る。大通りでは、ピロシキやアイスクリーム、ハンバーグの種、菓子パンがいっせいに売られている。放射能の雲のしたで。

四月二九日のこと。すべて正確に覚えているんです、日付け順に。午前八時に私はもうスリュニコフの応接室にいました。なんども執務室に入ろうとしましたが、通してもらえないまま夕方の五時半になった。五時半にスリュニコフの執務室からでてきたのはベラルーシの有名な詩人でした。顔見知りです。

「わがベラルーシ文化の諸問題について、スリュニコフ氏と論じあっていましたよ」

「その文化を発展させる人間はもうすぐいなくなるんですよ！」私はかっとなりました。「あなたの本を読む人間もね。もし、いま、チェルノブイリ近辺の住民を移住させて、救わなければね！」

「なにをおっしゃるんですか⁉　完全に鎮火したと聞いていますよ」

やっと、スリュニコフに面会できた。きのう目にした状況を話して聞かせる。住民を救わなければならない。ウクライナでは疎開がはじまっていました。私はすでにウクライナに電話をかけていたのです。

「あんたのところの放射線測定員はなんだって町を走りまわっているんだね。パニックをまき散らしておるじゃないか。私はモスクワの、イリイン・アカデミー会員に助言をあおいでいるんだ。わがベラルーシではすべて順調だ。あそこでは政府委員会や検察庁が動いておる。破壊箇所には軍隊と軍事機器が投入されているんだ」

わが国の大地には、すでに何千トンもの放射性核種が積もっていたのです。セシウム、ヨウ素、鉛、ジルコニウム、カドミウム、ベリリウム、ホウ素、量は不明だがプルトニウムなど、ぜんぶで四五〇種類も(ＲＢＭＫ型チェルノブイリタイプの原子炉では、原子爆弾を製造できるプルトニウムが生成されるのです)。この量はヒロシマに落とされた原爆三五〇個分にあたります。物理学について話さなくてはならなかったのです。物理の法則について。ところが、話されていたのは敵のこと。敵をさがしだそうとしていたのです。

遅かれ早かれ、この責任はとらなくてはならないのです。私はスリュニコフにいいました。「あなたは、トラクターは作れるが(彼はトラクター工場の所長でした)放射線のことはわからなかったんだと釈明するはめになりますよ。私は物理学者ですから、どんな結果になるかわかっているんです」。しかし、これはいかがなものか？　一介の教授や物理学者ふぜいがあえて中央委員会の連中をさとせるものだろうか？　いいや、連中はギャングの一味じゃない。どうみても無知と閉鎖性が結託しているんです。連中の生活信条は党組織のなかで身につけたものです。でしゃばらず、ご機嫌とりをすること。スリュニコフはちょうど栄転してモスクワに行くことになっていたんです。そうなんですよ。クレムリンから電話でもかかってきたんでしょう。ゴルバチョフから。そっちのベラルーシではパニックを起こさないでくれたまえ、そうでなくても西側が騒いでいるからと。ゲームのルールはこうです。上にたつ指導者の気に入らないことをすれば、昇進は望めず、それ相当の旅行クーポンも別荘ももらえない。もしわが国が鉄のカーテンに囲まれた閉鎖的体制のままであったら、人々はいまでも原発のすぐそばで生活していたでしょう。極秘にされていたにちがいないんです！　思い出してください。キシュチュム〔ウラル地方にある核廃棄物貯蔵所、一九五七年頃核爆発事故が起きた〕やセミパラチンスク〔核実験場〕を。スターリンの国家です。あいかわらず、スターリンの国家なんです。

核戦争にそなえての通達には、核事故、核攻撃のおそれがあるときにはただちに住民に対してヨウ素剤処置をとるように指示されています。おそれがあるときだって？　当時、毎時三〇〇〇マイクロレントゲンもあったのに。連中が心配しているのは住民のことじゃない、政府のことです。政府の国であって、住民の国じゃないのです。国家が最優先され、人命の価値はゼロに等しいのです。方法はあったんですよ。公表せず、パニックを起こさずとも、飲料水を引いている貯水池にヨウ素剤を入れたり、牛乳に加えるだけでよかったんです。まあ、水や牛乳の味がちょっと変だと感じるかもしれませんがね。ミンスクには七〇〇キログラムのヨウ素剤が用意されていたが、倉庫に眠ったままでした。上の怒りを買うことのほうが、原子力よりもこわかったんです。だれもかれもが電話や命令を待つだけで、自分ではなにもやろうとしませんでした。

私は線量計をかばんに入れて持ち歩いていました。なぜなら、えらい連中は私にうんざりしていたので、会ってくれません。私は線量計を持ち、応接室にすわっている秘書や私設運転手の甲状腺にあてたのです。彼らはぎょっとしますが、時にこれが効果があり、通してもらえたのです。「なんだってヒステリーを起こしているんだね、教授。あんた一人じゃないか、ベラルーシの国民が心配だ、心配だといっているのは。いずれにせよ人間はなにかで死ぬんだよ。たばこやら、自動車事故やら、自殺をしたりしてね」。連中はウクライナ人をばかにして笑っていた。あいつらはクレムリンでひざまずいて、金や医薬品や線量計(不足していた)をねだっているが、わがスリュニコフは一五分で状況報告を終えたぜ。「すべて順調であります。自力でのりきります」。賞賛をあびました。「えらいぞ、ベラルーシの兄弟よ!」

この賞賛のためにどれだけの命が犠牲になったことでしょう。

私は、指導者連中が自分たちはヨウ素剤を飲んでいたとの情報を得ています。うちの研究所の職員が彼らの検査をしたさい、全員がきれいな甲状腺をしていたのです。ヨウ素剤を飲まなければ、こんなことはありえない。自分たちの子どもも難をさけて、ひそかにつれだしていた。出張にでかけるときには、自分たちは防毒マスク、特殊作業服を持っていた。ほかの人間にはなかったのです。さらに、ミンスク郊外に特別な家畜の群れが飼われているることは、もうずいぶんまえから公然の秘密です。一頭一頭ナンバーがふられた牛は、党関係者個人の所有です。専用の土地、専用の温室で特別管理された野菜。嫌悪すべきやりくちです(沈黙)。このことに対して、まだだれも責任をとっていない。

私は面会をことわられ、話をきいてもらえなくなりました。彼らに手紙や報告書を送りつけました。あらゆる機関あてに、地図と数値を送りまくったのです。二五〇枚のファイルで四冊です。事実、事実のみを……。万が一のためにコピーを二部とり、一部は研究所の自分の執務室に、もう一部は自宅で妻がかくしました。なぜコピーをとったのか？　こんな国に住んでいるものですからね。執務室は私自身が鍵をかけていました。あるとき、出張から帰ってみると、ファイルが消えていた。しかし、私はウクライナ育ちで、祖父はコサックなんです。コサックの気質を受けついでいる。手紙を書きつづけ、発言しつづけました。住民を救わねばならない、一刻も早く移住させねばならないと。私たち職員は出張につぐ出張でした。〈汚染地〉の地図を最初に作成したのは私たちの研究所なのです。ベラルーシの南部全体が赤くなっていました。

これはもう歴史なんです。犯罪史ですよ。

研究所の放射線モニタリング装置がすべて取りあげられた。没収されたんです。ひとことの説明もなく。自宅には脅迫電話がかかってくる。「教授、住民をおびえさせるのはやめな。マカールが子牛を放牧したことがないところ〔シベリア〕へ送ってやるぞ。どういう意味かわからないだと？　忘れた？　もう忘れたのか」。研究所の職員たちも圧力をかけられ、脅迫されました。

私は、モスクワに手紙を書いたのです。

ベラルーシ科学アカデミーのプラトーノフ総裁に呼びだされました。

「ベラルーシの国民はいつかきみを思い出してくれるだろう。きみは、国民のために多くのことをしたからね。しかしだね、モスクワに手紙を書いたのはまずいよ。非常にまずいことをしてくれた。きみを解任しろといってきたよ。どうして書いたりしたんだね？　だれに向かって手をふりあげたのか、わかっているんだろう？」

私にあるのは、地図と数値。彼らにあるのはなにか？　精神病院に入れることもできるんだぞ、とおどしてきた。自動車事故にあうかもしれないぞ、気をつけな、といってきた。反ソ分子ということで、刑事事件を起こされるかもしれなかった。あるいは、研究所の帳簿からもれた一箱のくぎを理由にしてね。

刑事事件が起こされましたよ。

彼らは私を黙らせることができたのです。私は心筋梗塞でたおれましたから（沈黙）。

私はすべてを記録し、ファイルにしてあります。事実、事実のみを……。

村で少年少女たちの測定をしました。毎時一五〇〇、二〇〇〇、三〇〇〇、三〇〇〇マイクロレントゲン以上。この少女たち、この子たちは子どもは生めないでしょう。遺伝子にキズがついている。

トラクターが畑仕事をしている。私たちに同行している党の地区委員会の職員に聞いてみます。

「運転手は防毒マスクぐらいはつけているんだろうね」

「いいえ、防毒マスクなしで仕事をしています」

「なにかね、ここには防毒マスクが届いてないのかね」

「とんでもない、二〇〇〇年まで間に合うほど届いていますよ。しかし、われわれは支給していません。パニックが起きて、全員逃げだしてしまいますから」

「よくも、そんなことができますな」

「教授、あなただから批判がましいことをおっしゃれるんです。あなたは職場を追われても、別の仕事が見つけられます。私はどこに行けばいいのですか」

なんという権力だろう。ほかの人間に対する一人の人間の法外な権力です。これはもはやうそというものではない。無実の民との戦争です。

プリピャチ川に沿って車を走らせていたときのこと。テントが立ちならび、住民が家族連れでくつろいでいる。泳いだり、日光浴をしたり。すでに数週間も放射能の雲のしたで泳いだり日光浴をしていることを、彼らは知らない。住民とはぜったいに話をするなといわれていた。しかし、子どもの姿を目にしたときには、私は近づいて説明をはじめる。彼らはとまどう。「どうしてテレビやラジオはこのことをなにもいわないの」。私たちには、通常だれか地元の地区委員会の職員が同行することになっていた。そういう規定でした。同行者たちは黙っている。その顔から、彼が内心どんな感情と戦っているか、見て取れる。報告すべきか否か？　それにしても住民もかわいそうじゃないかと。この男だってふつうの人間なのです。しかし、私は知らない。私たちが帰ったとき、どの感情が勝つのだろう？　この男は報告するのだろうか、しないのだろうか？　各人が自分の選択をしたのです。（しばらく沈黙）

今日、私たちはこの真実をどうすればいいのだろう？　いま、この真実とともに、いかに行動すべきなのか？　もし、ふたたび爆発すれば、同じことがくり返されるだろう。この国は、いまもなおスターリンの国家です。スターリン時代の人間が住んでいるのです。

## 被災者と神官

ナターリヤ・アルセーニエブナ・ロスロワ
モギリョフ女性委員会「チェルノブイリの子どもたち」代表

人が朝早く起きる。そして、考えるのはその日のパンのこと。永遠についてじゃない。それなのに、あなたは人々に永遠について考えさせようとなさる。あらゆるヒューマニストがおかすあやまちです。

チェルノブイリとはいったいなんでしょう？

私たちはドイツ製の小型バスを持っています（私たちの基金に贈られたものです）。村につくと、子どもたちにとり囲まれる。「おじちゃん、おばちゃん、私たち、チェルノブイリ人よ。なにを持ってきてくれたの？　なにかちょうだい」。ちょうだい!!

これがチェルノブイリなんです。

汚染地に向かう途中、おばあさんに会います。刺繡のほどこされたスカートをはき、前かけをして小さな包みを背負っている。

「どこに行くの、おばあちゃん。お呼ばれ？」

「マルキ村に行くんだよ、私の家に」

あそこは一四〇キュリーなんですよ。おばあさんは二五キロほども歩かなくちゃなりません。一日かけて行き、一日かけてもどってくる。二年間塀にかけてあった三リットルびんを持ち帰るのです。しかし、彼女は自分の家でひとときをすごせる。

これがチェルノブイリなんです。

戦勝四〇周年を思い出すんです。あのとき、私たちのモギリョフではじめて花火が打ち上げられた。公式の祝賀行事が終わっても、人々はいつものように解散しませんでした。歌をうたいだしたのです。まったく思いがけず。私は、みんなに共通したあの感情を覚えています。四〇年後、みんなが戦争のことを話しはじめ、あの戦争がなんだったのか理解できたのです。それまでは、生きのび、再建にはげみ、子どもを生んできました。チェルノブイリもそうなんです。私たちはいつかチェルノブイリにもどってくるんです。そのときには、チェルノブイリがなんだったのかもっとはっきりし、チェルノブイリは聖地になり、なげきの壁になるでしょう。いまはまだ解き明かす公式がない。理念がないのです。

私の母は市の民間防衛部で働いていましたから、事故のことは早くから知っていた一人です。すべての計器が作動しました。各部屋に張りだされた通達にしたがってただちに住民に知らせ、防毒マスク、ガスマスクなどを支給しなくてはなりませんでした。職員が封蠟で封印された秘密倉庫を開けてみると、ひどい状態で役にたつものはなく、使えるものはひとつもありませんでした。学校の防毒マスクは戦前タイプで、サイズすら子ども用じゃなかったのです。計器はふりきれていましたが、だれもなにも理解できなかった。こんなことはかつてありませんでしたから。スイッチが切られただけです。母はいう。「戦争が起きたのなら、なにをすればいいかわかっていたのよ。通達があるもの。でも、こんどのはなに？」

わが国の民間防衛部をひきいているのはだれか？　退役将軍や大佐で、彼らの頭にある開戦はこうです。ラジオで政府の声明が読みあげられ、空襲警報、地雷、焼夷弾。時代が変わったなんて彼らは思ってもみない。心の切り替えが必要でした。そして切り替わったのです。いまでは私たちは知っている。祝日のテーブルを囲み、お茶を飲みながらおしゃべりをして笑っているとき、もう戦争は進んでいるんだということを。

民間防衛というのは、おとなのおじさんたちのゲームです。彼らはパレードと演習の責任を負っている。私たちは三日間仕事からはなされます。ひとことの説明もなく、軍事演習のために。このゲームは〈核戦争にそなえて〉という名前です。男性は兵士や消防士、女性は衛生協力隊員になります。つなぎの作業服、長靴、救急かばん、包帯、薬が支給される。もちろんですよ、ソビエト国民は敵をりっぱにお迎えしなくてはならない。秘密地図、疎開プランは封印された耐火金庫におさめられていました。警報が出たらこのプランにしたがって数分のうちに住民を立ちあがらせ、森や安全な場所に避難させなくてはならない。サイレンが鳴る。みなさん！　戦争です。

ところが、一週間前のことですが、町に警報が出されたのです。「みなさん！　こちらは民間防衛部です」。住民は恐怖におののきました。でも、べつの恐怖。アメリカ人はもう攻撃してこない、ドイツ人も。なにか起きたのか、あそこチェルノブイリで？　まさか、また？

一九八六年、私たちはなに者だったでしょう？　科学技術による終末説に見舞われたとき、私たちはどんな人間だったでしょう？　私や、私の仲間は？　私たち、地元のインテリには自分たちのサークルがありました。まわりのものすべてと距離をおき、自分たちの人生を生きていた。私たちの抗議の形です。私たちには自分たちのルールがあった。新聞『プラウダ』を読まないこと。でも、雑誌『アガニョーク』はまわし読みをしていました。ちょうど手綱がゆるみはじめたころで、私たちはそれを楽しんでいた。地下出版の本を読んでいました。ついにこんな田舎の私たちの手にも入り、ソルジェニーツィンやシャラーモフを読んでいたんです。おたがいの家を行ききし、台所でつきることなく語り合った。なにかに思い焦がれていた。なにに？　どこかに俳優や映画スターが住んでいる。ほら、私はカトリーヌ・ドヌーブよ。ばかばかしい長い服をきて、髪をアップにする。自由にあこがれていた。自由の形としての、あの、べつの世界、よその世界。しかし、これもゲーム。現実からの逃避です。仲間のだれかは挫折して酒飲みになり、また、入党して出世した人もいます。だれも信じてはいませんでした。あのクレムリンの壁に穴を開けることができるなんて。クレムリンの壁が崩れ落ちるなんて。どうせだめなんだもの、あそこでなにが起きようが知ったこっちゃないわ。私たちはここでくらすのよ、私たちの幻想の世界で。

チェルノブイリの事故が起きたとき、私たちの最初の反応もそんなものでした。私たちになんの関係があるっていうの？　当局があたふたすればいいのよ。チェルノブイリは連中の問題よ。遠くのことでした。私たちは地図を見ようともしなかった。無関心でした。私たちはもう真実なんていらなかった。ところが、牛乳びんに〈子ども用〉〈おとな用〉のラベルが貼られたとき、これは一大事とびっくりしたのです。そう、私は党員ではありませんが、それでもやはりソビエト人なんです。「どうして今年のラディッシュの葉っぱはばかでかいのかしら？　ビートの葉っぱみたい」と不安にかられても、その夜テレビをつけると「煽動に躍らされないでください」といっている。それですっかり疑いが消えてしまうのです。

私は化学繊維工場の技師でした。うちの工場にドイツの専門家グループがいました。新しい設備の調整をしていたのです。私は、よその国の人、ほかの民族がいかにふるまうかを知ったのです。事故を知ると、彼らはすぐに医者と線量計と食べ物の検査を要求した。彼らはドイツのラジオ放送を聞き、なにをすべきか知っていたのです。もちろん彼らはなにももらえなかった。すると、荷作りをはじめ、帰国の準備にとりかかったのです。ぼくらに航空券を買ってくれ。帰国させてくれ。あんた方がぼくらの安全を保証できないんだったら、ぼくらは帰る。彼らはストライキをし、ドイツ政府に電報を打った。妻や子ども(家族できていました)、そして自分の命を守るために闘っていた。で、私たちは？　私たちはどうふるまったか？　まあ、ドイツ人っていうのはこんな人間なのね、いつもアイロンがかかって糊がきいた服をきているけれど、ヒステリーなんだわ。臆病者よ。ボルシチやメンチカツの放射線を測っている。まあ、こっけいだこと。そこへいくとわが国の男たちはほんものの男よ。さすがロシア男児だわ。死にものぐるいで原子炉と闘っている。自分の命が惜しくてぶるぶる震えるもんですか！　素手や防水布のミトンをはめて、溶けた屋根にのぼっているんだわ(テレビで見ました)。私たちの子どもたちは旗を持ってデモ行進に行くのよ。退役軍人、年老いたつわものたちも。(考える)でも、これもやはり一種の無知なんです、自分の身に危険を感じないということは。私たちはいつも〈われわれ〉といい〈私〉とはいわなかった。〈われわれはソビエト的ヒロイズムを示そう〉、〈われわれはソビエト人の性格を示そう〉。全世界に！　でも、これは〈私〉よ！　〈私〉は死にたくない、〈私〉はこわい。チェルノブイリのあと、私たちは〈私〉を語ることを学びはじめたのです、自然に。

ボリュームを大にしてテレビをつける。生産向上競争で勝利をおさめた搾乳係に赤旗が手わたされている。でも、これはここのこと？　このモギリョフの近く？　セシウムのホットスポットのど真ん中にあることがわかった村でのこと？　村は、すぐにも移住させられそうだというのに。アナウンサーの声。「人々は困難にもめげず献身的に働いています」「勇気とヒロイズムの奇跡」。たとえノアの大洪水が起きようとも、革命的前進を！　そうなんです、私は党員ではありませんでしたが、やはり、ソビエト人なのです。「同士諸君、煽動に躍らされないでください！」とテレビが夜も昼もがなりたてると、疑いは消えていくのです。(沈黙)

コーヒーをもう一杯いかが。ひと休みして、考えを集中しなくちゃ。

　私たちはこれから、チェルノブイリを哲学として理解しなくてはなりません。有刺鉄線で分断されたふたつの国、ひとつは汚染地そのもの、もうひとつはそれ以外のすべての地域。汚染地を取り囲むくさりかけた杭には、十字架にかけるように白い飾り布がかけられている。住民がお墓参りをするようにここにくるのです。そこに葬られているのは彼らの家だけではない、全時代です。科学と、社会主義的平等思想を信じていた時代。偉大なる帝国は崩壊し、くずれ去った。まず、アフガニスタン、それからチェルノブイリ。帝国がばらばらになったあと、残ったのは私たちだけ。くちにするのは恐ろしいことですが、しかし、私たちはチェルノブイリを愛しているんです。私たちが生きる意味がまた見つかったのです。私たちの苦悩の意味が。戦争がそうだったように。世界中が私たちベラルーシ人のことを知ったのは、チェルノブイリのあとでした。これは、ヨーロッパへの窓だったんです。私たちはチェルノブイリの被災者であると同時にチェルノブイリの神官なのです。くちにするのも恐ろしいことです。

　汚染地で、私たちはたまに住民をみつけることがあります。でも、彼らが話すのはチェルノブイリのことではない、自分たちがだまされたということです。彼らを不安がらせているのは、自分たちはもらうべきものをぜんぶもらえるのだろうか、ほかの人はもっとたくさんもらうのではないかということ。ベラルーシの国民は、だまされているといつも感じているんです。偉大なる歴史のあらゆる時点において。一方ではニヒリズム、否定、もう一方では運命論。権力も信じなければ、学者も医者も信じないくせに、自分ではなにもしようとしない。無邪気で無頓着な国民。苦悩そのもののなかに、意味といいわけをみつけ、ほかのことはたいして重要じゃないかのようです。

農地沿いに〈高放射能〉の立て札が並んでいます。農地は耕されている。三〇キュリー、五〇キュリーなのに。トラクターの運転手はふきさらしの運転席にすわり、放射能のほこりをすいこんでいる（一〇年がすぎたというのに、いまだに気密運転室のついたトラクターがないのです）。一〇年がすぎたんですよ！　私たちっていったいなに者なんでしょう。汚染された土地に住み、畑を耕し、種をまき、子どもを生んでいる。じゃあ、私たちの苦悩の意味はなんなの。なんのためなの。なんのためにあんなに苦しい思いをしてきたの。いま私はこのことについてうんと議論を交わしています。友人たちと。なぜなら、汚染地というのはレムやキュリー、マイクロレントゲンのことじゃないからです。これは国民、ベラルーシの国民のことなのです。チェルノブイリは、この国の一度は死にかけた体制を〈救ってしまった〉のです。ふたたび非常事態、配給、携帯食料。「もし戦争さえなければ」と以前頭にたたきこまれたように、いままたなんでもチェルノブイリのせいにされる可能性がでてきたのです。「チェルノブイリさえなければ」と。私たちはすぐに憂いをおびた目をし、深く悲しむ。ちょうだい！　なにか分けるものを私たちにちょうだい！　チェルノブイリはえさがもらえる飼葉桶なんです。人々の不平不満をそらすための避雷針なんです。

チェルノブイリはすでにシンボルであり、比喩です。しかし、私の仕事でもあるのです。いうなれば、日常生活。私は車で走り、見るのです。ベラルーシの昔ながらの村がありました。ベラルーシの農家。トイレもお湯もないけれど、イコンがあり、木の井戸があり、刺繍のほどこされた白い飾り布があり、わら布団がある。心のこもった持てなしがある。こんな農家の一軒にたちよって水を飲ませてもらったとき、その家のおくさんは自分と同じくらい古い長持から白い飾り布をとりだして、私にさしだす。「わが家にいらした思い出にどうぞ」と。森があった。野原があった。共同体と自由の片鱗が残っていた。家のまわりの土地、屋敷、自分の雌牛。

彼らはチェルノブイリから〈ヨーロッパ〉——ヨーロッパ風の新しい町——に移住させられている。りっぱで快適な家を建てることはできても、彼らとへその緒でつながっているこの広大な世界をそっくりそのまま新しい場所に作ることはできない。人間の精神は巨大な一撃をくらうのです。伝統や何世紀にもわたる文化すべてがそこで途切れてしまう。車でこの新しい町に近づくと、町は地平線上に蜃気楼のように浮かびあがる。水色や青色に染まって。ヨーロッパ風のコテッジは農家の何倍も快適です。これは既成の未来です。しかし、パラシュートで未来におりることはできない……。住民は怠惰な人間に変えられてしまった。地べたに腰をおろし、飛行機やバスが援助物資を運んでくるのを待っている。

彼らは、可能性が与えられたことを喜ぶべきだったんです。地獄から抜けだせた。家ときれいな土地がある。血液にも遺伝子にもチェルノブイリが入りこんでいるわが子を救わなくちゃ、自由になるんだと、喜ぶべきだったんです。

私は援助物資を運ぶキャラバンをつれてまわります。外国人が、キリストのために、あるいはほかのなにかのためにわが国を訪れる。綿入れの上着をきて水たまりやぬかるみのなかに立っているのは私の種族。防水厚布の長靴をはいて。「なんにもいらない！　どうせぜんぶ盗られてしまうんだから！」。私は彼らの目のなかにこんなセリフを読みとる。でも、そのセリフのすぐ横には、外国製品のはいった箱をつかみとりたいという願望が見てとれる。私たちは自然保護区のように、どこにどんなおばあさんが住んでいるか知っています。そして、ひじょうに強いいやな欲求。もし私がこんなことをいったらどうでしょう。「ただいまから、みなさんにごらんにいれますものは、アフリカでも見ることはできません。世界じゅうどこにもございません。二〇〇キュリー、三〇〇キュリーでございます」

私は、おばあさんたち自身の変化にも気づいています。たいした〈映画スター〉になったおばあさんもいる。モノローグをすっかりものにして、ここぞという場面では涙を流すのです。外国人がはじめてきたときには、彼らはくちを閉ざし、泣いていただけ。いまでは話すことができるようになった。子どもたちにガムや、洋服がひと箱余分にころがりこむかもしれません。しかし、となり合わせにあるのは深い哲学であり、彼らがここで死や時代と自分たちなりに向かい合っているということです。彼らが自分の家や生まれた村の墓地をすてないのは、ドイツのチョコレートやガムが欲しいからではないのです。

帰途。私は「ほんとうに美しい大地だわ」と指さす。日はひくく傾き、森や草原を照らしている。私たちはお別れです。「そうですね」とドイツ人グループのロシア語を話せる人が答える。「美しいが、毒された土地です」。彼の手には線量計。この夕焼けを貴重に思うのは私だけだということを理解するのです。これは私の大地ですもの。

# 子どもたちの合唱

＊私は入院していたの。とても痛かったから、ママに頼んだの。「ママ、がまんできない。殺してくれたほうがいいわ」

＊まっ黒い雲。ひどい雨でした。水たまりが黄色になった、緑のもあった。絵の具をこぼしたようでした。おばあちゃんがひざまずいてお祈りを唱えていた。「お祈りをするんだよ！　この世の終わりなんだからね。私らの罪に対して、神さまが罰をくだされたんだよ」。兄は八歳で、私は六歳でした。私たちは、自分たちの罪を思い出してみた。兄は、キイチゴのジャムのびんを割ったこと。私は、母にないしょにしてたことがあったの。新しい洋服を塀にひっかけて破っちゃったこと。タンスにかくしていたんです。

母は、しょっちゅう黒い服をきて黒いスカーフをしている。私たちの通りでは、いつもだれかのお葬式があるのです。音楽が聞こえてくると、私はいそいで家にもどり、お祈りをします。「われらが父よ！」を唱え、母と父のためにお祈りをします。

＊兵士がネコを追いかけていたのを覚えているんだ。ネコのうえで線量計が動いていた。機関銃のように、ガリガリ、ガリガリと。ネコのあとを男の子と女の子が走っていた。この子たちのネコなんだ。男の子は黙っていたけど、女の子はさけんでいた。「わたすもんですか！」。走りながら、さけんでいた。「ネコちゃん、早く、逃げて、逃げて！」。兵士は大きなビニール袋を持っていた。

＊ぼくは家に置いてきたんです。ぼくのハムスターを閉じこめてきた。白いの。二日分のエサを置いてやった。でも、ぼくらは永久にもどれない。

＊私たち子どもは、輸送列車にぎゅうぎゅうづめにされ、レニングラード州につれていかれました。私は一〇歳でした。小さな子たちはわんわん泣き、きたなくなっていた。ある駅で、私たちが列車から飛びおりてビュッフェに走っていったら、ほかの人はもうだれもなかに入れないんです。「チェルノブイリの子どもたちがここでアイスクリームを食べていますから」って。ビュッフェの人がだれかに電話をかけていた。「あの子たちがでていったら、クロル石灰で床を洗ってコップを煮沸消毒します」。私たち、聞こえていたんです。

お医者さんたちが出迎えてくれた。ガスマスクをつけて、ゴム手袋をはめていました。

私たちは洋服を取りあげられた。封筒も鉛筆もボールペンもなにもかも。セロファンの袋に入れ、森に埋められてしまったんです。

＊あたしは、ぜったいに死なないんだと思ってたわ。でも、いまは死ぬんだってわかってるの。いっしょに入院していた男の子がいたの。あたしに小鳥や家の絵を描いてくれた。死んじゃったの。死ぬのはこわくないわ。なが－く眠っていて、ぜったいに目が覚めないのよね。

＊私たちの家にお別れをするとき、おばあちゃんは、お父さんに物置からキビの袋を運びだしてもらって、庭一面にまいた。「神さまの鳥たちに」って。ふるいに卵を集め、中庭にあけた。「うちのネコとイヌに」。サーロも切ってやった。おばあちゃんのぜんぶの袋からタネをふるいおとした。ニンジン、カボチャ、キュウリ、タマネギ、いろんな花のタネ。おばあちゃんは菜園にまいた。「大地で育っておくれ」。そのあと家に向かっておじぎをした。納屋にもおじぎをした。一本一本のリンゴの木のまわりをぐるりとまわって、木におじぎをした。

＊ぼくたちは春がくるのを待っていました。ほんとうにまたカミツレが生えてくるんだろ

うか？　前のように？　ここじゃみんながいっていたんだ、世界は変わっているんだって。ラジオでも、テレビでもいっていた。カミツレは変わってしまうんだ。でも、なんに変わるんだろう？

ぼくは小さかった。八歳だったんです。

春になった。いつもの春のように、木の芽から葉っぱが顔をだした。緑色。リンゴの花が咲きはじめた。白色。ウワミズザクラが香りだした。カミツレの花が咲いた。みんな前と同じだった。ぼくらは川で釣りをしている人のところへ走っていった。コイには前とおなじように頭やしっぽがあるだろうか？　カワカマスには？　ムクドリの巣箱を調べてみた。ホシムクドリが飛んできてるだろうか？　ひなが生まれるんだろうか？

＊ぼく、聞こえちゃったんだ。おとながひそひそ話していた。おばあちゃんが泣いていた。ぼくが生まれた年には(一九八六年)ぼくらの村では男の子も、女の子もひとりも生まれなかったんだって。ぼくひとりだけ。お医者さんは、ぼくを生んじゃいけないっていったんだよ。ママは病院から逃げだして、おばあちゃんのところにかくれた。だから、ぼくはおばあちゃんの家で生まれたんです。ぜんぶ立ち聞きしちゃった。

ぼくには弟も妹もいない。とっても欲しいよ。

おばさんは作家なんでしょ？　おしえてください、ぼくがいなかったかもしれないって、どういうことですか？　そしたら、ぼくはどこにいるんですか？　空の高いところ？　ほかの惑星？

＊私たちの町に絵画展がやってきました。チェルノブイリの絵です。森を走っている子馬の絵、足だらけ、八本も一〇本もあるんです。頭が三つある子牛。かごのなかにすわっている毛のないプラスチックのようなウサギ。人々は宇宙服をきて野原を歩いている。木々は教会よりも高くのび、花は木のよう。私は最後まで見てまわることができませんでした。こんな絵があったから。男の子が両手をのばしている、タンポポだか、お日さまだかに向かって。この子の鼻は……ゾウの鼻。泣き出したくなっちゃった、さけびたくなりました。「私たち、こんな絵画展なんていらない。持ってこないで。そうでなくったって、まわりでは死の話、突然変異の話ばかりなんだもの。もうけっこうよ！」。初日には絵画展に人がいましたが、そのあとはだれもいませんでした。モスクワやペテルブルクではおおぜいの人が押しかけたと、新聞に書いてありました。ここでは会場はからっぽでした。

＊ぼくらの町からスズメがいなくなった。事故のあと最初の年に。あちこちにころがっていました、庭にも、アスファルトのうえにも。スズメはかき集められ、落ち葉といっしょにコンテナで運ばれた。その年は、落ち葉を燃やすのは禁止されていました、放射能がく

っついていたから。葉っぱは埋められたんです。

二年後にスズメがあらわれた。ぼくらはうれしくて、大声をだしあった。「きのう、スズメを見たよ。もどってきたんだよ」

コガネムシは姿を消してしまった。いまもここにはいません。もしかしたら、ぼくらの先生がいうように、コガネムシが帰ってくるのは、一〇〇年先か、一〇〇〇年先かもしれない。ぼくは、もう見られないんです。

＊一年後、私たちは全員疎開させられ、村は埋められてしまいました。私のパパは運転手で、そこに行ってきて話してくれました。まず、大きな穴が掘られる。深さ五メートル。消防士がやってくる。放射能のちりが舞いあがらないように、屋根のてっぺんから家の土台までホースで家を洗う。窓、屋根、敷居、ぜんぶ洗うんです。そのあと、クレーンで家をひきはがし、穴に入れる。人形や、本、びんがころがっている。シャベルカーでかき集める。砂と粘土でおおい、平らにならす。村のあったところに原っぱができる。そこにライ麦がまかれた。そのしたには、私たちの家があるんです。学校も、村役場も。私の植物標本も。切手帳も二冊。取りにいきたかったわ。私は自転車も持っていたんです。

＊クラスの女の子たちは、私が血液のがんだと知ってから、私といっしょにすわるのをこ

わがってるわ。ふれるのも。

パパがチェルノブイリで働いていたから、私が病気になったんだとお医者さんがいった。

私は、そのあとで生まれたのに。

私はパパが好き。

＊兵隊さんたちが木や家や屋根を洗っていた。コルホーズの雌牛も。私、思ったの。森の動物はとってもかわいそう。だれにも洗ってもらえないんだもの。みんな死んじゃうわ。森も、洗ってもらえない。森も死んじゃうわ。

＊夜中に父をつれにきたんです。ぼくは、父が準備をしているのに気づかなかった。眠っていたから。朝、母が泣いているのを見た。「パパはチェルノブイリに行っちゃったわ」
ぼくたちは父を待っていました、戦争からもどってくるのを待つように。

一年後、父は発病しました。

ぼくたちは病院の庭を歩いていた。二回目の手術のあとのことです。そのときはじめて、父がチェルノブイリのことを話してくれたんです。

父たちは原子炉の近くで作業しました。静かで平和で、美しかったと思い出していた。でも、そのときにはなにかが起きていたんです。庭には花が咲いている。でもだれのために？　人々は村を去ってしまった。車でプリピャチの町を通りぬけると、ベランダには洗濯ものがさがり、鉢植えの花。木立のしたに郵便配達の自転車がとめてある。防水布のカバンには新聞や手紙がぎっしり入ったまま。そのうえに鳥の巣。ぼくはそれが見えたんです、映画を見るように。

最後に病院からもどったときのこと。「もし、生きていられたら、化学も物理ももういいよ。パパは工場を辞める。なりたいのは牧童だけだよ」

ぼくは母と二人になってしまった。ぼくは工科大学には行きません。母は、父が勉強した大学に入って欲しいと思っていますが。

＊ぼくには弟がいます。弟は〈チェルノブイリ〉ごっこが好きです。核シェルターを作り、原子炉に砂をかけている。あれが起きたとき、弟はまだ生まれていませんでした。

＊ぼくは毎晩飛びまわる。明るい光のなかを飛ぶんです。これは現実でも、あの世でもない。これは現実でもあり、あの世でもあり、もうひとつの世界でもある。夢のなかではわかっているんです。ぼくはその世界に入ることができ、ちょっとそこにいることができるんだと。それとも、そこに残ることができるのだろうか？　ぼくの舌はよくまわらないし、呼吸は乱れている。でも、あそこじゃだれとも話さなくてすむんです。子どものとき、よ

く似たことがあった。ぼくはだれかといっしょにいたくてたまらないのに、だれもみつからないんです。光だけ。光にふれることができそうな、そんな感じなんです。ぼくはなんて巨大なんだ！　ぼくは、みんなといる。でも、もう孤立しているんです、ひとりきり。

　この夢はなんどもぼくのところにもどってきた。ほかのことがなにも考えられなくなる、そんなときが訪れつつあるんです。この夢のことだけ。とつぜん窓が開き、予期せぬ突風。これはなに？　どこから？　どこへ？　ぼくと、だれかとの間につながりができそう……交流。なんだってこの灰色の病院の壁は、ぼくのじゃまをするんだ。ぼくはまだなんて弱いんだ。ぼくは頭で光をさえぎる。見るのにじゃまなんだ。ぼくはひたすら背伸びをした。見ようとしたんだ。もっと高いところが見えはじめた。

　そしたら、母がやってきた。昨日、母は病室にイコンをかけた。あのかたすみでなにかつぶやきながら、ひざまずいている。みんななにもいわない。教授も、医者も、看護婦も。ぼくが気づいていないと思っている。もうすぐ死ぬということを感づいていないと思っているんです。みんなは知らない。ぼくが、毎晩、飛ぶ練習をしているのを。

　だれがいったんでしたっけ、飛ぶのは簡単だって？

　七年生のときに、ぼくは死がなんであるかを知りました。ガルシア＝ロルカの『さけびの暗い根源』を読んでわかったんです。飛ぶ練習をはじめました。このゲームは好きじゃないけれど、しかたないでしょ？

ともだちがいました。アンドレイ。彼は二回手術をして家に帰された。半年後には三回目の手術が待っていた。アンドレイは自分のベルトで首を吊って死んだ。だれもいない教室で。みんなが体育の授業に行っているすきに。走ったり、跳んだりすることは医者に禁じられていたんです。

ユーリャ、カーチャ、ワヂム、オクサーナ、オレグ。こんどはアンドレイ。アンドレイはいった。「ぼくらは死んだら、科学になるんだ」。カーチャは思った。「私たちは死んだら、忘れられちゃうのよ」。ユーリャは泣いた。「私たち、死ぬのね」。いまでは、空はぼくにとって生きたものです。空を見あげると、そこにみんながいるから。

# 孤独な人間の声

ワレンチナ・チモフェエブナ・パナセビッチ
事故処理作業者の妻

私、ついこの間までとっても幸せでした。どうしてですって？　忘れました。それはぜんぶべつの人生に残したまま。わかりません。どうやってまた生きることができたのか、生きたくなったのか、わかりません。ほら、笑っている、おしゃべりしている。ほんとうに沈みこんでいました。麻痺してたみたいだった。だれかと話したかった。でも、人間じゃないだれかと。よく教会に行ったわ、とっても静かで、山のなかのようにシーンとしているの。そこでは自分の人生を忘れることができます。でも、朝、目が覚めると片手でさがすんです。夫はどこ？　夫の枕、夫のにおい。見慣れない小さな鳥が窓辺で小鈴をならし、起こしてくれる。こんな音や声を以前は聞いたことがなかった。夫はどこ？　とてもぜんぶはお話しできない、すべてを話すなんて無理だわ。どうして私が生きていられるのか、わからない。夜、娘がそばにくる。「ママ、宿題もう終わっちゃった」。そのとき私は思い出すんです。子どもがいるんだわ。でも、夫はいったいどこ？　「ママ、ボタンが取れちゃった。つけて」。どうして彼のあとを追いかけていけて？　逢いに。目を閉じて、眠りに落ちるまで彼のことを考えます。夢のなかに彼はでてくる。ちらりと、あっという間。すぐに消えてしまう。足音さえ聞こえる。彼はどこに消えていくの？　どこにいるの？　夫はほんとうに死にたくなんかなかったのよ。窓の外をひたすら見ていたわ。空を。私は彼の背中のしたにクッションをひとついれてあげた、それからもうひとつ、またひとつ。高くなるように。彼は長い間苦しんで死んでいった。丸一年。私たちは別れられなかったんです。(長い沈黙)

いえ、いえ、ご心配なさらないで。もう涙はでません。話したいんです。私は、ほかの人のようになにも覚えていないと自分にいえないんです。私の友だちは自分にそういいきかせていますけれど。私たちの夫は同じ年に死にました。いっしょにチェルノブイリに行ったのです。友だちはもう再婚するつもり。いえ、いえ、非難しているんじゃないの。これは人生ですもの。生きのびなくちゃ。彼女には子どもがいるんだもの。でも、私は奇妙な考えにとりつかれ、苦しめられているんです。これは私が考えたんじゃなく、どこかで読んだような気がするのですが。私が見たのは、ほかの人がまだ見たことのないもの。なにか恐ろしいものが私たちの前に最初にあらわれたんだと。

夫がチェルノブイリにでかけたのは、私の誕生日でした。お客さんはまだテーブルについたままで、彼はみんなにおわびをいった。キスをしてくれた。車は窓のしたで待っていた。一九八六年一〇月一九日。私の誕生日……。夫は組立工で、ソ連じゅうをまわり、私は夫を待つ。何年もそんなふうにくらしていました。私と彼は恋人同士のようにくらしていたんです。別れては、また、会って。だから、そのとき、恐怖にとらわれたのは、私たちの母親だけ。彼のママと私のママ。私と彼は恐ろしいなんて思いもしなかった。いまになって考えるんです。なぜだったのかしら？　彼がどこに行くのか、知ってたはずなのに。おとなりの男の子に一〇年生の物理の教科書を借りればよかった、ページをめくってみればよかった。彼はあそこで帽子をかぶっていなかった。一年たってから、彼の仲間はみんな髪の毛がすっかり抜け落ちてしまったけど、彼は反対に濃くなりました。その仲間はもうだれもいない。夫の班は七人でした、みんな死んでしまった。若いのに……。ひとり、またひとりと……。最初の人が死んだのは三年がすぎたときでした。偶然だとみんな考えたんです。運命なんだと。それから、二人め、三人め、四人め。今度はみんな待つようになった、いつ自分の番がくるかと。こんなふうにして彼らは生きていたんです！

私の夫は最後に死にました。高所作業組立工。夫たちは、移住させられた村の電気を切って歩いたんです。電柱にのぼり、からっぽの家や通りをまわり、ずっと高い所にいた。上の方に。夫は身長が二メートル近くもあって体重は九〇キロ、だれがこんな男を殺せて？　私たちは長い間こわいと思わなかったんです。（突然ほほえむ）

ああ、私、ほんとうに幸せだったの！　夫が帰ってきた。家のなかはお祭りです。彼が帰ってくるときは、いつもお祭り気分。私のネグリジェはとても長くてきれいなの。それを着るんです。高価な下着が好き。私の下着はどれも上等、でも、このネグリジェは特別。

とっておき。私たちの最初の日々、夜のための。私は彼のからだのすみずみまで知ってた、からだじゅうにキスしてた。夢もよくみたわ、私が彼のからだの一部だという夢、私たち、おたがいの一部なんです。彼がとても恋しい、彼がいないと生理的につらいんです。彼とはなれているときには少しの間方向感覚を失ってしまう。自分がどこにいるのか、どの通りにいるのか、何時なのか。

彼は首のリンパ節を腫らして帰ってきました。唇にふれたのでわかったんです。そんなに大きくはなかったけれど、聞いてみた。「お医者さんにみてもらう?」「治るさ」と私を安心させる。「あそこはどうだったの、チェルノブイリは?」「いつも通りの仕事だよ」。強がりもなし、パニックもなし。ひとつのことを聞きだしました。「あそこもここと同じ」ということ。夫たちは食堂で食事をとったのですが、一階の兵卒たちにはめん類や缶詰、二階のおえら方や将校たちには果物や赤ワイン、ミネラルウォーターがだされた。清潔なテーブルクロスがかけられ、ひとりひとりが線量計を持っていた。なのに夫たちの班には、全体に一台の線量計も与えられなかったんです。

ああ、私、ほんとうに幸せだったの。私と彼は海に行ったんです。覚えているわ、海ってとても広い、空のように。そこらじゅう海なの。友だちもご主人と行ったんだけど、思い出していうの。「海はきたないわ。コレラに感染するんじゃないかとずっとびくびくしていたわ」。そういうことが新聞に出てました。でも、私は覚えているんです。はっきりと。ずーっと海なの、空みたいに、もうまっ青。そして、となりに彼。

私は恋するために生まれたんです。高校のとき、女の子たちは夢を抱いてた。大学に入りたいっていう子もいたし、コムソモールの建設現場に行きたいっていう子もいた。でも、私は結婚したかった。ナターシャ・ロストワ〔『戦争と平和』のヒロイン〕のような大恋愛、恋することだけを夢みていました。でも、こんなことはだれにも話せなかった。覚えていらっしゃいますよね、当時はコムソモールの建設現場だけを夢みるように命じられていたんです。そう教えこまれていた。シベリアの奥深いタイガ〔針葉樹から成る大森林〕を突き進み、うたっていたんです。覚えておられますか。「タイガの霧、タイガの香りのかなたに」という歌。最初の年に私は大学に入れなかった、点数不足で。それで、電話局に就職して、そこで彼とであいました。彼と結婚したいと思ったのは私のほう、だから彼に頼んだの。「私と結婚して。大好きなの!!」。すっかり彼に夢中でした。それはもうハンサムなんですもの。天にものぼる気持ち。私から彼に頼んだの「結婚してちょうだい」って。〔静かにほほえむ〕

時々、考えこんでは自分の慰めをいろいろさがすんです。もしかしたら、死ぬことは終わりではなく、ほんのちょっと姿が変わっただけで、夫はどこか別の世界にいるのかもしれない。私は図書館で働き、たくさんの本を読み、いろんな人に会います。私は死について話したい、理解したい。慰めになるものが欲しいのです。新聞や本を読んで知ろうとする。もし死について上演されていれば、劇場にいく。彼がいないと生理的につらいのです。ひとりではいられない……。

夫は医者に行くのをいやがりました。「なにも感じないんだ。痛くないんだよ」。でも、リンパ節はもう卵ほどの大きさになっていました。むりやり車に乗せて、病院につれていった。腫瘍学専門医にまわされた。ひとりの医者が診て、別の医者を呼ぶ。「ここにまたひとりチェルノブイリの被災者だよ」。もう彼らは夫を帰してくれなかった。一週間後に手術を受けました。甲状腺ぜんぶと喉頭を取ったんです。何本かのチューブがその代わり。そう……(黙り込む)そうなんです。いまになってわかる。それでもまだ幸せな時だったんです。ああ！ 私はなんてばかなことをしていたのかしら、お店を走りまわって、お医者さんへのプレゼントを買ったんです。箱入りのチョコレート、輸入もののリキュール。付き添い婦さんたちには板チョコ。彼らは受けとった。夫は私を笑っていました。「いいかい、彼らは神さまじゃないんだ。ここでは化学療法も、放射線療法もみんなにゆきわたっている。チョコレートをわたさなくても、やってもらえるんだよ」。それなのに、私は町はずれまで〈小鳥のミルク〉というケーキやフランス製の香水を買いに走ったんです。そういうものは、当時はコネでしか手に入りませんでした、こっそりと。

退院する前に、そうなんです、私たち家に帰れるの！ 特別製の注入器がわたされ、使い方を教わりました。この注入器で彼に食事をさせなくちゃならなかった。すっかり覚えたわ。一日に四回新鮮なものをなにか煮る。新鮮でなくちゃだめなの、それを挽肉器にかけて、さらにうらごし器でつぶし、注入器に入れます。それをチューブのひとつ、一番大きなのに突き刺す、そのチューブは胃につながっているんです。でも彼はにおいを感じなくなっていた、わからなくなっていたわ。「おいしい?」ときいても、わからないんです。

それでも私たちは何回か大急ぎで映画に行きました。そこでキスをした。風前のともしびのような命。でも、ふたたび命をつかむことができたような気がしたのです。チェルノブイリのことは話さないよう、思い出さないようにしていた。禁断のテーマです。電話には彼を出しません、さえぎりました。彼の仲間はつぎつぎと亡くなっていた。禁断のテーマです。

ある朝、彼を起こして、部屋着をわたそうとした。でも、彼は起きあがることができなかった。話すことも。話せなくなったんです。両目が大きく見開かれて。彼は愕然としていた。そう……(ふたたび黙り込む)それからまだ一年ありました。その間彼はずっと苦しんで死んでいった。日に日に悪くなりました。しかも、仲間が死んでいってることを、彼は知っていたの。だって、私たちそういう事実とともに生きていたんですもの。いつもそのことを考えながら。そんなふうにして生きることは耐えがたいことです、だってね、これがいったいなんなのか、だれも知ってはいないんですもの。チェルノブイリだといわれたり、書かれたり。けれども、だれも知らないんです、これがなんなのか。なにか恐ろしいことが最初に私たちに起きたのです。私たちのところではいまではすべてがほかとちがう、生まれるのも、死ぬのも、ほかのみんなとはちがうんです。

チェルノブイリから帰って、どんなふうに死んでいくか、おたずねになるんですか？　私の愛した人、わが子であっても、これ以上には愛せないというほど愛した人は、みるみるうちに変わっていった。怪物に……。リンパ節は切除されたからなかった。血行障害もあらわれ、鼻は三倍くらいに腫れあがり、ずれちゃったみたいでした。目も、なんだかちがう、べつべつの方向にそっぽを向き、みなれない光があらわれていた。別人のような表情、だれか知らない人が、そこからじっと見ているようでした。それから、片目がまったく開かなくなった。私が恐れていたことはなにか？　ただ、彼が自分の姿に気づきませんように、そんな姿を知らないですみますように、ということ。

けれども、彼は身振り手振りで頼みはじめたんです。鏡を持ってきておくれ。私は忘れたふりをしたり、聞こえなかったふりをして台所ににげ込んだり、なにかほかのことを思いついたり。二日間そうやってごまかした。三日目に小さなノートに大きな文字で書いて見せるんです、感嘆符を三個もつけて。「鏡をくれ!!!」。ノートやペン、鉛筆が置いてあったんです。私たちはそれで会話をしていましたから。彼はもうささやくような声ですら話せなかった、ほんの小さな声さえも出せなかったんです。まったくしゃべれませんでした。私は台所にすっとんでいき、お鍋をがちゃがちゃいわせる……読まなかったわ、わからなかったわ。彼はまた書く。「鏡をくれ!!!」。鏡を持っていきました、一番小さいのを。鏡を見ると、彼は頭を抱えこんでころがっている、ベッドのうえで。そばに行って、なぐさめる。「ねえ、あなた、少しよくなったら、二人いっしょにどこか遠くの村に行きましょう。もし、あなたが町に住むのがいやだったら家を買ってそこでくらしましょうよ。町には人が多すぎるわ。私たちだけでくらしましょう」。私は、彼にうそはつかなかった。彼とだったら、どこへでも行くわ、彼がいてくれさえすればいいんです、姿は問題じゃない。彼がいる、それだけでいいの。うそはつきませんでした。

私は、とても遠くをのぞき見てしまったんです。たぶん、死の向こう側を。（中断）

二人が知りあったとき、私が一六で彼は七つ年上。二年間デートをしました。〈ぼくのおチビちゃん〉と呼んでくれた。

誕生日のことでした。また私の誕生日。ふしぎなことですが、私のいちばん大事なことが起きるのはこの日なんです。こんなことのあとでは運命を信じないわけにはいきません。私は時計のしたに立っていた。デートの約束は五時なのに彼はこない。六時、私はしょんぼりとして泣きながらバス停にとぼとぼと向かう。道路をわたっているときふと感じてふりむくと、彼が私を追いかけて走っている。信号が赤なのに。作業服をきて、長靴をはいて。職場から早めに抜けだせなかったのです。彼の家に行き、彼は着替えをすませて、私の誕生祝いをレストランですることにしたのです。でもレストランに入れませんでした。

もう夜でしたから、席がなかったのです。ほかの人のようにドアボーイに五ルーブルか一〇ルーブル握らせることは、彼も、私もできませんでした。彼は全身に喜びをあらわしていう。「よし、店でシャンペンとケーキを買って公園に行こう。そこでお祝いだ」。満天の星のしたで。こんな人でした。ゴーリキー公園のベンチに私たちは朝まですわっていました。私の人生であんなにすてきな誕生日はあのときだけ。そのとき「結婚してちょうだい、大好きなの」っていったんです。彼は笑いだした。「きみはまだ子どもじゃないか」。でもつぎの日、私たちは戸籍登録所に結婚の申請書をだしました。

私、ほんとうに幸せだったわ！　だれかが空から注意してくれても、やはり同じ人生を歩むでしょうね。結婚式の日、彼の身分証明書がみつからなくて私たちは家じゅうひっくり返してさがしました。戸籍登録所でなにかの紙に登録してもらったのです。「娘や、これは悪いしるしだよ」。ママはそういって泣いた。あとで身分証明書はでてきた、屋根裏の古いズボンのなかから。愛！　それは愛なんてものじゃありません、ずーっと恋してたんです。朝、鏡の前で私がどんなふうに踊っていたか。だって、私はきれいで、若くて、彼に愛されている。いまでは、彼といっしょにいたときの自分の顔を忘れてしまいそう。鏡のなかに、その顔が見えません。

こんなこと、お話ししてもよろしいかしら？　秘密なんです。私、いまでもわからないんです、そんなことがあったってことが。私たち二人の最後の月まで。彼は、夜、私を呼んだ。彼にはその気があったんです。前よりも強く愛してくれた。昼間、彼を見ながら信じられませんでした、夜あったことが。私たち、はなればなれになりたくなかったんです。私は彼を愛撫した、撫でてあげた。そのとき、私はいちばん楽しかったことを思い出していました。幸せだったことを……。カムチャッカから彼がひげ面で帰ってきたこと。公園のベンチですごした私の誕生日のこと。「結婚してちょうだい」といったこと。話さなくちゃだめかしら？　いいのかしら？　私、自分から彼のところに行ったんです、男の人が女の人のもとに行くように。私になにがしてあげられて、薬のほかに？　どんな希望をあげられて？

彼はほんとうに死にたくなかったんです。ただ私はママにだけはなにも話さなかった。私の気持ち、わかってくれなかったと思うんです。ママは私を責める。ののしるの。これはふつうのガンじゃないんだよ、ふつうのガンだってみんなこわがるのに。チェルノブイリのガンなんだよ。もっと恐ろしいんだよって。

お医者さんたちが説明してくれました。体の内部に転移していたら、あっという間に死んでいただろうと。表面に転移して広がっていたんです。からだじゅう、顔じゅうに……なんだか黒いものがたくさんできました。あごはどこかにいっちゃったし、首もなくなり、舌はそとに飛びでていた。血管が破れ、出血がはじまった。「まあ！　また血よ」私はさけぶ。首からも、ほほからも、耳からも……あらゆる方向に。冷たいお水を持ってきて冷やしてあげても、なんにもならない。なにか恐ろしいものなんです。枕はぐっしょり。洗面器を受ける、お風呂から持ってきて。洗面器にあたって音がする。しぼった牛乳が桶にあたる、そんな音。のどかな田舎の音。いまでも夜になるとその音が聞こえるんです。

意識がある間は、彼は手をたたいていました。「呼んでくれ、救急車を呼んでくれ」というふたりだけの合図。彼は死にたくなかったんです。四五歳ですもの。救急センターに電話をかけても、私たちのことはもう知っていて、くるのをいやがる。「お宅のご主人にしてあげられることはなにもありません」。せめて注射だけでも！　麻酔薬を。私が注射をしてあげる、やりかたを覚えたんです。でも注射液はひふのしたで青あざになり散りません。ある日、電話が通じて救急車がきてくれた。若い医者でした。夫のそばに行ったとたん、すぐにあとずさりした。「失礼ですが、ご主人は、もしかしたら、チェルノブイリ、あそこに行ってこられた方では？」「そうですわ」。医者はさけんだわ、誇張していっているんじゃないのよ。「かわいそうなおくさん、早く終わるといいですね、一刻も早く！ぼくは、チェルノブイリにいった人がどんなふうに死んでいくか、見たんですよ」。私の夫は、意識があってこれを聞いていたんです。それにしても、班の仲間で残っているのは彼だけ、このことを夫が知らなかった、気づいていなかったのは幸いでした。

またあるとき、病院から看護婦が派遣されてきました。彼女は廊下に立ったままで、部屋に入らない。「ああ！　私できない！」。じゃあ、私はできるの？　私はなんでもできるわ。なにを思いつけばいいか？　救いはどこか？　夫はさけんでいる。痛がっている。一日じゅうさけんでいる。当時、私は解決法をみつけていました。ウォッカを一本、注入器で彼に注ぎこむんです。彼は眠りこむ。意識を失う。自分で思いついたんじゃありません、ほかの女の人たちがこっそり教えてくれた。同じような境遇の。彼の母親はやってきてはいう。「どうしてチェルノブイリに行かせたのよ？　よくもそんなことができたわね」。あのとき、行かせちゃいけないなんて、私の頭に浮かびもしなかった。きっと彼だって、行かなくてもいいんだなんて考えもしなかったと思う。戦時中のような、べつの時代だったんです。いつだったか、彼に聞いたことがあります。「あそこに行ったこと、いま後悔していない？」。頭をふる。していない。彼はノートに書く。「ぼくが死んだら、車とスペアタイヤを売ること。トーリクとは結婚するなよ」。トーリクは彼の弟で、わたしのことが好きだったんです。

秘密があるんです。私は彼のそばにすわっている。彼は眠っている。彼はとてもきれいな髪をしているの。私は手にとって、一房、そーっと切りとった。彼は目を開けて、私の手にしているものを見ると、ほほえんだ。わたしのもとに残ったのは、彼の時計、軍人手帳、そしてチェルノブイリのメダル。

(沈黙のあとで)ほんとうに幸せだったわ！　覚えているの。産院にいたとき、昼間、窓のそばにすわって、彼を待ちながら外を見てた。私になにが起きるのか、いつなのか、ぜんぜんわかっていなかった。彼さえ見てればよかったんです。いくら見ても見飽きなかった。いつか終わりがくることを予感してたような気がする。朝、食事をテーブルに並べて、私は見とれている、彼が食べている。彼がひげを剃っている、彼が通りを歩いている。私は司書です。けれども、仕事を愛するなんて、そんなことがどうしてできるのか理解できない。私が愛していたのは彼だけ。ひとりだけ。だから、私、彼がいなくちゃだめなんです。夜になると泣きさけぶ。子どもたちに聞こえないように、枕に顔をうずめて。

彼のいない家、私たちがはなればなれになるなんてことは一瞬たりとも想像したことはありません。私のママ、彼の弟、ふたりは私にいう、それとなく。ミンスクの近くに特別病院があって、もう助からない人たちがそこで亡くなったんですって。アフガニスタンから帰ってきた兵隊さん……両手両足を失った……。お医者さんがそこへ行くようにすすめている、書類を書いてくれるっていうの。いまではチェルノブイリの被災者がそこに運びこまれているんですって。私を説得しようとする。そこに行った方が彼のためにいいんだよ。お医者さんがいつもそばにいるんだからと。いやよ、私はそんな話は聞くのもいや。するとふたりは夫を説き伏せてしまった。夫までもが私に懇願しはじめた。「そこへつれていってくれ、悩まないでくれ」って。彼はノートぜんぶに書きなぐり、私に約束させた。私が彼をそこに入れることを。わたしは彼の弟と車ででかけました。村はずれ、グレビョンカという村のはずれに大きな木造の家が立っていた。井戸はくずれ落ち、トイレは戸外。

黒い服をきた老人たち。敬虔そうな。車から動きたくなかった。立ちあがれませんでした。夜、彼にキスをする。「あなた、こんなこと、よく私に頼めたわね。ぜったいにつれていかないわ、ぜったいに!!」。私は彼の全身にキスをしました。

とっても恐ろしかったんです、最後の一週間は。半リットルの小びんのなかに三〇分かけておしっこをさせた。視線をあげない。恥ずかしがっているんです。「ねえ、そんなこと思わないで」。彼にキスをする。最後の日には、こんな一瞬がありました。彼は両目をあけ、すわって、ほほえむと、私の名前を呼んだのです。「ワリューシュカ!」

死ぬときはひとり。人はひとりで死んでいきます。職場から電話があった。「表彰状をお届けします」。夫にいう。「あなたの仲間がくるといってるわ、表彰状を手わたしたいんですって」。頭をふっている、いやなんです。けれども、彼らはやってきた。なにがしかのお金と、レーニンの写真がついた赤い表紙の表彰状を持って。私は受けとって考える。「いったいなんのために夫は死にそうになっているの? チェルノブイリだけじゃなくて、共産主義も爆発してしまったと、新聞に書かれてる。それなのに赤い表紙の写真はそのまま……」。みんなは夫に励ましのことばをかけようとしたけれど、夫は毛布をかぶってしまい髪の毛だけがはみ出ていた。ちょっと立っていて、帰ってしまった。彼はもう人間をこわがっていたんです。こわがっていないのは私だけでした。

葬式のとき、私は二枚のハンカチで彼の顔をかくしました。見せて欲しいという人があればハンカチをとった。ひとりの女性が卒倒しました。かつて、彼女は私の夫を愛していて、彼がこの女性を愛しているんじゃないかと、嫉妬したこともあった。「お別れに見せて」「どうぞ」。遺体を清めるのも、洋服を着せるのも身内の者はしません。私たちスラブの風習です。遺体安置所から二人の看護人がつれてこられた。彼らはウォッカを飲みたいといった。「おれたちはなんでも見てきた。大けがをしたのも、傷だらけのも、火事で死んだ子どもの死体も。だが、こんなのははじめてだ。チェルノブイリの被災者はいちばんひどい死に方をするよ」(沈黙)。彼は死んでしまった、そして熱いまま横たわっていた。軽くふれることもできなかったんです。私は家の時計を止めました。午前七時。そのまま私たちの時計は今日現在も止まったまま。職人が呼ばれた、でもお手上げでした。「こりゃあ機械工学でも物理学でもどうにもならん、魔訶不思議なことですな」

彼がいなくなって、最初の数日。二日間眠った、目を覚ますことができませんでした。よく起きあがっては、お水を少しのみ、食事もせず、また、枕の上にたおれこみました。よくもあんなに眠れたものだと、いまさらながらふしぎな気持ち。説明できません。友だちのご主人は死を前にして、彼女に食器を投げつけていた。どうしておまえはそんなに若くて、美しいんだ？　私の夫は、ひたすら私を見つめていた。彼はふたりのノートに書いた。「ぼくが死んだら、遺体は火葬にしてくれ、きみはこわがらないでくれ」。なぜ、彼はそう決心したのか？　ほら、いろんなうわさが広まっていましたから。チェルノブイリで死んだ人間は、死んでからも〈光っている〉と。私も読んだことがあります。モスクワの病院で亡くなったチェルノブイリの消防士さんたちのお墓、モスクワ郊外のミチノにあるそのお墓をみんなは避けて通るんですって、身内の遺体もそばに埋葬しないんですって。死んだ人が死んだ人をこわがるんです、生きてる人はなおさらですよね。だってだれも知らないんですもの、チェルノブイリっていったいなんなのか。漠然とした不安と、憶測ばかりで。

彼はチェルノブイリから白い作業服を持ち帰っていました。あそこでそれをきて仕事をしていたんです。ズボンと作業着。彼が死ぬまで、家の吊戸棚に置かれたままでした。あとでママは決心した。「あの子の持ち物はぜんぶすててしまわなくちゃ」。ママは恐ろしかったんです。私は夫のその服でさえ大切にしていた。罪ですよね、子どもがいるっていうのに。娘と息子。私たちは郊外に持っていって埋めてしまった。たくさんの本を読み、本に囲まれたくらし。けれど、本はなにも説明してくれない。

小さな骨壺が運ばれてきました。こわくないわ、手でちょっとさわってみた。なんだか小さな、海岸の砂の上の貝殻のようなもの、それが大腿骨でした。それまでは、彼の遺品にふれても無感情でした。でも、そのときは突然抱きしめてしまったんです。覚えているわ、夜、私は彼のそばにすわっていた。遺体のそばに。すると、とつぜん煙みたいなものが……。二度目は、火葬場で見ました。彼のうえにこのもやもやとしたものを。彼の魂……。彼の魂はだれにも見えなかった。でも、私には見えたんです。もう一度、夫に会えたような、そんな気持ち。

　プロポーズされたんです。夫の弟に。うりふたつなんです。でも、ほかの人が私にふれたら、私は泣いてばかりでしょう。

　私から夫を奪ったのはだれなんですか？　なんの権利で？　召集令状が持ってこられたのは一九八六年一〇月一九日のこと。戦争の召集令状のようでした。

（私たちはお茶を飲んでいる。私は家族の写真や結婚式の写真を見ている。暇乞いをしようとすると、彼女は私をひきとめる）

　これから先、私、どんなふうに生きればいいのかしら？　あなたにまだぜんぶは話してません、おしまいまでは。幸せだったんです。とても。私の名前はいりませんよね。祈りはひそかに唱えるものです。ささやくように、心のなかで（沈黙）いいえ、名前をだしてください。神さまに名前をいってください。私は理解したい。なぜ私たちに苦しみが与えられるのか、理解したいのです。なんのための苦しみなんでしょう？　最初、すべてが終わったら、私の表情には、なにか暗いものがあらわれるだろうという気がしていました、他人のような。なにが私を救ってくれたのか？　生きようという気にさせてくれたのか？　この世に引きもどしてくれたのか？　息子……。私にはもうひとり息子がいるんです。私と夫の息子。息子は長いこと病んでいます。大きくなったんだけれど、子どもの目で世の中をながめている。五歳の男の子の目で。私はこの子といっしょにいたいの。ノビンキに少しでも近い家と交換しようと思っています。ノビンキに精神病院があるから。息子はそこにいるんです。医者に宣告されました。息子が生きていくためには、そこに入ってなくちゃだめだと。私は休みのたびに行きます。息子は出迎えてくれる。「ミーシャパパはどこにいるの？　いつきてくれるの？」と。ほかにだれが、私にこんなことを聞いてくれます？　私と息子はいっしょに待ちます。私は、自分のチェルノブイリの祈りを小さな声で唱えながら。息子は、世の中を子どもの目でながめながら。

# 事故に関する歴史的情報

まず最初に、ベラルーシを覆っている未知という名のベールを取り払わねばならない。私たちの国は、世界からみれば「terra incognita」——名もない未知の大地なのだ。チェルノブイリのことはみなが知っているが、それはウクライナとロシアのことだけである。「白いロシア」——私たちの国の名前は、英語ではそんなふうにしか聞こえないのである。

『民族新聞』一九九六年四月二七日

ベラルーシの領土には原子力発電所は一基もない。旧ソ連邦にある稼動中の原発で、ベラルーシの国境に地理的にもっとも近いＲＢＭＫ型原子炉（チェルノブイリ型、黒鉛チャンネル炉）を持つ原発は、北にイグナリーナ原発、東にスモレンスク原発、南にチェルノブイリ原発である。

一九八六年四月二六日午前一時二三分五八秒、爆発が起こり、チェルノブイリ原発第四号炉の原子炉と建屋が崩壊した。チェルノブイリの事故は科学技術がもたらした二〇世紀最大の惨事となった。

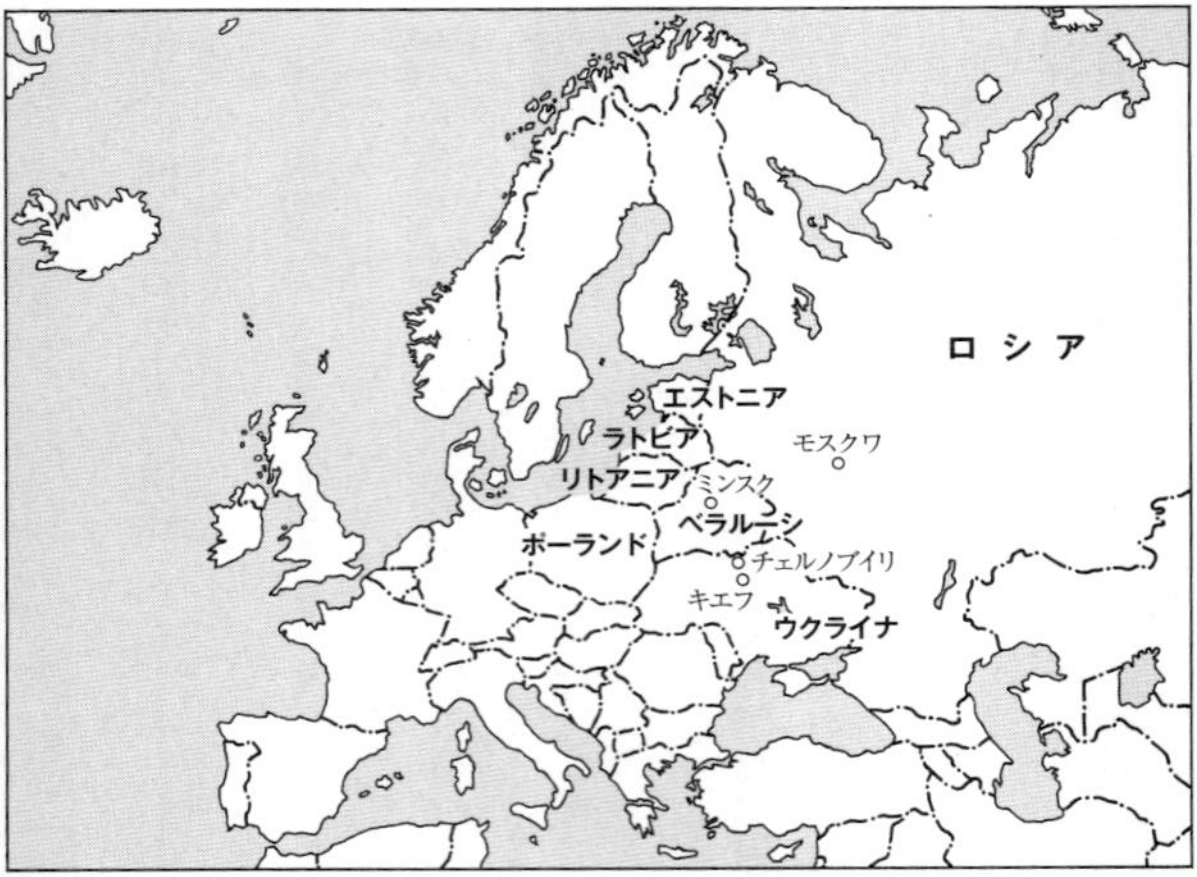


人口一〇〇〇万人の小国ベラルーシにとって事故は国民的な惨禍となった。大祖国戦争〔一九四一―四五〕のとき、ファシストのドイツはベラルーシの六一九の村を住民とともに焼き払った。チェルノブイリのあと、わが国は四八五の村や町を失ってしまった。そのうち七〇の村や町は永久に土のなかに埋められた。戦争ではベラルーシ人の四人に一人が死んだが、今日ではわが国の五人に一人が汚染された地域に住んでいる。その数は二一〇万人で、そのうち七〇万人が子どもである。

人口が減っている第一の要因は放射線の影響である。チェルノブイリ事故の被害がもっとも大きかったゴメリ州とモギリョフ州では、死亡率が出生率を二〇パーセント上回っている。

事故の結果、大気中に五〇〇〇万キュリーの放射性核種が放出されたが、その七〇パーセントはベラルーシに降ってきた。国土の二三パーセントは、セシウム一三七による汚染が一平方キロメートルあたり一キュリー以上の汚染地となった。ちなみに、ウクライナでは国土の四・八パーセント、ロシアでは〇・五パーセントである。また、一平方キロメートルあたり一キュリー以上に汚染された耕地・山林は一八〇万ヘクタール以上、約五〇万ヘクタールはストロンチウム九〇による汚染が一平方キロメートルあたり〇・三キュリー以上である。失われた農業用地は二六万四〇〇〇ヘクタール。ベラルーシは森の国である。しかし森の二六パーセントと、プリピャチ川、ドニエプル川、ソシ川の冠水牧草地の大半が放射能に汚染されてしまった。

長期にわたる低線量放射線の影響の結果、わが国では、がん疾患、知的障害、神経・精神障害、遺伝的突然変異を持つ患者の数が毎年増加しつつある。

『チェルノブイリ』集、ベラルーシ百科事典社、一九九六年
七、二四、四九、一〇一、一四九ページ

観測データによれば、一九八六年四月二九日にポーランド、ドイツ、オーストリア、ルーマニアで大気中の高い放射線値が記録されている。四月三〇日にスイスとイタリア北部で、五月一日から二日にかけてフランス、ベルギー、オランダ、イギリス、ギリシア北部、

五月三日にイスラエル、クウェート、トルコで記録されている。

大気中高く放出されたガスと揮発性物質は全世界に広がってしまった。五月二日に日本、五月四日に中国、五日にインド、五日と六日にはアメリカ合衆国とカナダで記録されている。

チェルノブイリが全地球的問題になるのに一週間もかからなかったのである。


『ベラルーシにおけるチェルノブイリ事故の影響』

ミンスク、サハロフ国際放射線エコロジー大学

「石棺」と呼ばれる四号炉の鉛と鉄筋コンクリートの内部には、二〇トンほどの核燃料が残ったままになっている。今日そこでなにが起きているのか、だれも知らない。

石棺は急ピッチで作られ、その構造はユニークで、おそらく、サンクトペテルブルクの専門技師は誇りにしていいのだろう。しかし、石棺の組み立ては「遠隔操作」で行われ、パネルの接合にはロボットとヘリコプターが用いられたので、隙間ができてしまった。今日、いくつかのデータによれば隙間と亀裂の総面積は二〇〇平方メートル以上になり、そこから放射性アエロゾルが噴き出しつづけている。

石棺は崩壊するのだろうか？　この問いにもだれも答えることができない。いまだにほとんどの接合部分や建物に近づくことができず、あとどれくらいもつのか知ることができ

ない。しかし、石棺が崩壊すれば一九八六年以上に恐ろしい結果になることはだれの目にも明らかである。

雑誌『アガニョーク』一七号、一九九六年四月

# エピローグに代えて

「キエフ旅行社はチェルノブイリ市と死に絶えた村へのご旅行をおすすめします。もちろん代金をいただきます。核のメッカへようこそ」

『ナバート』紙、一九九六年二月

# 訳者あとがき

『チェルノブイリの祈り』とはじめてであったのは一九九六年四月三〇日。名古屋にある「チェルノブイリ救援・中部」が企画したスタディーツアーに参加して、ウクライナから帰ったばかりのボーッとした頭で留守中の郵便物の整理をしていたときのこと。大きな分厚い封筒が届いていた。創価大学の小川政邦先生が、ロシアの新聞からチェルノブイリ関係の記事をコピーして送ってくださっていた。そのなかに「私とっても幸せだったの」という文字だけが大きな太い活字で組まれ、異彩を放っている記事があった。一九九六年四月一三日の『イズベスチヤ』紙に一部発表された、その「チェルノブイリの祈り・事故処理作業者の妻の告白」を一読したが、すぐには書いてあることが信じられず二回読み返し、「これはたいへんなものがでてきた」と落ちつかない気持ちになった。全文は『諸民族の友好』誌九六年一〇月号に掲載予定とのことだった。不勉強なことに著者スベトラーナ・アレクシエービッチの名前を聞くのははじめてだった。

それまでのチェルノブイリと私とのかかわりはほんのささやかなもので、一九九一年にウクライナの汚染地に住む文通ともだちを得て、一年に二、三通のペースで手紙のやりとりをしていた。また、九二年には、市民エネルギー研究所の故松岡信夫氏のもとで数人のロシア語仲間とともにチェルノブイリ関係の資料を読んでいた。当時松岡氏はチェルノブイリ一〇周年にむけて綿密な一〇年史の作成を計画しておられ、私たちは松岡氏が集められた膨大なロシア語の資料の整理を、微力ながら手伝うはずだった。「普通の人のことばのなかに真実があるんですよ」と、原発問題に素人の私たちがあれやこれや資料を選ぶのを楽しそうにごらんになっていた。原発関係のことばは、日本語もロシア語も松岡氏のもとで勉強させていただいた。「一〇年史を頼みます」との病床にあられた松岡氏のことばに、「はい」とその場かぎりの返事をしてしまったことを、亡くなられたあともずっと悔いていた。チェルノブイリは、いつも私の心のどこかに引っかかっていた。

『イズベスチヤ』を読んで一〇日後、出張先のハバロフスクで知り合いのロシア人にその記事を見せた。スベトラーナ・アレクシエービッチについてなんでもいいから知りたかった。大学の講師をしていた彼女はいった。「とてもすばらしい作家よ。『戦争は女の顔をしていない』を読んだけれどいい本だわ。戦争に行った女たちの証言を集めた本で、いままでだれも書かなかったことを彼女は書いたの、女の目から見た戦争の話をね」。アレクシエービッチについての詳細な情報は得られなかったが、私にとって未知のこの作家が、いまどんな本を書こうとしているのか、かなり明確なイメージがつかめ、翻訳したいという気持ちがふつふつと湧いてきた。

アレクシエービッチの『亜鉛の少年たち』が日本で出ている(『アフガン帰還兵の証言』三浦みどり訳、一九九五年、日本経済新聞社)ことを知ったのはもっとあとで、訳者三浦みどりさんのご好意でアレクシエービッチと連絡がとれ、九六年一一月、アレクシエービッチから『チェルノブイリの祈り』の原稿が送られてきた。「普通の人のことば」がぎっしり詰まった重たい包みだった。全文が発表されたのは月刊誌『諸民族の友好』九七年一月号。

日本ではほとんど知られていないこの作家の作品とその歩みを簡単に紹介したいと思う。スベトラーナ・アレクシエービッチは一九四八年五月三一日、ウクライナのイワノ・フランコフスク生まれ。父はベラルーシ人、母はウクライナ人。軍隊に勤務していた父の除隊後、一家は父の故郷のベラルーシの片田舎に移り、両親は村の教師となる。六七年ミンスクの国立ベラルーシ大学ジャーナリズム学部に入学。卒業後は地区新聞の特派員をしながら学校でも教えていた。その後、ミンスクの新聞社や、ベラルーシ作家同盟機関誌『ネマン』の特派員をへて同誌のルポルタージュ・社会評論部部長となる。

彼女の進むべき道を決定したのは、ベラルーシの有名な作家、アレーシ・アダモービッチ(一九二七—九四)との出会いだった。ベラルーシ文学や、現代ロシア文学にはなかったドキュメンタリーというジャンルをてがけたアレーシ・アダモービッチを、アレクシエービッチは自分の師と呼んでいる。「真実をとらえること、これこそ私がやりたかったことなんです」と、のちにインタビューのなかで語っている。「この新しいジャンル、つまり人々の声、証言、告白、心の記録というジャンルを、私はすぐに自分のものにしました。私の内にあったものすべてが生かせることがわかったのです。作家であると同時に、ジャーナリスト、社会学者、精神分析家、伝道者であらねばなりませんでしたから」

一九八三年に『戦争は女の顔をしていない』が書かれたが、平和主義だの、ソビエト女性の英雄的イメージを崩すものだのと非難をあび、本は二年間出版社に眠ったままで刊行されなかった。第一作目の、生まれ故郷をすてた人々のモノローグ集『私は村をはなれた』を書いたとき、アレクシエービッチには反ソ的、反体制的ジャーナリストというレッテルが貼られ、当時のベラルーシ中央委員会政治宣伝部の指示で、印刷所でできあがっていた組版が解かれるというできごとがあった。しかし、時代は移り変わりゴルバチョフが登場、ペレストロイカが始まった。八五年、『戦争は女の顔をしていない』はモスクワとミンスクでほぼ同時に出版され、現在までに二〇〇万部を重ねている。タガンカ劇場は戦勝四〇周年を祝って『戦争は女の顔をしていない』を上演、またオムスク国立劇場はこの芝居を上演し、国家賞を受けている。この芝居はソ連全土で何十もの劇場で上演された。この作品の映画化にはアレクシエービッチも加わり、ソ連邦国家賞、ライプチヒ・国際ドキュメンタリー映画祭の「銀の鳩」賞を受賞。

同じく八五年、時がくるのをこれまた一年間も待っていた『最後の生き証人たち』が出た。ここには子どもたちの目で見た戦争が語られている。

八九年、ソ連国民に一〇年間もかくされていたアフガン戦争の帰還兵や戦死者の母親の証言がつづられた『亜鉛の少年たち』が出ると、ソビエト社会は騒然とし、軍や共産党の新聞はこぞってアレクシエービッチを攻撃しはじめた。また戦争の英雄神話に泥を塗ったとして、彼女を許しがたく思う人々も大勢いた。九二年、アレクシエービッチと著書『亜鉛の少年たち』に対して政治裁判が起こされたが、民主団体や海外の著名な知識人が彼女の弁護に立ち上がり、裁判は一時中止となった。この作品も映画化、舞台化されている。

九三年、『死に魅せられた人々』が書かれた。社会主義思想、社会主義大陸が消失したことが耐えられず自ら命を絶った人、絶とうとした人々の記録である。新しい国、新しい世界、新しい歴史を受けいれる力を自分のなかに見出せなかった人々の告白である。この本は、アレクシエービッチ自身がシナリオを書き、モスクワで映画化された。

九七年、本書『チェルノブイリの祈り』が発表された。この本は、現在までにモスクワ、スウェーデン、ドイツ、フランスで刊行され、ロシアの「大勝利」賞、ライプチヒの「一九九八年ヨーロッパ相互理解」賞、第二回ドイツ「最優秀政治書籍」賞を受賞。当初ベラルーシでも出される予定だったが、出版計画は突如取り消され、いまのところ本が出る予定はなさそうだ。〝独裁者〟ルカシェンコ大統領は、「ベラルーシにはチェルノブイリの問題は存在しない、放射能にさらされた土地は正常で、ジャガイモを植えることができる」と宣言したという。ソ連邦崩壊後、独立国となり、軍事社会主義、独裁政治が復活しつつある今日のベラルーシにおいては、毅然として真実を追究するアレクシエービッチとその本は、権力者に「愛されている」とはいいがたい。

「文学における勇気と威厳」をたたえて九六年、スウェーデン・ペンクラブ賞がアレクシエービッチに贈られた。

最近のロシアの新聞によれば、アレクシエービッチは次の作品を執筆中とのこと。著者独自のこのジャンルにはこれからさらに磨きがかけられ、ジャンルの新たな可能性が求めつづけられるものと信じている。

なお、『チェルノブイリの祈り』の語り手の年齢については、語り手自身がモノローグのなかでのべている箇所もあるが、そのほかは特に記されていない。

未熟者ゆえ翻訳の過程でたくさんの方のお力を借りました。お名前は挙げませんが、心からお礼を申し上げます。ありがとうございました。

一九九八年一一月

松本妙子

# 岩波現代文庫版訳者あとがき

チェルノブイリ原発で事故が起きたのは一九八六年四月二六日、いまから二五年まえのことである。現在のベラルーシという国は、当時「白ロシア共和国」と呼ばれ、ソ連邦を構成する一五の共和国のひとつであり、作家スベトラーナ・アレクシエービッチは首都ミンスクに住んでいた。

『チェルノブイリの祈り』は、事故から一〇年を経た一九九六年、雑誌『諸民族の友好』に発表され、アレクシエービッチは、人間がまだだれも経験したことのない未知の、謎としてのチェルノブイリを全世界に向けて突きつけた。

「なぜもっと早くこの本を書かなかったのか」という読者の問にたいして、アレクシエービッチは、事故後まもなく取材のために汚染地に入ったことを明かしている。

「実は、一〇年前に書きたいと思ったのです。書こうとしました。何度も汚染地に足を運び、科学者や軍人に会い、自分の目で見、いろいろ話を聞きました。しかし、わたしは、事故をきちんととらえ、事故の意味を探るための理念も方法も持ち合わせていませんでした。いまわたしが本を書いても、事故の緊急レポートにすぎず、本質はすっぽり抜け落ちてしまうであろうことを、すぐに悟ったのです。のちにそのような本や映画が何百も書かれたり撮られたりしましたが、わたしは自分の無力さを感じ、いったん身を引きました」。

その後アレクシエービッチは長い年月をかけて「自分の頭でじっくりものを考えている」人々をさがしてはインタビューし、彼らが体験したこと、見たこと、考えたこと、感じたことを詳細に聞きだした。取材した相手は子どもからお年寄りまで、職業もさまざまで、三〇〇人にのぼるという。この人々のことばを借りて「いったいなにが起きたのか」を解き明かそうとしているのだが、それは「映画でも見たことがなく、本でも読んだことがない」ことであり、「だれからも聞いたことがない」ことであり、さらに「私たち人間の五感がまったく役に立たない」ことであった。

アレクシエービッチが試みたのは恐ろしい話を集めることではなく、事実のなかから新しい世界観、新しい視点を引き出すことだった。つまり、別の視点からチェルノブイリをとらえるのである。どの話にも、語り手の心の揺れが見えかくれする。「あなたにもう一度会うかどうかわかりません」、「この本が書かれないほうがいいんじゃないかという気がする」、「思い出してみたいような、みたくないような」、「わからない、記憶していたほうがいいのか、忘れてしまったほうがいいのか」、「わたしの名前はいりませんよね」など。

アレクシエービッチはこうもいう。

「わたしはチェルノブイリの本を書かずにはいられませんでした。ベラルーシはほかの世界の中に浮かぶチェルノブイリの孤島です。チェルノブイリは第三次世界大戦なのです。しかし、わたしたちはそれが始まったことに気づきさえしませんでした。この戦争がどう展開し、人間や人間の本質になにが起き、国家が人間に対していかに恥知らずな振る舞いをするか、こんなことを知ったのはわたしたちが最初なのです。国家というものは自分の問題や政府を守ることだけに専念し、人間は歴史のなかに消えていくのです。革命や第二次世界大戦の中に一人ひとりの人間が消えてしまったように。だからこそ、個々の人間の記憶を残すことがたいせつなのです」。

二〇一一年四月、それでもわたしたちに春はめぐってきた。いつもの春ではない。三月一一日午後二時四六分までふつうに暮らしていた多くの命、ありふれた日常、連続する生活の流れが、太平洋に面した東北地方を襲った地震と津波と、それに続く福島原発の事故によって奪われてしまった。放射能はいまもなお漏れつづけ、大地が、大気が、水が、海が、汚染されている。

『チェルノブイリの祈り――未来の物語』から一五年後、いま新たな「未来の物語」が日本を舞台にして繰り広げられようとしている。

わたしたちはチェルノブイリからなにを学んできたのだろう。そして、いまカタカナで書かれることになった「フクシマ」から、次の世代のためになにを学ぼうとしているのだろう。人間が他者を思いやる心を信じたい、人類の良心と叡智が信じるに値するものであってほしいと、心から強く願う。

この本では、いわゆるウ濁と呼ばれる「ヴ」の表記をいっさい用いなかった。「イヴァン」ではなく「イワン」というように、読みやすいロシア人の名をめざした。作者名も原語の音により近い「スヴェトラーナ・アレクシエーヴィチ」ではなく「スベトラーナ・アレクシエービッチ」と表記した。

二〇一一年四月

松本妙子

# 解　説

広河隆一

本書は私にとって、大げさに聞こえるかもしれないが、人生の中で出会ったもっとも大切な書物のひとつである。しかしこの推薦の言葉を書くことで、私は困難な時間を過ごした。この本が抱えている世界は、私が書物というものに対して理解しているものをはるかに圧倒して超えてしまっているからだ。

この本がもつ力の秘密を知りたいと考えたときに、一方ではチェルノブイリ事故にたいする深い理解と、それが歴史の中で何を変えたのかを洞察する能力を求められるのかもしれないと考えてもみた。しかし日本に住む私たちはすでに「フクシマ」を経験しつつある。それなのにまだチェルノブイリ事故について求める答えが見つからない。私は、堂々巡りをしながら「なぜアレクシエービッチにとってこの本を書くことが可能になったのか」を考えなければならなかった。

たとえばこの本を読んで、登場人物たちの言葉を反芻しながら、次のような自問もしてみた。この人々が経験したことを言葉で語れるようになるまでには、どれほどの「時間の経過」が必要だったのだろうか。それをこのような文章にするためには、アレクシエービッチにはどのような「精神」が必要だったのだろうか。

チェルノブイリ事故や戦争など大惨事はすべて、おぞましいもの、言葉で記録したくないもの、理解不能なものをはらむ。それらの記憶を言葉で浄化し、伝えることができるようになるまでには、どれくらいの月日がかかるのだろうか。言い換えれば、大惨事の持つ固有の深い意味が理解され、それが記録に残されるまでには、どれくらいの月日が必要とされるのだろうか。

どれほど愛していた人間であっても、その体は死から日がたつうちに腐乱していく。高濃度の放射能に襲われた体は、生きているうちから、体を崩壊させていく。

まぶたに数十年刻み付けたその人の笑顔の上に、最後に別れを告げるときに見る腐乱した姿を重ねることなどしたくない。しかしそうした理不尽な別れを突き付けてくる大惨事がある。福島原発事故では、原発から七キロ圏の行方不明者の捜索を取材したが、それは津波から一か月余りも後のことだった。この死者たちが津波の後、どれくらい生きながらえて、人々による救出を待ち、その人々が来ない理由が原発事故であるなどとは考えも及ばないまま、死に絶えていったのかもしれないと私は思い、自分の死と最期の姿を重ね合わせてみた。時には命を一瞬で奪うよりもむごい死があると思わざるを得なかった。しかしこの本で登場人物たちが語るのは、そうした平板なことではない。

私には、なぜ人々がこれほど愛に満ちた態度で、人に接することができるのか、信じられない。本書を読んだ後、私がこれまでに経験した身近な何人かの人々の死に対して、自分がとってきた態度が、なぜこれほど矮小な姿に見えるのか。

死による別れを受け止めなければならない時に、人間が本能的に選ぶのは、自分と相手が残したい思い出だけを切り取って残し、その他を記憶から拭い去ることだろう。忘れることが必要なことがあるはずだ。無残な死は視覚だけでなく、においでも記憶に残る。こうした死を言葉で記述したり、伝えようとしても、相手には拒絶反応しか残らないはずではないか。

ヒロシマやナガサキを経験した人はそうしたものを見たはずだ。そして空襲を見た人も。アウシュビッツのガス室の処理をした人も、沖縄戦を経験した人も、南京虐殺を見た人も……。そうした時に画家の丸木位里・丸木俊夫妻のように、惨禍のさなかに焼かれゆく人間を描く人がいる。

私は今、一九八二年にレバノンのパレスチナ難民キャンプ虐殺事件の現場で見たことを思い起こしている。二〇〇〇人が殺され一〇〇〇人は今も行方不明だ。老人から子どもまで、殺戮され、路上に放置され、時間の経過とともに腐敗していく様子を私は見た。それを「首が切断され、おなかが切り裂かれ、胎児が取り出されていた」という言葉で表しても、肝心な、大切なものは伝わらないのだ。その「大切なもの」が何を意味するのか、私にはいまだにわかっていないが、アレクシエービッチの本は、おぼろげながらそれが何か教えてくれるような気がする。

登場人物、特に消防夫の妻リュドミーラはそれが何か知っている。彼女は、夫の体がぼろぼろに剝離《はくり》していくさなかでも、尊厳ある人間の姿を伝えているのだ。それがリュドミーラの愛のありかたであり、アレクシエービッチの仕事は、最も過酷な形で崩壊させられていく人間の姿を、生命の尊厳で書き留めていくことだったのだ。それは決して覆い隠すことで守られる尊厳ではなく、言葉の極限まで語りつくしていきながら、守られていく尊厳だった。

放射能はもっとも悲惨な形で人間を死に向かわせる。驚いたことにこの過程で、リュドミーラの話す言葉、アレクシエービッチの書き記した言葉は光を放つ。もっとも非人間的な時間の描写で見えてくるのが、驚くべきことに人間の尊厳なのだ。リュドミーラは放射能による夫の体の崩壊を伝えたくてアレクシエービッチに話したのではない。自分がどれほど彼を愛していたか伝えたくて話したのだ。

いや愛の力だけではこのような言葉は生まれない。リュドミーラの姿勢は、人間に力を与える。ある意味では聖書よりも仏典よりも深い勇気を人間に与える。そのような奇跡のような仕事を、リュドミーラとアレクシエービッチの二人は、語る人とそれを書き留める人という関係でなしえたのだ。

リュドミーラの力だけではないことは、私にはわかる。なぜなら私自身も昔彼女に会って話を聞いたことがあるからだ。しかし私が書き留めた言葉は、アレクシエービッチのそれとはまったく違っていた。私の記録には、輝きの片鱗も見られない。事実の羅列にすぎない。アレクシエービッチだからなしえたことがあったのだ。

しかもアレクシエービッチのこの本は、ドキュメンタリー文学の最高の傑作ともいえる力で驚くべき世界を伝えている。言葉とはこうしたことをなしとげるために存在しているのか、と思うばかりだ。

その力を私自身も渇望している。戦争で、核災害の現場で、撮影する写真に求められるものも、それに似た力を必要としているのだろう。砲弾で叩き潰された体、放射能で焼けただれていく体、腐臭、そうした記憶が、言葉や写真の形で、尊厳ある伝え方をされるためには、どれほどの心のたたかいが必要なのだろうか。それともそれはその人に備わった資質と呼ばれるものなのだろうか。

私にとっては、難民キャンプの虐殺事件で切り刻まれたり、爆撃で切断された子どもの頭は、長く残像として脳裏に残り、自分が立ち直るためには忘れることが必要だった。その人がいくら大切な愛しい時間を持っていたのだと自分に言い聞かせても、私の中では、その死に光はもたらされず、浄化された言葉は生まれなかった。

しかしアレクシエービッチの本には、個人個人の生死が尊厳をまとって語られるだけでなく、実は世界が、歴史が語られている。それはなみたいていな仕事ではない。惨劇の生々しい姿を隠し、描写をやめて、抽象化した世界だけを述べれば、それは可能かもしれない。しかしそれではその惨禍を語ったことにはならない。アレクシエービッチにとっては、その肝心な惨劇そのものの姿を避けないで、生と死を伝えることが必要だったのだ。その深みの中から、世界と歴史が姿を現したのだ。だからこそ、言葉のもつ力、輝き、そして悲しみが彼女の作品にほとばしるように息づいていったのだ。

彼女はこの本の中で次のように述べる。

「以前何冊か本を書きましたが、私は他人の苦悩をじっとながめるだけでした。今度は私自身もみなと同じく目撃者です。私のくらしは事故の一部なのです。私はここに住んでいる。チェルノブイリの大地、ほとんど世界に知られることのなかった小国ベラルーシに。ここはもう大地じゃない。チェルノブイリの実験室だといまいわれているこの国に。ベラルーシ人はチェルノブイリ人になった。チェルノブイリは私たちの住みかになり、私たち国民の運命になったのです」。

「ここでは過去の経験はまったく役に立たない。チェルノブイリ後、私たちが住んでいるのは別の世界です。前の世界はなくなりました。でも人はこのことを考えたがらない。このことについて一度も深く考えてみたことがないからです。不意打ちを食らったのです」。

「……チェルノブイリのことは忘れたがっています。最初はチェルノブイリに勝つことができると思われていた。ところが、それが無意味な試みだとわかると、くちを閉ざしてしまったのです。自分たちが知らないもの、人類が知らないものから身を守るのはむずかしい。チェルノブイリは、私たちをひとつの時代から別の時代へと移してしまったのです」。

私たちはいつか、フクシマでリュドミーラとアレクシエービッチを生み出すだろうか。

(フォトジャーナリスト・DAYS JAPAN編集長)

本書は一九九八年一二月、岩波書店より刊行された。

チェルノブイリの祈り——未来の物語
スベトラーナ・アレクシエービッチ

2011年6月16日　第1刷発行
2015年12月15日　第7刷発行

訳　者　松本妙子《まつもとたえこ》

発行者　岡本　厚

発行所　株式会社　岩波書店
〒101-8002 東京都千代田区一ツ橋 2-5-5

案内 03-5210-4000　販売部 03-5210-4111
現代文庫編集部 03-5210-4136
http://www.iwanami.co.jp/

印刷・精興社　製本・中永製本

ISBN 978-4-00-603225-8　Printed in Japan

# 岩波現代文庫の発足に際して

新しい世紀が目前に迫っている。しかし二〇世紀は、戦争、貧困、差別と抑圧、民族間の憎悪等に対して本質的な解決策を見いだすことができなかったばかりか、文明の名による自然破壊は人類の存続を脅かすまでに拡大した。一方、第二次大戦後より半世紀余の間、ひたすら追い求めてきた物質的豊かさが必ずしも真の幸福に直結せず、むしろ社会のありかたを歪め、人間精神の荒廃をもたらすという逆説を、われわれは人類史上はじめて痛切に体験した。

それゆえ先人たちが第二次世界大戦後の諸問題といかに取り組み、思考し、解決を模索したかの軌跡を読みとくことは、今日の緊急の課題であるにとどまらず、将来にわたって必須の知的営為となるはずである。幸いわれわれの前には、この時代の様ざまな葛藤から生まれた、人文、社会、自然諸科学をはじめ、文学作品、ヒューマン・ドキュメントにいたる広範な分野のすぐれた成果の蓄積が存在する。

岩波現代文庫は、これらの学問的、文芸的な達成を、日本人の思索に切実な影響を与えた諸外国の著作とともに、厳選して収録し、次代に手渡していこうという目的をもって発刊される。いまや、次々に生起する大小の悲喜劇に対してわれわれは傍観者であることは許されない。一人ひとりが生活と思想を再構築すべき時である。

岩波現代文庫は、戦後日本人の知的自叙伝ともいうべき書物群であり、現状に甘んずることなく困難な事態に正対して、持続的に思考し、未来を拓こうとする同時代人の糧となるであろう。

（二〇〇〇年一月）